Sundara,
fille du Mékong

**Castor Poche
Collection animée par
François Faucher, Martine Lang et Soazig Le Bail**

Titre original :

CHILDREN OF THE RIVER

*Pour Sam-ou Koh Reang
et pour tous ceux qui ne voient
pas uniquement avec leurs yeux.*

Une production de l'Atelier du Père Castor

© 1989 by Linda Crew
Published by arrangement with Dell Publishing,
a division of the Bantom
Doubleday Dell Publishing Group, Inc.
© 1992 Castor Poche Flammarion
pour la traduction française.

LINDA CREW

Sundara,
fille du Mékong

traduit de l'anglais (États-Unis) par
DOMINIQUE PIAT-COUVERT

Castor Poche FLAMMARION

Linda Crew, l'auteur, vit avec son mari Herb dans une ferme à Corvallis, dans l'Oregon. Elle a trois enfants : Miles, Mary et William (des jumeaux).

Son amitié avec les réfugiés cambodgiens qui travaillent à la ferme lui a donné envie d'écrire *Sundara, fille du Mékong*. Linda Crew est diplômée de l'Université d'Oregon et a publié dans différents magazines des nouvelles et des articles. Ce livre est son premier roman.

Dominique Piat-Couvert, la traductrice, a été élevée dans les coulisses d'un théâtre où ses parents étaient comédiens. Elle vit maintenant à Chamonix.

Christian Broutin, l'illustrateur de la couverture, est né le 5 mars 1933, par un curieux hasard, dans la cathédrale de Chartres... Élevé par un grand-père bibliophile averti, il découvre très tôt le dessin en copiant Grandville et Gustave Doré. Après des études classiques, il est élève à l'École des métiers d'art et sort premier de sa promotion. Il est l'auteur d'une centaine d'affiches de films ainsi que de nombreuses couvertures de livres et de magazines.

Sundara, fille du Mékong :

À treize ans, Sundara quitte le Cambodge avec la famille de sa tante pour échapper aux Khmers rouges. Elle laisse derrière elle les siens et le garçon qu'elle aime depuis son enfance. Quatre ans plus tard, elle doit lutter afin de trouver un équilibre entre son école américaine et ses devoirs de sage jeune fille cambodgienne.

Alors que sa famille pense à son mariage, comme le veut la tradition, Sundara s'éprend d'un jeune Américain, Jonathan. Mais elle s'interroge pourtant sur cet amour : n'est-ce pas une trahison à l'égard de ce qu'elle a vécu, de sa famille, de son peuple tout entier ? Sundara oscille entre deux cultures, deux rêves qui opposent les contrastes entre son passé et la réalité d'un monde nouveau.

Ce livre a reçu une mention au prix Delacorte, qui couronne chaque année un premier roman sélectionné parmi des œuvres originales destinées aux adolescents.

Remerciements

Sundara, fille du Mékong est une œuvre de fiction et les personnages n'ont pas réellement existé. Ce livre repose néanmoins sur des faits historiques.

Je souhaite remercier certaines personnes d'avoir partagé avec moi leurs expériences et leur vision des événements :

Le Dr John Berry, Tom Cope, Siv Chhing Chang, Vuthy Koh, Prakap Kuy, Sovanna Kuy, Srey Mom Pich, Chanthu Sam, Khen Reang, Khansinaro Reang, Dominic Tagliavento, Simsundareth Tan, le Dr Earl Van Volkinburg et le Dr Michael Wong.

Linda Crew
28 janvier 1988
Corvallis, Oregon.

1

17 avril 1975

On aurait pu imaginer un court moment que l'an neuf avait apporté le bonheur dans la maison de Tep Naro dans le village cambodgien de Réam : Soka, son épouse, lui avait donné une petite fille aux joues toutes rondes.

L'accouchement n'avait pourtant pas été facile, aussi Naro et Soka s'étaient-ils réjouis que leur nièce Sundara soit venue de Phnom Penh pour les aider.

Le lendemain de la naissance, Sundara était assise dans la balancelle en bois, sous la véranda donnant sur la rue, en train de bercer le nouveau-né. L'après-midi était doux et chaud, une agréable brise montait de la baie. Elle serra le bébé contre son cœur, s'enivrant de son odeur sucrée. Une si jolie petite fille, si bien potelée, avec de beaux cheveux noirs.

Ravy, le cousin de Sundara, âgé de six ans, s'était installé dans le hamac. Il grignotait un gâteau de riz poisseux et essayait d'amuser Pon, son frère cadet, avec un bateau qu'il avait fabriqué en nouant des brins de paille les uns aux autres.

La radio diffusait une mélancolique chanson d'amour et Sundara égrenait les heures en balançant au bout de ses pieds ses tongs de caoutchouc, ses pensées tout entières tournées vers Chamroeun, le garçon qu'elle avait laissé à la ville deux semaines plus tôt.

— Je veux combattre les communistes, lui avait-il déclaré lors de cette dernière nuit à Phnom Penh*. C'était la veille du soir où son père s'était risqué à la conduire jusqu'à l'aéroport, à travers les boulevards fourmillants de réfugiés en fuite.

Un tel discours alors que des obus explosaient dans tous les coins l'avait terrorisée. Aujourd'hui, ce n'était plus qu'un mauvais

---

* Phnom Penh : capitale du Cambodge située au confluent des quatre bras du Mékong.

rêve. Ici, saine et sauve dans le village de pêcheurs où vivaient ses cousins, bercée par le frémissement des feuilles de palmiers, elle aurait presque pu croire à de nouvelles vacances. Ici, tout était simple. La guerre qui avait dominé sa vie lui paraissait bien lointaine, bien irréelle.

Le bébé s'agita. Sundara le berça doucement, claquant du bout de la langue comme elle l'avait vu faire aux autres femmes. La petite parut se calmer. Sundara sourit. Elle commençait à se sentir tout à fait à l'aise, plus mûre malgré ses treize ans.

— Ne t'inquiète pas, murmura-t-elle au bébé qu'elle aimait déjà tendrement, je vais bien m'occuper de toi.

Soudain à la radio, la musique s'arrêta. Une voix lut un communiqué... à propos d'un nouveau gouvernement. Il y eut un brutal échange de paroles, un brouhaha, puis plus rien. Sundara changea le bébé de bras pour manipuler le bouton.

— C'est bizarre, dit-elle à Ravy, on n'entend plus rien.

Quelques minutes plus tard deux hommes passèrent à toute allure devant la maison. Puis une famille affolée.

Sundara se leva.

— Que se passe-t-il ? interrogea-t-elle. Où allez-vous tous ?
— Partez ! Fuyez ! Les communistes ! Les Khmers rouges ! Ils ont pris Phnom Penh ! Ils arrivent.

Les communistes ! Une peur panique lui noua le ventre. Elle pivota et se précipita dans le séjour.

— Grand-mère ! Jeune Tante ! Réveillez-vous ! Les Khmers rouges arrivent ! Tout le monde s'enfuit !

Soka marmonna de douleur plus que de peur.

— Que dit Naro ?
— Naro n'est pas là ! Il est encore au bureau.

Soka se retourna dans son lit en bois.

— De toute manière, je ne peux pas partir, pas maintenant.

Grand-mère regarda dehors.

— Attendons Naro, mon enfant. Mon fils est le chef de cette famille. Il nous dira que ce n'est pas grave, j'en suis sûre.

Le bébé contre son cœur, Sundara allait et venait dans la maison. La jeune domestique avait filé par la porte de derrière, laissant le dîner brûler. Combien de temps leur restait-il ?

Dans la rue, l'étroit ruban de personnes en fuite était devenu un fleuve humain.

Devant ce spectacle, Grand-mère soupira méprisante.

— En tout cas, moi, je ne quitterai pas ma maison, sous prétexte qu'une fois de plus le gouvernement change. En quoi cela concerne-t-il une vieille femme comme moi ?

« Paroles courageuses », pensa Sundara. Mais Grand-mère n'avait pas vu les affiches qui s'étalaient sur tous les murs de Phnom Penh, les images atroces rappelant ce que feraient les Khmers rouges s'ils prenaient le pouvoir : une femme poignardée, le sarong déchiré, les jambes...

— Ne restez pas plantées comme des souches, pauvres folles ! (Naro sauta de sa moto encore en marche, la laissant rebondir sur le sol poussiéreux de la cour.) Vous n'avez pas entendu ? (Il tira la remorque à deux roues rangée sous la maison). Empilez toutes nos affaires là-dedans ! Tout de suite !

Sundara s'élança dans la maison. Elle déposa le bébé sur un tapis et fourra des vêtements dans un sac.

— Nous partons Jeune Tante !

— Je ne peux pas ! protesta Soka. C'est impossible !

Naro accourut.

— Soka ! Debout ! Vite !

Il ouvrit à toute volée les tiroirs de la commode en teck, cherchant un paquet.
— Mon Époux est-il fou ? As-tu oublié ? Je viens d'accoucher ! Je saigne encore. Si tu m'obliges à me lever maintenant, j'en mourrai !

La sueur perlait au front de Naro.
— Si nous restons, nous mourrons tous. Tous ceux qui ont travaillé pour les États-Unis doivent partir. Immédiatement ! (Il se tourna vers Sundara et Grand-mère.) Prenez le panier de poissons séchés et le réchaud à gaz !

Il souleva Soka de son lit et la porta jusqu'au bas des marches.

Cédant à la tension générale, le bébé s'était mis à hurler. Sundara arracha son krama* écossais et attacha le petit paquet au visage écarlate contre sa poitrine avant de réunir en hâte plats, nourriture et tapis. Et une chose aussi. Son ombrelle. Son cœur se serra très fort. Phnom Penh ! Ô mon Dieu ! Et sa famille ! Et Chamroeun ! Non, non. Ce n'était pas le moment...
— Tu vas me tuer ! (Dans la cour, Soka criait.) Nous n'avons même pas célébré les fêtes de la naissance. Nous ne pouvons pas quitter la maison sans la purifier !

* Krama : grand châle.

Grand-mère tira la manche de Naro.
— Elle a raison, mon fils. Les esprits se fâcheront si...
— Silence! Toutes les deux! Et dépêchez-vous!

Pon fondit en larmes.

Sundara lança tout en vrac dans la remorque, assit d'un geste autoritaire le petit garçon sur un sac de riz, puis saisit une des poignées et, machinalement, Grand-mère l'imita. Poussant toutes les deux le lourd véhicule, elles suivirent, en direction du port, Naro qui chancelait sous le poids de Soka alourdie par les larmes. Ravy trottinait derrière eux, tenant à bout de bras la marmite du dîner, qu'à la dernière minute ils avaient songé à emporter.
— Où on va? répétait-il sans se lasser.

Personne ne lui répondait.

Agglutinés sur le quai, entourés de leurs enfants en pleurs et de quelques biens ramassés à la va-vite, les gens se pressaient, affolés, au pied de la passerelle d'un gros cargo. Certains hommes embarquaient leur moto. Une famille fit monter un réfrigérateur. Tout n'était que hurlements et confusion. Où allait-on? Pour combien de temps? Qui avait le droit de monter à bord? Qui resterait à terre?

Heureusement, Naro avait de bonnes relations et sa famille reçut bientôt l'autorisation d'embarquer.

La nuit tombait vite. Le vent faisait voler les cheveux de Sundara autour de son visage. D'une main, elle tenait le bébé calé dans son krama et, de l'autre, Pon à cheval sur sa hanche, tandis qu'avalée par la foule, elle commençait la lente marche le long de la passerelle qui montait au bateau.

Depuis des heures, elle circulait au milieu des gens entassés sur le pont de métal brûlant, essayant de protéger le bébé du soleil avec sa pauvre ombrelle délavée. Trois semaines déjà qu'ils étaient en mer. Soka était malade et Sundara s'était retrouvée seule pour s'occuper de l'enfant.

Elle scruta la foule. Il y avait bien parmi ces centaines de gens une mère nourrissant son enfant, une femme qui pourrait l'aider. Ah! là-bas, assise près de la moto!...

Sundara s'inclina gauchement devant la jeune maman.
— Pardonnez-moi, je vous prie. Ma tante est très malade. Elle n'a plus de lait. Sa petite fille s'affaiblit.

Elle souleva le krama à carreaux bleus.
— Regardez, sa peau est toute desséchée,

toute bizarre. Regardez. Même sa tache de café disparaît.

La femme tressaillit et détourna les yeux, serrant contre elle son bébé.

Sundara lécha le sel sur ses lèvres gercées.

— Je me demandais... si vous pouviez...
— Je suis désolée, murmura la femme. Je voudrais bien, mais... Oh! C'est affreux! Moi non plus, je n'ai pas assez à boire. Bientôt, je n'aurai plus de lait pour mon propre enfant.

Sundara hocha la tête, avalant sa salive avec peine. Toujours le même discours. La famille, d'abord. Elle recouvrit le bébé et s'éloigna. Seul un miracle la sauverait. Le bébé maigrissait à vue d'œil, la vie fuyait son petit corps, les diarrhées répétées maculaient le sarong de coton de Sundara de fines nervures brunes et malodorantes. Le bébé était tout raide et tellement silencieux...

Que faire mon Dieu?

Sundara descendit dans la soute où se trouvaient les vivres fournis gratuitement. Elle était envahie de gens réclamant une ration supplémentaire. Elle se fraya un passage parmi la foule harassée. Haletant, à cause de la chaleur, elle finit par atteindre un homme chargé de la distribution.

— Notre bébé est malade. Pourriez-vous me donner quelque chose pour lui?
— Tout le monde est malade! rétorqua cet homme agacé, découvrant des dents abîmées. (Son haleine empestait.) Tout le monde en veut plus. Il n'y en aura pas assez pour sept cents personnes.
— Pour l'amour du ciel! dit une femme. Ne pouvez-vous pas lui donner un paquet de lait supplémentaire? (Sa voix se fit douce.) Pauvre petite. Tu n'as pas de famille pour t'aider?
— Ils sont tous malades, murmura Sundara.
— Tiens! Prends ça! grogna l'homme, et il lui lança un paquet.

Les larmes montèrent aux yeux de Sundara.
— Qu'est-ce qu'il y a *encore*? interrogea-t-il.
— Merci. Je vous suis reconnaissante, mais... je crois que c'est ce lait qui l'a rendue malade, parce que j'ai dû le mélanger avec de l'eau non bouillie. (Elle respira un bon coup, rassembla tout son courage.) Il me faut des médicaments.
— Des médicaments! Vous vous croyez à l'hôpital? Est-ce que j'ai l'air d'un docteur! Même si j'en avais, je ne saurais pas lesquels vous donner! (Il regarda autour de lui.) Le bateau thaïlandais nous a don-

né ça. C'est de l'eau sucrée, je crois. (Il montra un flacon de liquide clair.) Je ne sais pas comment on s'en sert, ça s'injecte en piqûres et on n'a pas d'aiguilles.
— Je prends, dit vivement Sundara.

C'était liquide. Ça semblait propre. Elle devait tenter quelque chose.
— D'accord. Mais attention, on a suffisamment de malades! Si ce bébé meurt, jetez-le par-dessus bord et tout de suite!

Quoi! Jeter le bébé! Quel horrible bonhomme! Elle lui arracha la bouteille et se replongea dans la foule compacte, serrant plus fort encore entre ses bras son précieux fardeau. Le bébé ne pouvait pas mourir. Jamais elle ne le permettrait. Elle tenterait n'importe quoi. Elle trouverait un moyen de le nourrir. Elle prierait le Seigneur, elle lui jurerait de raser ses longs cheveux noirs pour le remercier, si seulement l'enfant vivait...

Là-bas, dans leur petit coin de pont, rien n'avait changé. Ravy gisait par terre près de son frère Pon, dont le regard devenait vitreux comme celui de sa petite sœur. Les trois adultes étaient vautrés contre le sac de riz, indifférents à l'ardeur du soleil. Sundara leva la tête, plissant les paupières, se protégeant les yeux d'une main. Le vent chaud avait déchiré la bâche que les hommes d'équipage avaient tendue tant bien que mal. Il n'y avait pas la moindre ombre et elle n'y pouvait rien. En revanche, elle pouvait toujours nettoyer leur coin de pont. Elle tira un sarong du sac de voyage et essuya les vomissures les plus récentes. Il ne fallait pas les laisser cuire sur le métal brûlant.

Oh, non! Voilà que Pon aussi avait la diarrhée.

— Aide-moi, Ravy.

Elle redressa Pon, l'adossa à la valise et tendit le bébé à Ravy. Elle arracha la capsule en fer blanc du flacon, retira le bouchon et versa un peu de liquide dans une tasse, et un peu dans un biberon qu'elle avait emprunté à une autre famille. Elle tendit à Ravy la tasse destinée à Pon et détourna vivement la tête, incapable de supporter les questions qui flottaient dans le regard immense du petit garçon de six ans.

— Maintenant, il faut boire, dit-elle tendrement au bébé en le reprenant dans ses bras. Allons, bois, je t'en prie. Mais la minuscule tête bascula en arrière, loin du biberon.

— Ô, mon tout-petit, tu ne peux pas avaler? Non, non, ne bave pas...

2

7 septembre 1979

Un brin de chardon soulevé par la brise de fin d'été entra en valsant par la fenêtre ouverte de la salle de classe du troisième étage. Sundara pressa les deux mains sur son bureau en regardant tourbillonner le plumet. On pouvait faire un vœu quand on en voyait un. Elle le tenait d'une jeune Américaine qui travaillait avec elle dans les champs de fraises. Sundara ferma les yeux. Si je pouvais ne pas avoir écrit ce poème.

Chaque muscle de son corps était tendu comme un arc. Jamais elle n'aurait imaginé que Mme Cathcart lirait à voix haute les premiers devoirs d'anglais.

« Conclusion, le professeur terminait la lecture d'une copie, nous devrions décider nous-mêmes des menus de la cantine. Il y aurait beaucoup moins de gâchis. »
— Ouais ! ponctua mollement quelqu'un.

C'était la sixième rédaction sur la cuisine de la cafétéria et une seule — celle du garçon blond — avait été vraiment amusante. Les élèves s'affalaient de plus en plus sur les durs sièges en bois — rien de passionnant n'avait retenu leur intérêt depuis le texte audacieux d'une fille qui expliquait pourquoi les jeunes avaient droit à la contraception même sans l'autorisation de leurs parents. Sundara en avait rougi ! Elle entendait d'ici sa tante Soka.

« Ces Américaines ! Elles couchent avec des garçons avant de se marier... Si c'étaient mes filles, je les ficherais à la porte, et en vitesse... »
— Bien, je voudrais maintenant vous lire le texte très émouvant de Sundara Sovann. (Mme Cathcart sourit à Sundara.) Si elle n'a pas d'objection.

« Je refuse ! » voulut crier Sundara. Naturellement, elle ne le pouvait pas. Comment se dresser contre la volonté d'un professeur ? Impossible. Elle regarda derrière elle. Trente paires d'yeux fixés sur elle attendaient. Une fille avait bien raconté la mort de son chat, mais les propriétaires de tous ces yeux-là se rangeaient dans l'étrange catégorie d'élèves ayant choisi de parler des jeux vidéo, des codes vestimentaires à l'école, des règles de conduite au football, parce que c'étaient ces thèmes-là qui les concernaient le plus.

Sundara soupira. Aujourd'hui encore, quatre ans après son départ du Cambodge, elle arrivait mal à comprendre les Américains. Elle baissa les yeux, contempla ses mains moites et crevassées, et hocha la tête.

Nous sommes les oubliés, les solitaires
Si loin de notre patrie bien-aimée
Nous sommes les enfants du Mékong
Nous ne reverrons plus ce fleuve puissant.
Ô, Kampuchéa
Le sang de notre peuple
A sali ton sol
Les ossements de notre peuple
Reposent dans des tombes sans nom
Mais l'amour des Khmers Anciens
Survivra dans nos cœurs.
Nous ne t'oublierons pas
Même sur cette terre nouvelle
À l'autre bout
Du monde.

Le silence. Un silence sans fin. Elle ne regarda même pas le professeur quand celle-ci glissa la copie coupable sous ses yeux. Mme Cathcart avait noté en rouge Très bien, une maigre compensation à sa honte. Pourquoi n'avait-elle pas choisi un sujet sans risque, comme les autres ?

Elle n'avait qu'une envie, fuir, quand la cloche sonna, fuir ces regards inquisiteurs. Se faufilant à travers la foule, elle se dépêcha de descendre les deux étages qui la séparaient du vestiaire des filles, afin de se changer pour le cours d'éducation physique, dernier cours de la journée.

— Sundara, ça ne va pas ?

Kelly, sa voisine en classe de chimie, l'observait. Ses verres de lunettes lui grossissaient démesurément les yeux.

— C'est r'ien, répondit Sundara.

Elle n'arrivait jamais à prononcer les «r».

— Tu parles ! Tu te conduis comme si t'étais poursuivie !

Sundara s'obligea à sourire posément, tout en ramenant ses longs cheveux dans une main pour les attacher.

— R'ien du tout.

Kelly et elle étaient amies depuis la septième année*; elles s'étaient croisées à

---

* Équivalent de la 3e.

la paroisse qui avait parrainé la famille de Sundara. Cependant, Sundara n'avait jamais expliqué à Kelly à quel point son pays lui manquait. Elle n'en parlait à personne. Dès son arrivée en Oregon, elle avait consacré son temps à apprendre à vivre en Amérique et les gens gentils, comme Kelly, s'étaient appliqués à le lui faire comprendre.

Sans doute aussi à cause des fautes qu'elle faisait en anglais, personne, au début, ne l'avait encouragée à raconter son histoire. Personne, sauf ce garçon au visage sanguin et boutonneux qui lui avait demandé un jour les yeux pétillants « Tu as vu tuer combien de personnes sous tes yeux ? » Elle frissonna, soulagée qu'il soit resté à son ancienne école. Elle n'aurait pas supporté qu'il entende son poème.
— Bon, alors ça va ? interrogea Kelly. Tu t'y retrouves ?

Sundara hocha la tête. Elle n'avait guère été ravie, quand sa famille avait déménagé, d'apprendre qu'elle devrait aussi changer de lycée. Elle commençait à peine à connaître les gens de « Kennedy ». Pourtant, ce n'était pas grave. Changer d'école n'était rien, ce n'était pas changer de pays.

Sur le terrain de football, elle partagea le jeu avec les autres, mais sans réussir à se concentrer. À cause de ces mots couchés sur le papier, trop de gens connaissaient maintenant ses pensées. Quel était le pire, vivre en tenant cachés ses sentiments, sans que personne ne sache qui elle était véritablement, ou étaler ses états d'âme aux yeux du monde ? Sa tante et son oncle seraient très fâchés s'ils apprenaient ce qu'elle avait fait. Ils l'avaient pourtant prévenue de ne pas parler de ses ennuis, de ne pas sembler ingrate envers sa nouvelle vie. Ils avaient bien insisté pour que leurs premiers mots d'anglais soient « merci beaucoup » et « nous sommes si heureux d'être ici ».

En quittant l'école, elle était encore très bouleversée. Elle resta une bonne minute à l'arrêt de l'autobus avant de se rappeler que le matin sa tante lui avait laissé la voiture* afin qu'elle rentre plus vite pour le ramassage des tomates.

Elle prit le virage conduisant au lotissement où leur petite maison s'alignait côte à côte avec d'autres. Les arbres n'avaient pas encore suffisamment grandi pour atténuer l'aspect sévère et trop neuf du quartier.

« J'espère que Soka ne remarquera pas

---

* Aux États-Unis, dans certains États, les jeunes passent le permis à seize ans.

mon retard », pensa-t-elle. Il fallait vivre à l'heure américaine maintenant.

15 h 30 signifiait 15 h 30 précises.
Mais la violence avec laquelle Soka ouvrit la porte et se précipita le long de l'allée prouvait qu'un événement beaucoup plus important que les cinq minutes de retard de Sundara la bouleversait.
— Nièce ! s'écria-t-elle en khmer. Dépêche-toi ! Viens lire cette lettre. Grand-mère et moi n'avons pas cessé de pleurer de toute la journée !
Elle poussa Sundara dans la maison, lui laissant à peine le temps de ranger ses chaussures sur le tapis de l'entrée.
Sundara déposa ses livres de classe sur la table de la cuisine et suivit sa tante dans le salon. Grand-mère était accroupie sur un tapis en paille, le désespoir courbait sa tête aux cheveux gris coupés court, elle effleurait du bout de ses doigts déformés la lettre en question comme pour tenter d'en déchiffrer les signes cabalistiques.
Soka prit la lettre et la tendit à Sundara, tremblante, malade d'avance à la pensée des tragiques nouvelles qu'elle contenait.
— Les garçons, arrêtez-moi cette idiotie ! cria Soka à ses fils dans la pièce voisine. On ne s'entend pas réfléchir. Les cris de

joie d'une émission de jeux à la télé furent coupés net. Le silence s'établit.

Sundara avala avec peine, puis déplia le papier. *Bureau du haut-commissariat américain pour les réfugiés. Thaïlande.*

S'agissait-il de ses parents, de son frère ou de sa sœur ? Non, parcourant rapidement les quelques lignes, elle ne lut que le nom d'une tante, Valinn, l'autre sœur de Soka qui, à la fin de la dernière saison sèche, avait traversé la montagne de Khao-I-Dang jusqu'à un camp sur la frontière thaïe. Là, elle avait sombré dans un coma fiévreux dû à la malaria.

Sundara laissa échapper un soupir de soulagement.

— Jeune Tante, pourquoi es-tu si bouleversée ? Ce n'est pas le genre de nouvelles que nous espérons, mais il reste encore de l'espoir, tu ne crois pas ? Il est écrit ici qu'ils veulent d'autres informations avant que nous puissions la parrainer. Ils veulent que...

— Mais regarde. Regarde. (Soka pointa un doigt vers le papier pelure froissé.) J'ai montré la lettre à Prom Kéa pour qu'il me traduise l'anglais. Regarde ici «Ne nous écrivez plus à propos de ce cas.» À qui nous adresser sinon aux Nations unies ? Prom Kéa en a parlé à tous ses amis. Tout le monde est bouleversé...

— Mais Jeune Tante...
— Qu'est-ce qu'ils veulent ? Que nous abandonnions nos familles ? Ma propre sœur ? Oh, malheur !...
— Jeune Tante, tu vois ce mot ? Hésiter. Il est écrit « Surtout, n'hésitez pas à nous écrire de nouveau. » C'est-à-dire exactement le contraire. On peut parfaitement leur écrire. C'est même ce qu'ils souhaitent.

Le visage rond de Soka prit une expression interdite, puis un large sourire embarrassé l'éclaira.
— Oh ! (Elle porta les mains à ses joues.) J'ai eu si peur ! (Elle s'accroupit près de Grand-mère.) C'est une erreur, glissa-t-elle à l'oreille de la vieille femme. Les Nations unies continuent à nous aider. (Elle se donna le temps de savourer sa joie, puis se redressa d'un bond.) Ce Prom Kéa ! Il se vante de si bien parler l'anglais ! Bah, je suis trop contente pour m'énerver. Allons, vite, Nièce, change-toi ! Il y a du maïs froid pour toi, dans la cuisine. (Elle appela les deux garçons.) Ravy ! Pon ! Venez maintenant ! Grand-mère, tu es prête ? Ce soir, nous cueillerons beaucoup de tomates et nous enverrons l'argent à Valinn. Dépêchons, dépêchons, sinon la famille Lam

ramassera tout avant que nous arrivions à la ferme.

C'était le temps idéal pour cueillir les framboises d'automne et les tomates-cerises de M. Bonner : chaud, ensoleillé et sec. Sundara était courbée sur sa rangée et ses doigts détachaient les petites tomates orangées avec agilité. Les fruits du verger avaient été ramassés en un rien de temps et les tomates tombaient maintenant dans les seaux de plastique à un rythme régulier.
— Pon! appela Sundara, balayant le moustique qui essayait de lui piquer la lèvre inférieure. Il m'en faut une autre vide.

Son petit cousin de six ans arriva en trottinant le long des plans épineux avec une autre cagette dans laquelle il avait disposé une douzaine de récipients en polystyrène. Sundara déversa les tomates dans la cagette.
— Balle!

De l'autre côté des buissons de ronces et de sumac vénéneux qui bordaient la clôture, des golfeurs parcouraient les terrains voisins se livrant à leur curieux sport.

Sundara avait observé que les femmes qui jouaient au golf étaient toujours très bronzées et très ridées. Décidément, les Américaines avaient de drôles d'idées en matière de beauté. Un jour, elle avait vu une blonde tailler des arbres fruitiers pour M. Bonner, en maillot de bain ! La fille avait déjà le corps bien cuivré mais elle s'inquiétait de son nez, qu'elle avait enduit d'une épaisse pâte blanche. Sundara se redressa pour renouer le ruban de son chapeau de paille à larges bords. Elle ne voulait pas que le soleil lui fonce encore la peau et elle évitait même les derniers rayons du soir.

Elle reprit son travail, giflant un autre moustique sur sa joue.

— En voilà une pleine ! lança-t-elle.

Et Ravy, âgé maintenant de dix ans, emporta la cagette vers la camionnette de M. Bonner où Grand-mère, assise les yeux dans le vague, triait les rares tomates abîmées.

Les doigts de Sundara papillonnaient. C'était la dernière récolte de la saison, celle qui rapportait le plus. Une chance que Soka protégeait jalousement. Si tous les réfugiés qu'ils connaissaient étaient venus à la petite ferme de M. Bonner chercher du travail, cela n'aurait plus eu d'intérêt pour aucune famille. Sundara avait souvent entendu Soka éluder la question quand les autres essayaient de la faire parler.

— Ah, les fameuses tomates-cerises! s'exclamaient-ils avec une pointe de mépris. Et où donc ramassez-vous des framboises au mois de septembre? Voulez-vous amasser votre premier million dès cette année?

Sundara savait bien que, si elle l'avait pu, Soka aurait volontiers aidé les autres, mais sa famille passait en premier. Aussi longtemps que Valinn serait à Khao-I-Dang, on devait lui envoyer de l'argent. Et ceux qui se trouvaient à Kampuchéa même, ceux dont on ne savait rien? S'ils étaient vivants, ils avaient peut-être besoin d'argent pour payer leur fuite? Ainsi, Soka gardait pour elle-même toute information concernant les offres de travail. Et comme M. Bonner avait du mal à communiquer avec la plupart des Asiatiques, elle réussissait assez bien à limiter le nombre de familles venant travailler à la ferme.

Ce soir, il n'y avait avec eux que la famille Lam. Les Lam étaient arrivés l'an dernier. Ils avaient fui le Viêt-nam en bateau. Ils étaient chinois et, ainsi que Soka le soulignait chaque fois avec admiration et une certaine envie, les Chinois flairaient presque toujours là où il y avait de l'argent à gagner. Inutile d'imaginer qu'on pouvait les tenir à l'écart. Lam Ming, le père, était d'une remarquable rapidité. Sundara pensait que sa fierté devait néanmoins être blessée de faire ce genre de travail alors que, dans son pays, il dirigeait sa propre société de produits en gros.

Plus vite, plus vite, s'astreignait Sundara, elle s'activait sans relâche, au rythme des poignées métalliques claquant contre le bord des seaux de plastique, des tomates tambourinant sur le fond, du tracteur de M. Bonner qui vrombissait dans le lointain tandis qu'il retournait un champ de maïs déjà moissonné.

À six heures, oncle Naro arriva, ayant garé sa nouvelle Ford près de la maison plutôt que de la salir sur le chemin de terre de la ferme. Il avait troqué son costume de bureau contre des vêtements de travail et il apportait des hamburgers pour les enfants.

Soka regarda son mari le temps de lui indiquer une travée où le ramassage restait à faire. Naro retira ses sandales, s'accroupit avec lenteur et entreprit de remplir son seau de tomates comme une machine bien huilée.

Sundara s'assit auprès de Grand-mère. Elle devait manger vite. Ce ne serait pas

normal d'y consacrer du temps alors que Soka refusait de s'arrêter ne fût-ce qu'une minute. Le corps de Sundara ressentait un tel besoin de repos! Elle aurait pu s'allonger par terre, dans la poussière, et s'endormir sur-le-champ.
— Tu n'as pas faim, Grand-mère?
— Pas pour cette nourriture à chien! souffla la vieille femme avec mépris.

Aucun des adultes n'appréciait la cuisine américaine, pas plus que l'idée de manger ici dans la poussière. Ils préféraient avoir des crampes d'estomac et attendre de prendre un bain avant d'avaler quelque chose de correct.

Mais Sundara avait trop faim, quant à Ravy, il adorait les hamburgers-frites. Il ne ratait pas une occasion d'en dévorer et il éclatait de rire chaque fois que Soka lui disait «Méfie-toi, bientôt tu auras la même odeur qu'un Américain!» Il termina son Coca, jeta les glaçons et partit remplir son gobelet en carton des balles de golf perdues qu'il revendrait ensuite.

Grand-mère soupira.
— Jamais je n'aurais imaginé qu'un jour je verrais ma famille travailler la terre comme les paysans.
— Mon oncle dit que tu aimais beaucoup le jardin, à Réam.

— Jardiner est une chose. Trimer comme un esclave sur une terre qui ne vous appartient pas en est une autre.
— C'est un travail dur, mais nous ne sommes pas des esclaves, Grand-mère. Nous sommes payés.
— Ridicule! Se crever à la tâche pour quelqu'un! Comme le chaud soleil du Cambodge me manque, et mon métier à tisser à l'ombre paisible de la maison. Pourquoi m'ont-ils obligée à venir ici?

Sundara n'essaya pas de répondre. Personne ne pouvait faire comprendre à la mère de Naro qu'elle rêvait d'un Kampuchéa qui n'existait plus. Si elle était restée là-bas, elle aurait connu le véritable esclavage. Si elle avait survécu.
— Un de ces jours, on m'enverra dans une de ces affreuses maisons de vieux.

Sundara soupira. Elle avait entendu si souvent cette réflexion qu'elle ne s'en émouvait même plus.
— Tu sais bien que ton fils ne te laissera jamais partir, Grand-mère. Il te l'a promis, tu le sais?
— Une promesse a-t-elle la même valeur ici? En Amérique, plus rien n'a la même valeur.

Sundara se leva, elle rassembla les papiers gras et les fourra dans le sachet.

Dieu merci, la saison était pratiquement terminée! Ils avaient commencé en juin avec les fraises, et ils avaient fait toutes les récoltes dans la vallée qui nécessitaient un ramassage à la main rapide et soigné. Une tonne de mûres blanches, trois tonnes de haricots grimpants. Parfois, les récoltes se chevauchaient. Un soir, ils étaient à peine rentrés, harassés après la cueillette des myrtilles, que le téléphone avait sonné. C'était M. Bonner. Voulaient-ils venir ramasser les tomates? Sans un mot, tout le monde était remonté en voiture.

Aujourd'hui, ils travailleraient jusqu'à la tombée de la nuit. Leurs doigts habiles savaient trouver les petites tomates les yeux fermés, mais on devait arrêter dès qu'il devenait difficile de distinguer les fruits orangés des verts ou des trop mûrs.

Sundara avait déjà rejoint le camion quand Soka sortit pieds nus du labyrinthe que dessinaient les rangées de plans, courbée sous le poids de trois cagettes. Soka les déposa sur une palette en bois en ahanant puis se redressa en se frottant le dos et en s'essuyant le front d'un revers de manche grisâtre. Des mèches de cheveux noirs échappées de l'élastique qui les retenait dans son dos lui collaient aux joues. Elle poussa un profond soupir. Puis, s'aper-

cevant que Sundara l'observait, elle lui adressa un de ses longs regards inquisiteurs qui mettaient toujours Sundara mal à l'aise.
— À ton avis, Nièce, ta mère me surnommerait-elle aujourd'hui encore « ma petite nana de luxe » ?

Sundara hésita. Soka éprouvait-elle de la fierté ou du chagrin ? Elle répondit avec sincérité.
— Je ne pense pas, Jeune Tante.

Elle se replongea dans le compte des cagettes et aida M. Bonner à les charger. Cinquante, rien que pour leur famille. Ils avaient bien travaillé.
— On peut dire que vous êtes doués pour la cueillette, fit M. Bonner en empilant les cagettes dans le camion.
— Nous cueillir encore autres demain ? lança Soka sûre d'elle dans son mauvais anglais.

Sundara se demanda où sa tante puisait encore la force de paraître si impatiente de travailler à l'instant même où on pouvait la croire prête à s'effondrer.
— Voyons, réfléchit M. Bonner, que diriez-vous de dimanche ? Mes grossistes n'achèteront rien samedi soir.
— D'accord dimanche. Mais avant allons à l'église.

Soka insistait pour que la famille se rende régulièrement à la Première Église presbytérienne, celle qui les avait parrainés. « Priez Bouddha, priez vos ancêtres, priez Jésus, disait-elle. De toute manière, c'est du pareil au même. Ce qui compte c'est d'y aller et de manifester notre gratitude. »
— Dans ce cas, voulez-vous appeler d'autres familles ? proposa M. Bonner.
— Nous cueillir tout, enchaîna vivement Soka. Pas problème.

Elle savait parler à M. Bonner. Rien de tel que des petites phrases du style « Ces autres pas cueillir avec soin. Nous cueillir avec soin. » Ou bien « Nous commencer plus tôt le matin, si vous vouloir. »
— Nous voulons aussi récolter, articula Chun-Ling, la fille des Lam qui tenait presque toujours le rôle d'interprète pour sa famille.
— Oui, famille Lam, aussi, bien sûr, acquiesça Soka en adressant un signe de tête respectueux à la mère de la jeune fille.

Sundara et Chun-Ling se regardèrent. Ni l'une ni l'autre n'avaient fait l'effort de devenir amies, mais elles se comprenaient en quelque sorte. Comme disent les Américains, elles étaient sur le même bateau.

— Quant à toi, je te vois demain matin, j'imagine ? M. Bonner s'adressait à Sundara.

Sundara fit « oui » de la tête avec fierté. C'était elle qu'il avait choisie pour aller vendre ses produits sur le marché du samedi.

Ils s'éloignèrent à pas pesants dans les ornières creusées par les roues de tracteur le long du chemin de terre, à travers des zones d'air chaud ou froid, de légères nappes de brume s'étiraient là où le sol gorgé de soleil rencontrait la fraîcheur de la nuit tombante. Sundara tenait Pon dans ses bras douloureux, et la tête de l'enfant épuisé ballottait contre son épaule. Quelques étoiles s'allumèrent, mais avant même qu'elles brillent, à l'est, la lune surgit derrière la cime des arbres, éclatante boule orange irisée à travers la brume des champs.

Soka se pencha pour cueillir des jeunes pousses d'ansérines* qu'elle avait repérées un peu plus tôt. Elle éprouvait un certain plaisir à reprocher à M. Bonner de laisser toutes sortes de bonnes choses pousser

---

* Famille des rosacées, poussant communément dans les cultures ou les décombres.

sans y prendre garde ni se donner la peine de les ramasser.
— Écoutez, murmura-t-elle en se redressant les plantes à la main, qu'est-ce que c'est?

Tous s'arrêtèrent, et dans le silence troublé seulement par le chant des grillons Sundara perçut au loin une rumeur qui diminua, puis s'éleva de nouveau. Ça venait de la ville. Ils regardèrent vers l'ouest, au-delà de la rivière Willamette, là où les lumières de la ville délavaient le ciel.
— Je sais, s'écria Ravy. C'est le match de foot du lycée! Ces sont les supporters qui se déchaînent!
— Soka! Quel sacré gamin, ton fils! Il est si américain!
— Je sais. Et à ton avis, cela me fait quel effet que ce soit mon fils qui m'explique toujours tout? Sa voix oscillait entre l'agacement et la fierté.
— C'est curieux, non? dit Naro. Comme le son voyage ainsi à travers champs?

Le match de foot, songea Sundara. C'était sans doute là que l'ensemble des élèves s'était retrouvé ce soir. Elle changea Pon de côté et suivit les autres le long du chemin de terre.

3

Le lendemain matin, dès l'aube, Sundara gara la voiture sur le parking du hangar à marchandises de M. Bonner. Elle réveilla doucement Ravy.
— Au travail, *Ab-own*.

Il était rare à présent qu'elle l'appelle « Mon tendre agneau », mais en cet instant précis, cela lui parut logique. Il était si petit, si vulnérable dans son sommeil, respirant paisiblement, la bouche à peine ouverte.

Il écarquilla les yeux, regarda autour de lui et, du haut de ses dix ans, il soupira résigné.
— Tu peux m'expliquer pourquoi on est rentrés à la maison ?

Elle sourit. La question n'était pas stupide. La nuit avait été si courte depuis la fin du travail de la veille.
— Viens. Il faut qu'on se dépêche.

Pendant que Ravy rangeait les laitues, Sundara tailla une pleine brassée d'aneth sauvage pour en faire des petites bottes. Ensuite, elle alla dans les rangées de fleurs encore humides de rosée choisir les plus hautes qu'elle coupa avec son canif. Les rayons du soleil commençaient à rougir sur l'horizon, teintant d'or les gerbes de paille cuivrées et les pommes jaunes du verger.
— N'oublie pas ta couronne, lui rappela M. Bonner quand le gros camion fut entièrement chargé. (Il prit le cercle de fleurs rouges et roses sur le clou du présentoir à fruits.) Je dois garder ma réputation. Je suis le seul fermier du coin qui s'offre une princesse pour vendre ses produits.

Sundara sourit, coiffant timidement la couronne de fleurs. La première fois qu'elle l'avait portée, Mme Bonner lui avait dit qu'elle avait l'air d'une publicité pour magazine de voyages : « *Venez visiter Tahiti. Vous serez fascinés, vous serez envoûtés.* » Sundara avait rougi, ne sachant trop si c'était ou non un compliment. Mais Ravy l'avait poussée du coude comme il l'avait vu faire aux Américains et il avait mur-

muré en khmer « Ils te trouvent jolie, tu piges ? »

Bien sûr. Les Bonner cherchaient toujours à être gentils, même si parfois ils disaient des choses bizarres. Du reste, M. Bonner semblait très satisfait de son travail, puisqu'il lui avait proposé un emploi à temps plein pour l'été, si elle acceptait de travailler exclusivement pour lui. Mais Soka et Naro pensaient que la famille devait rester groupée. « On ne peut pas séparer la pulpe du fruit », lui avait rappelé Naro, et Soka avait ajouté que même payée à la pièce Sundara gagnerait sans doute plus en cueillant des légumes. « Tu travailleras plus d'heures et en même temps tu m'aideras à surveiller Petit Pon. » Malgré tout, l'idée d'un travail fixe était séduisante. Aucun d'eux n'avait oublié l'année où le cours des tomates-cerises était tombé si bas que M. Bonner n'avait pas pu se permettre d'en faire la récolte. Soka et Naro avaient finalement autorisé Sundara à travailler au marché du samedi. Ravy serait son aide et, elle le soupçonnait, son chaperon.

Les crêtes plantées de sapins sur les contreforts des Coast Ranges* dessinaient

---

* Coast Ranges : massif montagneux longeant la côte ouest de l'Oregon à la Californie.

un fin ruban sombre au-dessus de la nappe de brume matinale, tandis que Sundara conduisait le camion vers l'ouest, vers la ville. Elle espérait que les derniers brouillards se dissiperaient rapidement, elle ne voulait pas porter sa vieille veste à l'heure où les premiers clients arriveraient au marché. Mais il faisait encore frais quand ils s'arrêtèrent sur le parking municipal, près de la rivière. Ravy descendit du camion tapant l'un contre l'autre ses pieds chaussés de baskets tout en se frappant le dos avec les mains.
— Il fait froid, hein ? dit Sundara.

Elle enviait les Cambodgiens qui avaient quitté l'Oregon pour la Californie du Sud. Une région plus chaude aurait peut-être adouci l'exil de sa famille, loin de Kampuchéa. Mais on ne pouvait aller que là où on trouvait des parrains. Aujourd'hui, un climat plus serein n'aurait plus suffi à entraîner sa famille sous d'autres cieux, alors qu'ils possédaient enfin leur propre maison — une vraie maison américaine toute neuve — et que Naro avait retrouvé un emploi de comptable et abandonné celui de plongeur. Du moins l'Oregon était-il vert. Ici, les couleurs riches des champs fraîchement plantés autour de Willamette Grove lui rappelaient les

rizières, quand levaient les jeunes pousses dans les basses vallées de Kampuchéa. C'était bon d'habiter au milieu d'une nature bien vivante. Elle pensa aux réfugiés que les services de l'intégration avaient expédiés vers les villes froides et tristes des États de Nord. Comment pouvaient-ils le supporter après avoir connu les verts éclatants et les bruns profonds de Kampuchéa ?
— Dépêchons-nous, dit-elle à Ravy. Tu te réchaufferas en t'activant.

Ils fabriquèrent un comptoir de fortune avec les cagettes vides sur lesquelles ils disposaient les pleines, se dépêchant avant l'arrivée des clients. Déjà, les premiers acheteurs glissaient les doigts au travers des croisillons des cagettes de maïs encore fermées par les fils de fer, demandant un prix, se fourrant dans leurs pattes. Rapidement, Sundara remplit les seaux, leur donnant un aspect bien garni selon les instructions, elle disposa les plans de zinias pourpres et les œillets roses acidulés, puis elle plaça les framboises à l'endroit opportun. Chaque fois ça marchait. Les clients se précipitaient de partout comme des fourmis attirées par le sucre pour admirer et acheter les magnifiques fruits rouges.

La boulangère vint s'installer à côté

d'eux, et dès les premières odeurs de pain chaud Ravy tourna vers Sundara ses grands yeux gourmands.
— Bon, d'accord, fit-elle, on se partage un beignet à la cannelle.

Le premier coup de feu passé, elle lui donna quelques sous. Soka ne serait pas contente si elle le savait. « Économisez », répétait-elle sans arrêt. « Ne dépensez pas. » Mais aujourd'hui, Sundara pouvait prendre sur son argent à elle, sur la part que Soka l'autorisait à garder.

Elle brisa un morceau du beignet que lui tendait Ravy, un bout sans caramel — beaucoup trop sucré à son avis. Ravy, lui, était devenu un vrai petit Américain et il adorait tout ce qui était sucré. Sundara l'observa. Il dévorait avec un tel bonheur que la dépense ne lui pesait pas, et pourtant elle aurait bien voulu que ses économies augmentent plus vite. Elle espérait s'acheter une belle veste doublée de laine pour avoir chaud cet hiver. Celle que les gens de la paroisse lui avait donnée voici trois ans était d'un vert pisseux et elle en avait assez de repriser sans arrêt les poignets usés. Pour l'heure, elle en aurait bien apprécié encore un peu la chaleur, néanmoins, elle la retira et la rangea dans la cabine du camion.

— Ravy, puisqu'on a le temps, veux-tu filer acheter des œufs ?

Soka souhaitait faire des conserves au vinaigre et elle voulait des œufs à coquille beige — plutôt rares chez les commerçants d'ici. Elle se méfiait encore de ces drôles d'œufs à coquille blanche.

Durant l'absence de Ravy, Mme Lam s'approcha avec son air bêcheur et son filet à provisions. Sundara joignit ses deux mains et s'inclina légèrement.

La Chinoise prit un bok choy* et le considéra avec dédain. Puis elle désigna les haricots mange-tout.
— Combien ? demanda-t-elle en anglais, la seule langue qu'elle partageait avec Sundara.

Devant la réponse de Sundara, elle fit la moue.
— Trop cher. Pas si frais.
— Je vous assure, très frais.

Sundara lui parla d'un ton courtois mais ferme, jouant le jeu.
— Je vous donne un dollar la livre.

Derrière son sourire forcé, Sundara serra les dents. La mère de Chun-Ling savait parfaitement qu'elle n'était pas libre

---

* Bok choy : légume oriental.

de marchander les prix. Les Américains préféraient fixer les prix et s'y maintenir. La femme prenait plaisir à l'asticoter, se dit Sundara, parce que ce n'était pas à sa fille que M. Bonner avait proposé ce travail.

— Je suis désolée. Je vends seulement au prix que demande M. Bonner.

La femme émit un soupir indigné et s'éloigna le long de l'allée formée par les camions en stationnement. Sundara savait qu'elle la reverrait. Personne d'autre au marché, aujourd'hui, ne vendait de mange-tout ou de bok choy.

Ce n'était pas facile de se montrer aimable avec un dragon pareil. Malgré les rappels à l'ordre de Soka.

« Leur fils ferait un bon parti, vois avec quelle aisance il apprend. Il a déjà trouvé un emploi à l'usine d'ordinateurs. Évidemment, c'est dommage qu'ils soient Chinois vietnamiens et non Chinois cambodgiens, mais enfin vos enfants auraient la peau plus blanche, plus fine. »

« Lam-Bing sera riche un jour », prédisait Soka avec autorité. Peu importe que les communistes vietnamiens aient dépouillé sa famille de tous ses biens avant qu'elle embarque sur ce navire rouillé. « Les Chinois, répétait-elle invariablement, savent gagner de l'argent partout. »

— Tu devrais me remercier, Nièce. Je ferai tout pour te trouver le meilleur mari. Tu es une jolie fille. Gentille et élancée. Nous ne te donnerons pas au premier venu.

Ces propos attristaient toujours Sundara. Sa tante s'exprimait comme si elle avait perdu tout espoir que les parents de Sundara reviennent un jour et règlent le problème. Sundara devait-elle oublier son bien-aimé Chamroeun aussi facilement ? Leurs parents répétaient toujours en riant qu'un jour ils seraient unis par les liens du mariage, mais pour Sundara, ce n'était pas une plaisanterie. Elle aimait Chamroeun depuis l'enfance. Depuis le jour où, cachée en haut du palmier, elle l'avait aperçu en compagnie de Samet, son frère.

— Si ta sœur trouve aussi amusant de nous espionner, pourquoi ne descend-elle pas de son perchoir pour marcher avec nous le long de la rivière ?

Comme elle l'avait aimé d'avoir dit ça ! Quel privilège de traîner à leur suite dans les jardins publics ! Elle soupira. Ils avaient vécu tant de bons moments tous les trois ensemble...

— À quoi penses-tu maintenant ? demanda Ravy revenant avec les œufs.

Elle sourcilla.

— Oh, à rien Petit Frère.

Serait-elle un jour libérée de tous ses souvenirs ? Les souvenirs horribles – la guerre, les affreuses semaines sur le bateau – revenaient hanter ses nuits sans crier gare, ils la surprenaient aux moments les plus inattendus. Les souvenirs heureux lui donnaient sans arrêt l'envie de s'évader. Parfois, il lui semblait que son esprit voulait rompre avec le moment présent, avec le lieu présent...

Bientôt, l'arrivée des clients l'obligea à se concentrer. Les tomates partirent comme des petits pains, et les femmes en jean à la marque brodée sur les fesses s'arrachèrent les petits poivrons rouges plus vite que Sundara ne parvenait à les accrocher au présentoir. En sortant la dernière cagette de framboises, elle pensa que M. Bonner serait vraiment satisfait de la voir rentrer le camion plein de cartons vides et avec une épaisse liasse de billets de vingt dollars.

Alors elle le vit. Le garçon blond qu'elle avait remarqué en classe d'anglais, l'auteur du texte plein d'humour sur la cafétéria de l'école. Il poussait son vélo droit vers son éventaire.

– Salut ! lança-t-il.

Elle répondit d'un signe de tête

contraint. Oui, c'était bien lui. Au cours, elle ne regardait que le professeur ou son cahier. Elle ne l'avait jamais vu d'aussi près. Quels yeux bleus! Elle n'était pas encore habituée à la variété de couleurs d'yeux des Américains. Et elle aimait bien ses cheveux blonds. Il n'était pas de ces garçons aux cheveux presque blancs et à la peau rose. Son visage légèrement hâlé était encadré d'une chevelure bouclée d'un beau blond cuivré.

Elle posa un coin de la cagette sur le comptoir pour sortir les cartons de cent grammes. Pourquoi sa main tremblait-elle autant?
– Tu sais à propos de ton poème ...

La cagette glissa. Elle la rattrapa au vol, le ciel la protégeait – dix dollars de fruits venaient d'éviter de justesse de finir en marmelade sur le gravier. Sundara rougit. Ce malheureux poème. Quelle mouche l'avait piquée?

Une nouvelle nuée de clients s'abattit sur l'éventaire obligeant le garçon à s'écarter.

Sundara se prit les doigts dans les sachets, se trompa dans les comptes, fit tomber une salade un peu huileuse. Elle jetait des coups d'œil apeurés vers Ravy, inquiète qu'il ne trouve sa conduite

étrange. Si elle ne se dépêchait pas, le garçon blond risquait de perdre patience et de partir. Or maintenant, elle ne voulait plus qu'il s'en aille.
— Tu te débrouilles bien, lui dit-il dès que le dernier acheteur de tomates eut disparu.
Elle sourit.
— Nous les femmes khmères savons mener les affaires.
Il la considéra d'un air narquois.
— Sans parler des camions! Tu conduis vraiment ce bahut?
Elle fit «oui» de la tête.
— Pas si difficile. Comme une voiture.
— Sundara. C'est bien ton prénom? Je m'appelle Jonathan McKinnon.
— Jonafan. (Il sourit devant son accent hésitant.) Difficile pour moi de dire, expliqua-t-elle. Je fais pas bien le son «*t-h*».
— Ça m'est égal.
Elle arrangeait machinalement l'étalage, retirant ici une framboise abîmée, ajoutant là un autre concombre, sans le quitter des yeux à l'abri de ses longs cils. Il portait un T-shirt et un short gris. Ses cuisses bronzées et finement musclées étaient couvertes de fins poils blonds et bouclés. Gênée, elle détourna le regard.
— Je crois que j'aimerais des fleurs, dit-il enfin.

— Oui. Maintenant, elle avait une excuse pour le regarder... Fraîches ou séchées?
— Hum... Il haussa les épaules en souriant. N'importe. Qu'est-ce qu'il y a de mieux d'après toi?

Elle jeta un nouveau coup d'œil vers Ravy. Il savait parfaitement qu'elle n'avait pas le droit de parler aux garçons. Soka l'avait assez répété. Bizarre tout de même. La recommandation ne l'avait jamais ennuyée avant. Au contraire, elle l'avait protégée des jeunes Américains trop bruyants, grossiers ou trop audacieux, elle l'avait aidée à les repousser d'un sourire. Mais maintenant, face à Jonathan McKinnon, cette règle devenait une contrainte. Ils parlaient «fleurs», certes, mais lui, il en faisait tout un plat...

Elle s'exprimait poliment, comme une vendeuse simplement désireuse de l'aider.
— Qu'est-ce que tu vas faire des fleurs?

Jonathan la considéra sans dire un mot, le sourire aux lèvres. Au bout d'un moment, elle se dit qu'il avait oublié de répondre.
— Tu veux les offrir? avança-t-elle doucement.

Il sursauta, clignant des paupières.
— Euh, ouais. C'est ça. Je vais les... Son visage s'éclaira... les offrir à une fille. Et brusquement, il piqua un fard.

Ces malheureux Américains, avec leur peau blanche! Ils changeaient si facilement de couleur sous le coup d'une émotion. Pas étonnant qu'ils n'affichent jamais un air serein.

Jonathan se racla la gorge et désigna du doigt le panier débordant de fleurs séchées en lisant l'étiquette.

— «Éternelles.» Elles durent vraiment éternellement?

Elle fit la moue.

— Rien ne dure éternellement. Longtemps seulement. Elle sourit, découvrant ses fossettes. Assez longtemps.

— Bon, si tu choisissais pour moi?

Elle inclina légèrement la tête comme pour dire je-suis-votre-humble-servante. Elle avança une main vers les bouquets composés, hésita avant d'en saisir un.

— C'est bien?

— Parfait.

Il répondit en la regardant elle, et non le bouquet.

Était-ce possible? Était-il vraiment en train de la draguer? Tout portait à le croire, mais avec les Américains c'était si facile de se tromper...

Il paya les fleurs, elle lui rendit la monnaie. Il l'empocha sans vérifier. C'était dur de ne pas s'attarder sur ses cheveux, sur ses yeux couleur ciel! Il lui rappelait

Chamroeun. Il était aussi blond que Chamroeun était brun, et pourtant Sundara retrouvait en lui cette même façon nonchalante et chaleureuse de sourire qui lui était si étrangement familière.
— Tu as décidé quel conflit étudier pour le cours de relations internationales ? demanda-t-il.
— Je ne suis pas sûre encore.

Il avait donc remarqué qu'ils étaient dans la même classe de sciences sociales.
— J'étais certain que tu voulais parler du Cambodge.
— Oh... Elle détourna les yeux vers une trouée dans les peupliers par laquelle on voyait couler la rivière bordée d'arbres. Je ne sais pas... Parfois il est dur pour moi de penser au Cambodge.
— Dans ce cas, je le choisirai peut-être. (Du bout de sa basket boueuse il fit tourner la pédale de son vélo.) Ça ne t'a pas exaspérée l'autre jour, le mec au bout de la rangée qui craignait qu'on manque de pays en guerre pour nos exposés ? S'il pouvait avoir raison !
— Hé ! (La voix fluette de Ravy s'éleva.) Tu joues au golf ? J'ai quelques balles de golf à vendre. Très bonne qualité et pas chères.

Sundara et Jonathan échangèrent un sourire.

55

— Désolé, je ne joue pas.
— Et ton père ?
— Ouais, de temps à autre.
— Tiens, voici ma carte. Et Ravy lui tendit une carte de base-ball avec son nom et son numéro de téléphone notés au dos au stylo feutre.
— « Les balles de golf de Ravy, des occasions de première main », lut Jonathan.
— Voici un exemple de ma qualité.

Ravy sortit une balle bien blanche d'une boîte à chaussures cachée sous le fragile éventaire.

À la grande satisfaction de Ravy, Jonathan lui en acheta un plein sachet. Puis il se tourna vers Sundara.
— J'espérais vraiment que tu serais ici aujourd'hui.

Elle se sentit rougir. Ravy n'aurait pas dû entendre cela.
— Quand je t'ai vue la semaine dernière, je me suis dit « qui est-ce ? », pourtant c'est pas mon genre d'aborder les filles que je ne connais pas. (Il baissa le nez et tapa de nouveau sur la pédale de son vélo.) Je n'en croyais pas mes yeux quand tu as débarqué au cours d'anglais. Et puis ton poème... m'a vraiment ému.
— Ohh... (Elle détourna une fois encore les yeux vers la rivière.) C'est pas bien que je l'ai écrit.

— Pourquoi ? Il nous a aidés à comprendre ce que tu ressens. C'était bien le but ?

Elle soupira.

— Peut-être ce qu'une personne ressent ne doit pas se raconter devant tous. Tu as eu la bonne idée, je pense. Amuser.

— Sans doute, mais on nous avait demandé d'écrire à propos d'une chose qui nous semble essentielle. Quand j'ai entendu ton texte je me suis senti plutôt idiot avec mes élucubrations sur la cafétéria.

Elle sourit, flattée en dépit de ses protestations. Un court silence s'établit. Flairant une odeur de fumée, elle tourna la tête et aperçut de l'autre côté de la rivière une épaisse colonne sombre. Ces inquiétantes volutes noires l'avaient effrayée, au début, avant qu'on ne lui explique la technique de la terre brûlée. Depuis, elle savait que cela n'avait rien à voir avec la guerre.

Jonathan s'amusait avec une balle de golf qu'il lançait d'une main dans l'autre.

— Depuis combien de temps es-tu en Amérique ? finit-il par demander.

— Nous sommes arrivés en 1975.

— Quatre ans ? Tu parlais déjà l'anglais, bien sûr ?

Elle secoua la tête.

— Seulement le français.

— Tu parles français ? Il sembla très impressionné.

— Mais oui! (Elle sourit, montrant de nouveau ses fossettes.) Tous apprenaient le français à l'école dans mon pays, parce que avant les Américains, il y avait les Français. Dommage que nous ne savions pas que nous viendrions ici, j'aurais appris l'anglais d'abord!
— Comment as-tu appris, alors?
— En écoutant beaucoup. En regardant la télé. Pas le choix. Ne pas parler c'est comme une prison. On peut pas bâtir une nouvelle vie.
— Et comment as-tu appris à conduire un engin pareil?
— Comme l'anglais. En arrivant ici, nous avons vu que tout le monde conduisait. Alors ma famille m'a fait apprendre dès que j'ai eu l'âge.

Il la dévisagea rapidement comme s'il pensait «Bon, je dois partir.» Il accrocha sur son guidon les fleurs et le sachet de balles de golf et s'éloigna.
— Au revoir! lança-t-elle. Le voyant se retourner pour lui adresser un sourire radieux, elle ajouta bravement : à bientôt à l'école.

Puis elle regarda Ravy. Irait-il la dénoncer à la maison? Quelle histoire! Dire qu'elle devait s'inquiéter de sa conduite à cause d'un enfant de dix ans. Mais il lui sourit avec malice, ce qui la rassura un peu. Il ne la trahirait pas. Pas après tout ce qu'ils avaient partagé.

Elle redressa la tête et regarda Jonathan disparaître à l'angle du chemin dans les tourbillons des premières feuilles mortes d'acacia, ses cheveux d'or auréolés par le soleil.

4

Les échos d'une fanfare enivrante résonnaient dans la fraîcheur de la nuit incitant le flot humain se pressant sur les trottoirs à pénétrer dans le stade. Le pouls de Sundara s'accéléra tandis qu'elle avançait avec Ravy vers les fortes lumières. Elle allait enfin assister à un match de football ! À travers le grillage, elle aperçut le terrain et la foule grandissante des spectateurs. Ils prirent leurs billets et franchirent les tourniquets.
— On s'assied où ? demanda-t-elle à Ravy.
— Où tu veux. Moi, je vais retrouver mes copains, là-bas.
— Mais Ravy...

Trop tard. Il avait déjà rejoint un groupe de gamins à l'autre bout de la tribune.

Elle eut un instant de panique et faillit partir. Elle brûlait d'assister au match, mais pas seule. Elle devait rester. Pour raccompagner Ravy. C'était uniquement pour cette raison que Soka lui avait permis de venir. Elle respira à fond avant de se diriger vers les gradins. Pratiquement toutes les places étaient prises, et pour en trouver une il fallait passer devant ces groupies surexcitées, le cou tordu pour mieux voir, tandis qu'elles vous déshabillaient de la tête aux pieds en se demandant qui était cette fille en veste vert pisseux ?

— Sundara ! Là-haut !

C'était Kelly. Elle lui faisait signe de monter.

Sundara escalada les marches en bois et remercia d'un hochement de tête les amis de Kelly qui se serraient pour lui laisser une place. Deux d'entre eux lui répondirent d'un sourire et la saluèrent même par son nom.

— Pas possible ! dit Kelly. J'aurais jamais imaginé te voir à un match de foot !

— Moi non plus.

Jamais, auparavant, elle n'avait demandé à Soka la permission d'y aller, et Soka avait peut-être bien eu des soupçons. Mais quoi de plus naturel en somme que de vouloir assister à un match de football, comme les autres ?

Sundara n'osait même pas s'avouer à elle-même le véritable intérêt de la soirée, Jonathan McKinnon. Quel rôle tenait-il dans ce jeu ? Pourquoi suscitait-il messes basses et chuchotements parmi les filles dès qu'il apparaissait dans un couloir ? Elle voulait savoir.

Il y avait une autre personne qui éveillait sa curiosité.
— Kelly, interrogea-t-elle à voix basse. C'est qui la fille là-bas, à droite ?

Kelly fronça le nez.
— C'est Cathy Gates. Ne me dis pas que tu la connais pas.

Évidemment, Sundara la connaissait mais elle voulait en savoir plus. Car c'était cette fille-là qui se pendait si effrontément au bras de Jonathan dans les couloirs de l'école. Tandis que Sundara l'observait, Cathy leva les bras pour saluer quelqu'un dans les gradins et esquissa trois pas de danse assez osés qui firent tressaillir sa poitrine sous son pull orange.
— Elle sort avec Jonathan McKinnon depuis des siècles. Tu vois qui je veux dire ? Il est dans l'équipe.

Sundara aquiesça.
— On était à l'école primaire ensemble. C'est vraiment le couple idéal. Lui est supersympa. Très simple et quand on

pense que c'est tout de même une star. Tu trouves pas qu'il est vachement beau?

Sundara fit «oui» de nouveau, prenant garde de ne pas se montrer trop enthousiaste.
— Elle, elle est assez sympa. Mais parfois c'est agaçant de la voir toujours en vedette — avec tous les prix et tout ce qui s'en suit. Je reconnais qu'elle est pas bête.

Sundara se souvint du premier devoir d'anglais de Cathy. Un texte pas mal écrit. Sur l'importance d'être soi-même. Une idée curieuse, d'ailleurs. Que pouvait-on être d'autre?

Les yeux de Sundara s'arrondirent lorsque Cathy et ses groupies entamèrent une sorte de danse du ventre, se trémoussant dans tous les sens.
— Oh, Kelly! murmura-t-elle, je suis choquée!
— Quoi? Oh, je sais. Sans leurs jupes plissées, elles auraient vraiment l'air d'une bande de strip-teaseuses.

Sundara avait déjà vu ce type de parade à la télévision, les jeunes femmes en chapeaux de cow-boy blancs et vestes à franges collantes, mais là il s'agissait de filles de son âge, de filles qu'elle croisait chaque jour dans les couloirs de l'école à Willamette Grove!

Elle regarda Cathy Gates tortiller des hanches, retrousser sa petite jupe, montrer ses cuisses. Était-ce ce qui plaisait à Jonathan McKinnon ? Elle soupira. Peut-être s'était-elle trompée, l'autre jour au marché, en s'imaginant qu'il la draguait. Cependant toute la semaine, elle avait eu l'impression qu'il cherchait à retenir son attention durant les cours, il la dévisageait jusqu'à ce qu'elle le regarde. Ce qu'elle s'était bien gardée de faire. On lui avait appris à se tenir droite sur sa chaise et à regarder devant elle. Et puis pourquoi, pour quelle raison Jonathan McKinnon s'intéresserait-il à elle ? Elle n'avait vraiment rien de commun avec Cathy Gates.

Les joueurs se groupaient maintenant le long des lignes de touche, les mains sur les hanches. Quelles drôles de culottes ! Sundara masqua un sourire derrière sa main en voyant les énormes rembourrages sanglés autour de leurs cuisses. Les joueurs*, eux, semblaient parfaitement à l'aise ainsi harnachés. Ils paradaient fiers de leur virilité et de leur puissance. Soudain, ils retirèrent tous leur casque, plantèrent un genou en terre et baissèrent la tête. La foule se tut.
— Que font-ils ? murmura Sundara à Kelly.

* Il s'agit du football américain.

— Ils prient.
— Ils prient ? Pour quoi ?
— Pour gagner le match. Pour donner le meilleur d'eux-mêmes. J'en sais rien. L'entraîneur Hackenbruck les fait toujours prier.

Les groupies, aussi, avaient incliné la tête.

Sundara fronça les sourcils.
— Je croyais que dans ce pays personne ne peut vous forcer à prier.
— Pas question de discuter avec Hackenbruck. C'est lui, là-bas.

Kelly montra du doigt un type costaud vêtu d'un pantalon gris, d'un pull à col en V et d'une casquette de base-ball.

Après la prière, les joueurs se rassemblèrent pour le *huddle** et pour hurler en cadence « Du sang ! Du sang ! Du sang ! À l'attaque ! » Ensuite, ils s'éparpillèrent sur le terrain.

La fanfare entonna l'hymne national. Sundara se leva comme les autres. Derrière elle, un garçon commença à chanter d'une voix de fausset. Elle se tourna vers lui et le fusilla du regard. Quel manque de

---

* Huddle : ce sont les vingt-cinq secondes dont dispose l'équipe attaquante pour s'organiser et remettre le ballon en jeu.

respect. Naro serait horrifié. Il était toujours ému par ce chant, surtout par les paroles sur le pays de la liberté et la terre des braves.

Et les joueurs se lancèrent à l'assaut sous l'œil des hommes en chemises rayées qui sifflaient à tue-tête et agitaient des mouchoirs. Malheureusement pour Sundara le sens profond de ce jeu bizarre ne fut pas plus clair ici qu'à la télévision. Il représentait certainement plus qu'elle ne pouvait concevoir. Sinon pourquoi les Américains seraient-ils aussi passionnés ? À l'école, tout le monde s'écartait avec respect dès que les garçons de l'équipe, en vestes brodées au nom du club, déambulaient dans les couloirs. Pour quelle raison les joueurs de football étaient-ils considérés comme des héros ?

Quant à Cathy Gates... Sundara l'observait intensément. Fascinée par ce visage de fille qui réagissait au quart de tour. Un moment, elle était immobile, déhanchée, un coude appuyé dans son autre main, se rongeant les ongles les yeux rivés sur le match. Brusquement, un événement se produisait sur le terrain et — clic! — son visage s'éclairait d'un large sourire tandis qu'elle se tournait vers le public en applaudissant et en se pavanant, ses cheveux bruns volant au vent. Sundara nota aussi qu'elle avait la peau foncée, mais en réalité une peau claire dorée par le soleil ce qui, visiblement, faisait toute la différence aux yeux des Américains.

Ce que Sundara envia surtout à Cathy, ce fut son étonnant talent de flairer le moment où Jonathan et son équipe engageaient une action qui méritait d'être encouragée. Elle savait toujours s'il fallait hurler «Vas-y! Vas-y! Vas-y!» ou bien «Refoule! Refoule! Refoule, juuuusqu'au but!»

Lorsque Sundara demanda des éclaircissements à Kelly, celle-ci se contenta de répondre que l'idée était d'expédier le ballon à un bout ou l'autre du terrain. Aide médiocre — Sundara ne réussissant pratiquement jamais à suivre le ballon! C'était totalement frustrant d'entendre le nom de Jonathan hurlé dans les hautparleurs et de ne pas le distinguer des autres joueurs.

Enfin vint un moment où elle vit le ballon. Il s'éleva en chandelle dans le ciel et la foule laissa échapper un long râle d'extase anticipée.

— Aaahhh...

Elle vit la silhouette orange se ruer les bras en croix.

— Vas-y, McKinnon! vociféra Kelly.

Le ballon retomba en vrille. Jonathan McKinnon bondit, le saisit à la volée et repartit au grand galop. Une clameur assourdissante explosa lorsqu'il fonça entre les deux poteaux blancs.

Sundara se retrouva debout, sautant et applaudissant avec la foule. Elle ne comprenait pas ce jeu, mais elle en goûtait la rapidité, elle en goûtait la grâce. Elle comprenait pourquoi tout le monde trouvait Jonathan McKinnon magnifique.

5

Dans le couloir, à la sortie du cours de relations internationales, le cœur de Sundara battait si fort la chamade qu'elle s'effraya que Jonathan ne l'entende.
— Je connais pas grand-chose à la politique, dit-elle. Seulement ce que j'entends dans ma famille.
— Tu en sais forcément plus que moi. Je voudrais te poser quelques questions pour mon exposé. Y en aura pas pour longtemps.

Pourquoi tremblait-elle ainsi? C'était précisément le genre d'occasion qu'elle avait espérée. Et puis que risquait-elle? Après tout, il cherchait des éléments pour son devoir sur la situation dans son pays.

Les magazines d'actualité posés sur son cahier en faisaient foi.
— Bon, d'accord, dit-elle. Si je peux t'aider.

Lorsqu'elle comprit que cette causerie aurait lieu pendant qu'ils déjeuneraient ensemble dans la cour, il était trop tard pour reculer. Sous tous les arbres, sur tous les bancs, des élèves étaient assis en couple, comment lui expliquer sans le blesser que, pour elle, c'était une chose qui ne se faisait pas ?

Comme il mordait à belles dents dans son sandwich, elle lui sourit timidement en évitant son regard.
— Avant que tu dises ta question, je peux t'en poser une ?
— Bien sûr.
— Depuis que je connais ton nom, je m'interroge. Ton père est-il docteur ?
— Ouais, il est pédiatre.
— Ahhh... Je suis contente.

Même s'il était évident que Jonathan était le fils du docteur McKinnon dont elle se souvenait, elle s'était dit que c'était peu probable. Le fils d'un médecin aussi aisé porterait-il des jeans délavés et des sweat-shirts aux manches effilochées ? En Amérique, oui.
— Ton père a soigné mon cousin à notre arrivée ici.

— Ah ouais?

Elle hocha la tête.

— Petit Pon était gravement malade. Il pesait seulement sept kilos à bientôt deux ans!

— Sept kilos! Il glissa une paille dans le carton de lait. Tu es sûre? Ma mère m'a raconté que j'en pesais plus de quatre à ma naissance.

— Oui, c'est vrai. Il n'avait plus que la peau sur les os. Nous avions très peur parce qu'il allait si mal et nous ne pouvions pas comprendre l'anglais. Mais ton père est un homme très bon, très doux avec les tout petits enfants. Il a guéri Petit Pon. Ma tante a dit «Si les gens ici sont tous comme Dr McKinnon, alors peut-être l'Amérique sera un bon pays!» Voilà la raison pour laquelle je te demande si tu es son fils. Tu comprends, à cause de ton père je veux devenir un médecin moi aussi.

— Tu as déjà décidé?

Elle opina du chef.

— Avant je pensais que lorsque je serais grande, je m'occuperais seulement de mes enfants, de la cuisine et le reste. Aujourd'hui, tout est changé. Ma famille veut que je sois médecin pour que je retourne un jour au pays et que j'aide mon peuple. Ils auront besoin de beaucoup de

docteurs jeunes parce que les Khmers rouges tuent tous les anciens.
— Eh bien, je suis très impressionné.

Elle parlait trop, elle en fut brusquement consciente et se sentit gênée. Elle devait plutôt l'encourager à parler, lui.
— Que veux-tu faire?

Il haussa les épaules.
— Je sais pas trop.
— Mon cousin Ravy — celui que tu as vu au marché — il me demande si tu as le désir de devenir un footballeur professionnel?
— Je crois pas.
— Mais tu es une grande star. Je t'ai vu gagner le match.

Il la regarda.
— Tu étais là?

Elle acquiesça, heureuse de lui prouver au moins qu'elle comprenait qu'il avait accompli là une chose remarquable.
— Le football est le jeu le plus important en Amérique, je me trompe?
— Non, sans doute. Mais je ne le prends pas aussi au sérieux qu'ils le voudraient. Ce que j'aime, c'est courir.
— Tu cours très vite.
— Mets-toi à ma place! Tu as vu le gabarit des molosses qui me font la chasse?

Sundara porta la main à sa bouche pour masquer son sourire.

— Tous vous avez l'air colossal dans vos drôles d'habits !
— Ouais, et quand ils te tombent dessus ces mecs-là, ils sont colossaux ! Un de ces quatre, ils vont m'écharper.
— Oh, murmura-t-elle, j'espère que non.

Elle détourna les yeux. Il ne devait surtout pas s'imaginer que cela revêtait une importance pour elle. Même si c'était le cas. Elle s'éclaircit la voix et posa les mains à plat sur ses genoux.
— Que veux-tu que je raconte sur mon pays ?

L'ébauche d'un sourire éclaira le visage de Jonathan, sourire qui déclencha en elle un frisson délicieux.
— Exact ! fit-il. On est là pour travailler, pas vrai ? Bon... Voyons donc.

Il feuilleta son cahier, compulsant les notes qu'il y avait jetées à la va-vite.
— O.K... Ça signifie quoi, vivre dans un pays en guerre ?
— Ohhh... C'est difficile à dire. Je me rappelle pas mon pays sans la guerre. Quand je suis petite à Phnom Penh, la guerre semble loin. Les adultes parlent sans arrêt d'une chose terrible qui va arriver, mais je fais pas attention. À la fin pourtant, on ne peut plus l'ignorer. Mon école ferme à cause des bombardements

au moment où je dois passer mon examen pour entrer au lycée, et...
— Lycée?
— Oh, c'est un mot français. Il signifie le collège. Bref, j'étudie très dur pour l'examen. Dans mon pays, si tu le réussis pas, adieu les études, sauf si ta famille est haut placée et si ton père peut payer l'école privée. Mon père ne pouvait pas, mais il voulait que je reçoive une bonne éducation, alors je travaillais dur. Ensuite ils lancent les bombes et je ne peux pas passer mon examen! Je suis très déçue! Puis ce sont les longues vacances. Mais toutes les routes de Phnom Penh sont bloquées, alors nous ne pouvons pas aller à la mer à Réam. Nous ne pouvons pas aller nulle part. Même pas au cinéma. Seulement rester à la maison et écouter ma mère gémir que les prix coûtent plus cher chaque jour au marché. C'est comme l'inflation galopante, tu connais?
— En somme, tu n'as jamais vu de combats?

Elle sourit tristement.
— Uniquement dans notre maison. (Elle porta la main à sa bouche.) Mais je ne dois pas dire cela.

Elle avala une bouchée de sandwich. Avec quelle facilité les mots sortaient de sa

bouche... Des mots anglais. Ce jeune Américain n'avait rien fait d'autre que l'encourager d'un sourire, et voilà qu'elle lui racontait en anglais des choses dont elle n'avait jamais parlé auparavant. Dans aucune langue.
— Pourquoi? s'étonna Jonathan.
Elle fronça les sourcils.
— Ce n'est pas correct de parler des problèmes de famille...
Il attendait qu'elle continue. Elle hésita, puis se jeta à l'eau sans plus réfléchir.
— Tous finirent par devenir nerveux, tu vois? Mon père est professeur à un autre lycée, alors il passe tout le temps à la maison... C'est la saison chaude. Chacun se dispute avec l'autre. Je me désole maintenant, je me sens triste quand je me souviens comment je leur parlais.
Jonathan sourit.
— Je sais pas pourquoi mais j'ai du mal à t'imaginer en sale gamine.
— Et pourtant. Ma mère disait que j'étais effrontée. (Elle releva la tête.) Je suis une personne différente aujourd'hui. Comme si j'étais morte une fois et que je renaissais aujourd'hui.
Jonathan la fixa bouche bée. Elle rougit.
Voilà le danger, pensa-t-elle, quand on parle avec les Américains. On risque sans

cesse de dépasser une frontière invisible en racontant une chose qu'ils jugent incongrue. En tournant la tête, elle aperçut une bande de garçons qui traînaient du côté des tables de pique-nique et qui les observaient en se poussant du coude.
— Ils s'étonnent que tu parles avec moi.
Jonathan les regarda.
— Oh, ce sont des gars de l'équipe. Ça les amuse de traîner dans mes pattes.

Sundara remarqua qu'ils étaient plus costauds, plus massifs que Jonathan. Ils avaient un air mauvais, avec leurs gros biceps moulés dans leurs T-shirts trop collants.
— Salut McKinnon! hurla l'un d'eux. On vote neuf.
Jonathan leur fit signe de ficher le camp.
— Ça veut dire quoi? demanda Sundara. On vote neuf?
Il agita la tête.
— Rien. C'est idiot.
— S'il te plaît. Je veux savoir.
— Ah, c'est stupide, c'est leur dernière marotte, noter les filles. Tu as vu ce film, *Ten*?
Sundara fit «non».
— Nous n'allons jamais au cinéma ici.
Un autre garçon lança :
— Dix! Si elle met une jupette en paille!

Jonathan piqua un fard. Il secoua la tête.
— Ne fais pas attention à eux. (Il joignit les mains derrière la tête et s'adossa au banc de ciment en allongeant les jambes devant lui.) Ils ont tout de même raison sur un point. Tu serais superbe en jupette de paille.
— Jupette de paille?
— Tu sais. Comme les filles des îles du Pacifique. Les Tahitiennes et les autres. C'est ce que j'ai pensé aussi la première fois que je t'ai vue.

Elle se détourna, déconcertée. Il la draguait. À moins qu'elle ne comprenne vraiment rien aux garçons américains... Mais non! Elle sentait bien en son for intérieur que l'expression de son visage aurait été identique dans n'importe quelle langue.
— Les femmes khmères ne portent pas la jupette de paille! rétorqua-t-elle.

Elle se dit que c'était une réponse idiote. Mais comment garder son humour alors qu'il la rendait si nerveuse?

Il haussa les épaules, lui adressant de nouveau son sourire charmeur.
— Tu es superbe en jean, aussi...
Un muffle. Voilà ce qu'il était!
Elle se raidit.

— Ça fait partie de l'entretien ?
— Ouh, désolé ! (Il se redressa.) Je vais essayer de me tenir tranquille.

Tandis qu'il mettait un point d'honneur à consulter ses notes, elle songea à ses jeans. Soka se plaignait toujours qu'ils étaient trop moulants. Elle n'avait peut-être pas tort. Sundara sourit en douce.
— Bien... (Jonathan releva la tête.) À ton avis, le public qui regarde les reportages à la télé voit plus de bombardements et d'horreurs que les gens qui vivent sur place ?

Le changement de sujet la fit tressaillir.
— Je sais pas. Nous n'avions pas de télé au Cambodge. On montre beaucoup de bombes, ici ?
— Oui. Tous les soirs.
— J'ai vu ce que la guerre fait aux gens, dit-elle. Avant, Phnom Penh était une belle ville, mais à la fin elle était envahie de réfugiés arrivant de la campagne. Ils mettaient les tentes sur tous les trottoirs...

Elle se tut, plongeant dans ses souvenirs. Assise ici, sous le paisible soleil d'automne, tout cela semblait appartenir à un autre monde, à un autre temps. Désirait-elle vraiment exhumer toutes ces images ? Les femmes épuisées écartant les chapelets de mouches des visages de leurs enfants

malades. La pestilence des ordures qui s'entassaient et pourrissaient dans la chaleur des derniers jours de la saison sèche. Ces choses-là ne se voient pas à la télévision. Les rues éventrées par les bombes. Les immeubles détruits. Les gens amputés. Les blessures enveloppées dans les bandages crasseux, durcis par les taches de sang séché...
— Mon seul souvenir de la guerre du Viêtnam, dit Jonathan, ce sont les tracts contre la guerre que ma mère rédigeait. Elle et mon père se sont violemment disputés un jour parce qu'elle en avait emportés à une soirée pour les distribuer au personnel de la clinique. Mon père venait juste d'y entrer et il avait la trouille que la direction soit furieuse.
— Elle l'a été?
— Mon père, oui. (Jonathan haussa les épaules.) Voilà mon souvenir de guerre. Je comprenais pas trop ce que c'était. Je savais seulement que c'était terrible. Maman arrêtait toujours la télé pour que je ne voie pas les infos.

Sundara soupira.
— Moi non plus, ma mère ne voulait pas que je regarde. C'est pourquoi ils me gardaient à la maison. J'ignorais combien tout était terrible jusqu'à mon départ.

— Je parie que tu es heureuse d'avoir pu fuir ? Oui ?

Ses lèvres papillonnèrent. Jonathan surprit ce léger frémissement.

— Écoute, on n'est pas obligés de parler du Cambodge si ça te fait de la peine.

— Ça m'est égal si ça t'aide pour ton exposé.

— Bon, si tu en es sûre. Il tapota le *Newsweek** posé sur ses cahiers. J'ai lu quelques articles. Assez pour te dire que je suis drôlement content que tu sois partie. Je me doute bien que ton pays, ta maison doivent te manquer, mais d'après ce que j'ai lu sur ce que les Khmers rouges font aux intellectuels, il aurait été pire que tu restes. Avec ton père prof... il hocha la tête... Une sacrée veine qu'il ait pu fuir à temps.

— Mais Jonathan... Il ne s'est pas enfui, lui.

Le sandwich de Jonathan resta en l'air devant sa bouche.

— Comment ? Je pensais...

— J'ai laissé toute ma famille à Phnom Penh.

Le sandwich retomba sur le plateau.

— Oh mon Dieu, Sundara ! Je suis désolé. Je savais pas. Quand tu parlais de ta famille, j'étais sûr que...

* *Newsweek* : hebdomadaire américain.

— Non, je suis venue avec ma tante et mon oncle, parce que j'étais chez eux à Réam quand Phnom Penh est tombée*. Peut-être que je t'ai pas expliqué clairement.

Il avala douloureusement.
— Que sont devenus tes parents ?
— Je sais pas. Je n'ai reçu aucune nouvelle.
— Depuis tout ce temps ?
Elle fit « oui ».
— Le dernier jour où j'ai vu mon père c'est quand il m'a conduite à l'aéroport.
— C'est affreux.
Elle hocha la tête encore une fois.
— Mes parents m'ont expédiée en avion à Réam seulement deux semaines avant que les Khmers rouges prennent la ville. L'avion était le seul moyen de sortir parce que toutes les routes étaient barrées. C'est

---

* En mars 1970, les troubles agitant le Cambodge depuis son indépendance en 1953 s'enveniment brutalement avec la destitution du Premier ministre, le prince Sihanouk — bombardements américains et vietnamiens se succèdent alors. Début 1975, Phnom Penh est assiégée par les Khmers rouges de Pol Pot et la ville tombe le 17 avril.
En 1978, les Vietnamiens pénètrent au Cambodge ; les troupes vietnamiennes rentrent chez elles en 1989. Le traité de Paris, le 14 novembre 1991, ratifie le cessez-le-feu, et annonce le désarmement des combattants, le retour du prince Sihanouk, des élections libres en 1993. *(N.d.T.)*

alors que j'ai vu le désastre dans la ville. Le boulevard encombré avec les bicyclettes, les chars à bœufs, motos, gros camions militaires... Toutes les grandes belles maisons avec les piles de sacs de sable pour les protéger. Moi, je m'accroche à mon père dans le pousse-pousse, j'écarquille les yeux. J'ignore jusque-là combien la guerre était mauvaise. Je me souviens, le chauffeur nous a déposés près de la station de taxis et a dit « vingt riels ». Mon père a dit « Tu es fou ! Quatre fois le prix normal ! » Lui a répondu « C'est la guerre. Tu n'es pas le seul pressé d'aller ailleurs. » À l'aéroport aussi c'est le désastre. Tous se bousculent, pressés de partir. Alors la bombe a explosé.
— Au moment où tu y étais ?
— Oui ! Mon père me jette par terre. Ma poitrine brûle. Je suis terrifiée. Je sens le sol chaud trembler contre mon visage. Mon père me relève, me traîne sur les marches de l'avion. Mais je ne veux pas partir, je veux rester avec ma famille. Je pleure mais il n'écoute pas. Je dis « Regarde, le sang de mon coude ! » Ses lunettes sont cassées, mais il me plante là-haut avec les gens.
— Et tu n'as plus eu aucune nouvelle depuis ?

— Non. Seulement des rumeurs sur ce qui se passait à Phnom Penh quand les Khmers rouges ont pris la ville. Certains réfugiés racontaient que les communistes faisaient partir tout le monde à la campagne pour travailler et que beaucoup mouraient. Parfois je me dis « Sundara, peut-être tu es déjà *kampréa*. » Cela signifie « orpheline ». Il y a deux jours, nous avions une fête. La Toussaint. Nous avons prié pour tous ceux qui sont morts. Moi, je sais pas pour qui prier, parce que... qui est mort ? Qui ne l'est pas ?

Après un certain temps, Jonathan secoua la tête comme s'il ne pouvait se résoudre à y croire.

— Partir sans tes parents..., articula-t-il.
— Et mon frère et ma petite sœur. (Elle soupira.) Et Chamroeun.
— Chamroeun ?
— Un garçon que je connais.
— Un petit ami ?

Elle se concentra sur ses mains.

— Un peu cela. (Elle leva les yeux.) J'ai peut-être tort de te rendre triste avec mes histoires.

Ils demeurèrent silencieux un moment. Ils ne mangeaient plus ni l'un ni l'autre. Sundara finit par demander :
— Combien de frères et sœurs tu as ?

— Aucun. Il n'y a que moi.
— Oh, c'est triste !
Il cligna des paupières.
— Ça offre certains avantages d'être enfant unique, tu sais.
— Oh, pardonne-moi. Je ne voulais pas te vexer.
— Non. T'inquiète ! (Il rit.) J'ai pas vraiment l'habitude qu'on s'apitoie sur mon sort. Généralement, les gens réagissent comme si j'étais le veinard qui possède tout...
— Mais ni frère, ni sœur...
Il haussa les épaules.
— Bof, je suis habitué.
— Oh ! (Elle détourna les yeux.) Au Cambodge, nous aimons avoir beaucoup d'enfants. Cinq c'est bien. Si tu peux élever beaucoup d'enfants, et qu'ils sont en bonne santé, tu te sens riche.

Jonathan fronça les sourcils.
— En fait, je crois que mes parents voulaient d'autres enfants. À l'époque, j'ai pas bien compris ce qui est arrivé, mais je crois que ma mère a fait un certain nombre de fausses couches.
— Fausses couches ?
— Ouais, les bébés qui ne sont pas viables, qui meurent avant la naissance.
— Oh. Très triste.
Le silence retomba un instant, puis Sundara continua.

— Je m'amusais beaucoup avec mon frère et ma sœur, même si je feignais la colère parfois. Samet avait plus de liberté car c'était un garçon et Mayoury, la petite, bien sûr, était gâtée un peu. Moi, je suis entre les deux. Alors, quand ma mère a décidé de m'envoyer à Réam, j'ai dit «Parfait, je suis heureuse de partir.» Mais ensuite la maison m'a manqué. Tu vois comme c'est absurde? J'ai dû partir pour comprendre combien j'aimais ma famille.
— Tu sais, c'est sans doute la même chose pour bien des gens. Tu connais le vieil adage «De l'absence naît l'affection.»
— Oui! C'est exactement ça. Les Américains comprennent aussi, alors! Elle répéta la phrase «De l'absence naît l'affection», et soupira, c'est si vrai!
— Écoute, s'exclama-t-il, si ça te fait du chagrin d'évoquer tout ça....

Elle partit d'un petit rire sec.
— Je dis que je ne dois plus parler et je recommence.
— Rien ne t'y oblige. J'aurais peut-être pas dû aborder le sujet.
— Non, c'est pas grave. Tu vois, jamais je n'ai parlé de tout ça avant. Jamais avec un Américain...
— Vraiment?

Elle hocha la tête.

— Cela ne m'ennuie pas de raconter, si tu es sûr que tu veux entendre.
— Oui. Continue. Comment as-tu quitté le Cambodge ?

Elle respira profondément.
— Mon oncle était une sorte de comptable pour le gouvernement américain et si les communistes l'arrêtaient, cela aurait été grave... (D'un doigt, elle effleura son cou.) Alors, quand nous avons appris qu'ils arrivaient, nous nous sommes précipités à bord du bateau. Tout le monde disait : « C'est seulement pour un jour ou deux, le temps que les choses se calment. » Mais bientôt, d'autres gens vinrent et racontèrent que les Khmers rouges tuent tout le monde. Alors, nous sommes partis.
— Vers l'Amérique, fit Jonathan d'un air rêveur.
— Oh, non ! Nous n'allions pas vers une direction précise. Nous nous éloignions des massacres. D'abord, nous sommes allés en Thaïlande, ensuite en Malaisie, en Indonésie... Nous savions pas *où* nous arrivions. Nous avons dérivé six ou sept semaines. Enfin, les Américains nous ont installés dans un camp aux Philippines. Là, nous sommes restés un certain temps, ensuite ils nous ont conduits en Californie.
— J'ai interrogé mes parents là-dessus. Ils sont persuadés que tous ceux qui ont

quitté le Viêt-nam et le Cambodge en 1975 ont été évacués par notre gouvernement, dans l'ordre et le calme comme si tout avait été organisé à l'avance.
— Non, fit-elle en agitant la tête. Jamais personne n'a parlé de quitter le Cambodge. Pas à moi. Ma tante et mon oncle n'ont jamais dit «faisons nos bagages» ou «il vaut mieux se préparer». Nous avons ramassé simplement quelques affaires ce jour-là et nous sommes partis. (Elle soupira.) Moi, je ne voulais pas partir. Je voulais rentrer à Phnom Penh parce que j'avais très peur pour ma famille, mais mon oncle a dit «Nièce, c'est pas le moment de pleurer! Trop tard! Dépêche-toi!»

Elle marqua un temps.
— Pourquoi tu me regardes comme ça?
Il hocha la tête.
— Mon Dieu, je peux pas imaginer de devoir quitter ainsi ma maison, et ensuite continuer à vivre dans un autre pays, sans savoir ce qui est arrivé à ma famille.
— Tant que je n'apprends pas qu'ils sont morts, je garde espoir. (Elle prit une voix gaie.) Je connais une fille coréenne. Sa mère a retrouvé sa sœur presque trente ans après la guerre en Corée. Pour moi, cela fait seulement quatre ans!

Mais Jonathan fixait obstinément le sol.
Sundara se mordit les lèvres. Après tout, ils auraient peut-être dû se borner à discuter de jupettes en paille.

6

De tous les invités assis sur les tapis du salon, en ce dimanche soir, la personne que Sundara avait le plus de plaisir à voir c'était son amie Moni.
— Quelle chance j'ai, chère Soka, disait la jeune fille au visage rond, un peu plus âgée que Sundara, d'être accueillie parmi vous à l'occasion de ces repas.

À chacune de ses visites, Moni paraissait avoir pris du poids.
— Je me fiche pas mal de grossir, disait-elle volontiers.

Quand on s'est nourri d'insectes, de rats, et autres scorpions pour survivre, quelques kilos de trop se révèlent plutôt une idée brillante.

Soka s'empressa de lui proposer une autre assiette.

— Ça change tout de cueillir l'ail soi-même. Puisque c'est gratuit, il n'y a aucune raison d'être mesquin. Quant au riz, je fais de mon mieux avec le méchant produit qu'on trouve ici.

Grand-mère soupira.

— Comme le riz de chez nous me manque ! il fleurait si bon la fraîcheur. Le riz d'ici est tellement traité qu'il est vidé de toutes ses qualités.

— Moi, je suis déjà bien contente qu'il y ait du riz en Amérique ! sourit Moni. Naïve comme je suis, je m'imaginais qu'ils ne mangeaient que du pain !

Sundara sourit aussi. Elle appréciait cette manière qu'avait Moni de se moquer d'elle-même. Après les épreuves qu'elle avait traversées, c'était inouï qu'elle ait encore la force d'en rire.

Là-bas au Cambodge, le jeune mari de Moni était soldat. Restée seule pendant qu'il combattait les communistes, elle s'était réfugiée à Phnom Penh pour attendre la naissance de son bébé — une parmi des milliers à camper sur les trottoirs de la ville. Quand les Khmers rouges déferlèrent sur Phnom Penh, elle espéra, comme tant d'autres, que tout se passerait bien. Les communistes ne seraient peut-être pas aussi terribles. Du moins, les combats et les massacres cesseraient-ils. Bientôt, son mari reviendrait. Durant une heure à peine, tandis que le long des rues défilaient les camions militaires, il y eut même des gens pour manifester leur joie.

L'esprit de fête ne dura guère.

Les soldats ordonnèrent bientôt à tous de quitter la ville. Selon eux, les Américains allaient bombarder Phnom Penh avec leurs B-52. Ce n'était pas difficile à croire. À l'époque où ils chassaient les fuyards nord-vietnamiens, les Américains n'avaient-ils pas abondamment pilonné la campagne cambodgienne ?

Tandis que s'organisait l'exode de Phnom Penh, le temps vint pour Moni — selon la belle expression des femmes khmères — de fendre les eaux du Grand Fleuve. Dans un recoin de trottoir, bousculée par la foule qui fuyait, elle accoucha. Soka et Sundara avaient versé des torrents de larmes en écoutant ce récit, mais Moni leur avait affirmé qu'elle n'était pas la seule dans cette situation.

— J'ai vu des choses plus atroces encore. Peu après la naissance de ma fille, un petit garçon me supplia de l'aider. Il devait faire partie de ceux qu'on avait renvoyés de l'hôpital parce qu'il avait un pied... en moins. Je ne pouvais pas le prendre avec moi. J'étais trop faible, et puis j'avais mon propre enfant... Oh, Seigneur, sa petite âme me hante encore.

Soka et Sundara en avaient déduit que le bébé de Moni était mort – tant de bébés khmers mouraient, même dans des conditions plus favorables. Soka, elle-même, avait perdu deux enfants entre Ravy et Pon. Mais Moni les rassura, sa petite fille avait survécu.

– C'était une solide petite paysanne, comme moi.

Ne sachant quelle direction prendre, les habitants de la ville avaient été refoulés vers les campagnes par des soldats aux regards morts, vêtus de noir. Inébranlable, le bébé serré dans son krama, Moni s'était dirigée vers le village de ses parents du côté des rizières – se nourrissant comme elle pouvait, mangeant même l'écorce des arbres, quand elle avait la chance d'en trouver un morceau qui ne soit pas imprégné de ce poison déversé par les Américains pour tuer les feuilles des arbres. Chez ses parents, elle reprit des forces. Bientôt, elle apprit que son mari avait été parmi les premiers exécutés quand les Khmers avaient commencé les purges.

Au sein de la nouvelle Kampuchéa, il n'y avait pas de place pour les veuves de soldats anticommunistes. Elle était, elle aussi, condamnée à mourir.

Confiant le bébé à ses parents, elle partit à pied, les seins douloureux d'un lait que son enfant ne téterait jamais. Elle traversa la jungle, bravant les panthères et les soldats Khmers rouges, se faufilant parmi les mines et les cadavres épars de ceux qui avaient mal choisi où poser leurs pieds. Elle échappa aussi aux voleurs à la frontière thaïe.

Son histoire hantait Sundara. Un tel courage. Non seulement Moni avait mis au monde un enfant, mais elle avait su le garder en vie. Comment Moni avait-elle fait pour réussir là où Sundara avait échoué ? Le sentiment de culpabilité de Sundara concernant le bébé de Soka était une chose dont elle ne pourrait jamais parler. Pas même à Moni.

Elle se leva et circula avec précaution parmi les invités assis par terre. Le coin repas était trop exigu pour recevoir autant de gens, aussi avait-on repoussé les quelques meubles contre les murs et disposé des petits tapis sur la moquette du salon afin de s'asseoir. Naro et Soka faisaient souvent ainsi parce que leurs amis aimaient revêtir les *sampots** et les sarongs** pour venir manger dans leur maison neuve si typiquement américaine – ailleurs ils se sentaient gênés de les porter. Ils recherchaient tous les conseils de Naro et de sa femme car ceux-ci étaient arrivés aux États-Unis parmi les premiers. Soka se plaignait parfois des contraintes que cela engendrait, mais que faire ? On doit toujours accueillir les amis et même le visiteur inattendu.

Sundara revint de la cuisine avec un plat en argent en forme de feuille de bananier – le préféré de Soka – sur lequel elle avait disposé le *karup kanow,* un dessert composé de fruits confits. Les enfants s'étaient levés et galopaient dans tous les coins, hurlant leur joie et ne s'arrêtant que pour picorer des petits carrés de fruits pailletés. Les parents fronçaient les sourcils, mais sans conviction.

– *Kompuch!* grondaient-ils en riant. Quels enfants mal élevés !

Et Soka de les rassurer en affirmant que le bruit ne la dérangeait pas.

---

* Sampot : vêtement fait d'une pièce d'étoffe enveloppant la taille et les cuisses.
** Sarong : sorte de jupon étroit porté par les hommes et par les femmes.

— Au contraire, cela me réchauffe le cœur de les entendre rire ainsi après tout ce qui est arrivé.
— Quelle chance vous avez, dit une femme au regard triste. Vos enfants n'ont pas vu les atrocités que les miens ont vues.

«Je vous prie, ne commencez pas», pensa Sundara en passant le plat. Ce n'était peut-être pas très gentil, mais elle redoutait la présence de cette femme. À l'exception de sa fille et d'elle-même, les hommes de Pol Pot avaient massacré toute sa famille. Sundara en éprouvait infiniment de tristesse pour elle, mais elle se refusait à l'entendre une fois encore raconter son histoire avec force détails monstrueux sur la façon dont ils étaient morts...

— Votre fillette oubliera toutes ces horreurs, dit Soka désireuse elle aussi de détourner la femme de son récit. Regardez-la. La petite fille traversa la pièce à la suite de Pon en riant aux éclats. Elle semblait tout à fait normale, malgré une répulsion quasi hystérique pour la couleur rouge, qui lui rappelait celle du sang.

— Je me suis longtemps inquiétée pour mon petit Pon, continua Soka. Jamais, je n'oublierai la première fois quand je l'ai confié à la garderie. Nous pleurions tous les deux! Je ne pouvais admettre qu'on m'oblige à le confier à des gens qui n'étaient pas de sa famille. Je pensais «L'Amérique est un pays sans cœur.» Peu à peu, je me suis habituée et vous pouvez le constater, il va très bien.

Sous la haute autorité de Ravy, les enfants étaient occupés à dresser une tente avec les nombreuses couvertures tricotées au crochet par les dames de la paroisse. Un petit visage hilare surgit par une ouverture dans la tente, puis disparut.

Sundara sourit, puis soupira. Elle aurait parfois souhaité avoir quelques années de moins. Les enfants étaient plus heureux. Même les plus petits, même ceux dont les familles avaient survécu au pire semblaient s'intégrer facilement en commençant aussi jeune l'école américaine. Pon n'avait aucun souvenir, et si Ravy en avait, il s'y attardait peu. Il ne s'intéressait qu'à *la Guerre des étoiles*, aux machines à calculer, et au prochain match de football qu'il organisait avec ses copains. Il lui arrivait bien d'évoquer avec nostalgie son coq préféré, resté au pays, mais pour Sundara... Elle avait le sentiment que c'était elle tout entière qu'elle avait abandonnée là-bas, la fillette primesautière qui gambadait le long des plages de sable étincelant de

Réam, celle qui faisait des bêtises dans les rues poussiéreuses de Phnom Penh...

Quelques semaines avant son départ, son père lui avait offert une ravissante ombrelle bleue avec des roses peintes sur le dessus – curieux cadeau pour une petite fille qui ne supportait plus d'être enfermée à la maison. Elle avait supplié son père de l'emmener se promener le long des quais. Elle se voyait déjà en train de faire tournoyer l'ombrelle pour attirer le regard des garçons à bicyclette. Devant son père, elle n'aurait pas pu leur sourire, mais quel plaisir d'observer leurs regards admiratifs. Peut-être Papa et elle pourraient-ils s'asseoir à une de ces terrasses de café à la mode de Paris ? Ou prendre un pousse-pousse pour aller faire des courses dans le quartier chinois ?
— Naïve enfant, je ne peux pas t'emmener là-bas. C'est beaucoup trop dangereux avec les tirs de bombes. Crois-moi, la ville ne ressemble plus à celle de tes souvenirs.

Elle détestait cette guerre. Elle avait tout détruit.

Et aujourd'hui, malgré tout ce qu'elle avait enduré depuis des mois, tout ce qui lui avait prouvé quelle chance elle avait eue et combien la guerre lui était étrangère, aujourd'hui encore, une seule pensée la hantait : elle ne se promènerait jamais le long du boulevard Monivong à l'ombre des jacarandas bleu lavande et des arbres en fleurs en faisant tournoyer son ombrelle décorée de roses. Certes pas du temps de ses longs cheveux noirs, pas du temps qu'elle était jeune et jolie. Un regret si futile, quelle honte ! Et pourtant, elle ne réussissait pas à s'en défaire.

— Je reste quelquefois stupéfaite aussi par les manières américaines de certains de nos aînés, disait la femme de Prom Kéa. Vous êtes au courant pour Pok Simo, le fils de Pok Sary ? Ses amis américains lui ont appris à jouer au poker et il leur a gagné toutes leurs économies !

Sundara fronça les sourcils. À l'école, Pok Simo avait un an d'avance. Elle ne l'aimait pas. En quoi était-ce admirable de savoir jouer au poker ? Ou de battre les Américains ? Même Soka souriait. Sundara imaginait sans peine ses ennuis si Soka avait appris que c'était elle qui jouait — sauf au nouvel an, évidemment. À ce moment-là, c'était permis. Mais pour Pok Simo, c'était différent, il s'y consacrait comme un professionnel.

— Oui, c'est un garçon intelligent. Il paraît qu'il envisage de suivre une formation militaire à l'université.

Naro railla.

— En quoi est-ce intelligent de vouloir être militaire ? Si ton pays est vaincu, que deviens-tu ?

Comme d'habitude la conversation déviait maintenant vers la difficulté de vivre en Amérique. Pourquoi payer des impôts pour la Sécurité sociale ? N'était-ce pas le rôle de la famille ? Ce n'était pas facile d'expédier de l'argent en douce à ceux restés au pays. Et ils en réclamaient toujours davantage. Ils s'imaginaient que l'Amérique était un paradis parce que chacun avait sa voiture. Ils ne comprenaient pas que chacun devait avoir sa voiture. Et à propos de voitures, les regards qu'on leur réservait parce qu'ils conduisaient des autos flambant neuves, n'étaient-ils pas insupportables ? En plus, ils achetaient américain, même pas japonais ! Ils n'étaient jamais gagnants... S'ils vivaient d'allocations, les Américains les traitaient de parasites. S'ils travaillaient dur et qu'ils réussissaient, ils les jalousaient.

Parmi les invités, un homme et une femme, fraîchement débarqués aux États-Unis, écoutaient, les yeux ronds, rabâcher ces griefs que Sundara avait entendus si souvent. « Ça doit leur paraître bien déplacé », songea-t-elle. Voilà quelques semaines à peine, ils se morfondaient dans un sordide camp de réfugiés, s'imaginant sans doute que l'Amérique serait la réponse à toutes leurs prières.

Sundara songea aussi qu'au moins eux avaient voulu venir ici. Ils avaient eu le temps de se faire à cette idée durant les mois d'attente.

Pour sa famille, tout s'était passé si vite. Elle n'avait pas eu conscience de quitter sa maison, pour toujours sans doute, cette folle nuit d'avril où ils s'étaient embarqués sur le gros bateau. Ce fut environ deux mois plus tard qu'elle avait commencé à comprendre qu'il ne s'agissait pas d'un séjour momentané, d'un terrible mais bref interlude jusqu'à ce que les événements dramatiques se calment dans son pays. Elle avait compris cela un jour où elle était assise sous la tente de la classe d'orientation, organisée à la hâte à Camp Pendleton en Californie.

« Que le ciel me protège », avait-elle pensé, le regard hébété, atterrée par ce constat brutal. Le professeur leur expliquait la vie quotidienne en Amérique, comme s'ils s'installaient ici pour très très longtemps. Ils ne rentreraient pas chez eux, pas de si tôt. Peut-être jamais. Adieu Kampuchéa. Bonjour l'Amérique.

Ils n'avaient pris qu'une seule décision — fuir pour vivre — et ils se retrouvaient là. Hier encore, elle se balançait dans la brise du soir sous la véranda d'un village de pêcheurs cambodgien, et voilà qu'aujourd'hui elle était assise dans la chaleur moite d'un camp de réfugiés sous la garde de militaires américains.

Et pourtant, se disait Sundara en observant les nouveaux venus, il est impossible d'envier les longs mois où cette famille a croupi dans un camp thaï, car, même avec l'aide de leurs compatriotes, il leur sera beaucoup plus difficile de s'installer aujourd'hui. Ils n'avaient sans doute pas pu emporter grand-chose — rubis, saphirs ou feuilles d'or comme Naro et d'autres avaient pu le faire, et ils étaient sans doute épuisés par toutes les difficultés qu'ils avaient dû combattre. Sundara s'arrêta sur le regard perdu de la jeune mère. Elle ressentait de la compassion à son égard, tout en espérant que cette jeune femme ne serait pas du genre à décrire en détail, à chaque réunion, les atrocités qu'elle avait vécues.

Son cœur s'alourdit quand Naro se dirigea vers le magnétophone. Pas cette cassette ! Pas la chanson sur la femme seule dans un camp ! Même les horripilantes critiques sur le mode de vie américain étaient préférables à cette tristesse sans cesse remâchée.

Quand je lis les mots que tu m'as écrits,
je crois ma dernière heure venue.
Tu dis que tu as découvert une autre vie,
une autre femme
en un lointain pays.

À travers les montagnes,
j'ai guidé nos enfants,
avec l'espoir insensé de te retrouver.
Aujourd'hui, ils pleurent à mes pieds,
ils me supplient
de leur dire où tu es parti.

À travers l'océan mon âme vole vers toi
chargée de son triste message
écoute l'appel de tes enfants,
même si tu aimes ailleurs
et que depuis longtemps
tu m'as oubliée.

La gorge de Sundara se noua. La femme qui avait perdu toute sa famille éclata en sanglots. Soka s'empressa de la consoler.

Naro hocha douloureusement la tête.
– Je ne comprends toujours pas comment on en est arrivé là – que les gens fuient non seulement les Vietnamiens, mais aussi

leurs frères khmers. Notre propre peuple !
Les Vietnamiens, eux, ne s'entretuent pas.
 « Oh, arrête », pensa Sundara.
— Cela semble difficile à croire, avança le nouveau venu d'un ton calme, pourtant un tas de gens disent que les Vietnamiens seraient une meilleure solution que les Khmers rouges.
— Quel choix ! Fuir le tigre dans la jungle ou se jeter dans la gueule du crocodile au milieu du fleuve ! Les Vietnamiens seraient trop heureux de voir chaque Khmer crever de faim pour occuper définitivement notre pays.
— Si seulement le prince Sihanouk* revenait !

Tout le monde soupira plein d'espoir. Quand elle était petite, Sundara s'était un jour mêlée à la foule en liesse qui accueillait le prince Sihanouk le long d'un large

---

* Sihanouk : couronné en 1941, le prince Norodom Sihanouk (né en octobre 1922) abdique en 1955 en faveur de son père et devient Premier ministre. En 1970, la révolte militaire l'oblige à céder la place au général Lon Nol et il se réfugie à Pékin d'où il dirige l'opposition. Fin 1975, il retourne au Cambodge mais dès avril 1976 il est à nouveau contraint d'abdiquer. Libéré en 1979, ses tribulations le conduiront en France en 1988 où il prendra la présidence de la coalition de résistance jusqu'en février 1990. Depuis décembre 1991, il a regagné le Cambodge. *(N.d.T.)*

boulevard bordé d'arbres à Phnom Penh. Ses souvenirs, cependant, n'étaient pas liés au bien aimé chef d'État, mais plutôt aux fleurs que chacun lançait sur le passage lent de sa voiture, au collier de jasmin si parfumé qu'on lui avait mis autour du cou en signe de réjouissance. Les adultes, eux, se rappelaient la personne de Sihanouk. Et ils semblaient croire que s'il revenait de son exil chinois et régnait de nouveau sur Kampuchéa, chacun pourrait rentrer chez soi.

« À quoi bon écouter ça ? » se dit Sundara et elle se leva pour desservir.

Ils allaient encore soupirer et ruminer leur chagrin toute la nuit.

Une certaine lassitude s'était peut-être aussi emparée des autres. Les femmes se réunirent dans un coin. Soka prit dans ses bras le bébé des nouveaux venus. Elle s'appelait Jennifer.

— Elle est née ici ! précisa fièrement son père en anglais. Elle est américaine !

— Et si vous me la donniez à garder ? plaisanta Soka. Tous le monde préfère les garçons, mais une petite fille c'est si bon aussi.

Plus jamais Soka n'aurait de petite fille.

On leur avait dit que ça coûtait des milliers de dollars d'avoir un enfant aux

États-Unis. Où auraient-ils trouvé une somme pareille ? Soka avait jugé qu'elle n'avait pas le choix, et peu après leur arrivée elle s'était fait opérer pour ne plus avoir d'enfant.

Sundara observait sa tante avec un mélange de fascination et de tristesse, se demandant si elle se souvenait de sa propre petite fille morte.

Les yeux noirs de Soka quittèrent un instant Jennifer et se posèrent sur Sundara. Le sourire s'évanouit.

— Tu peux faire la vaisselle, Nièce.
— Oui, Jeune Tante.

Sundara fila à la cuisine, se mettant brusquement à trembler. Chaque fois que Soka la regardait de cette manière elle imaginait sa tante se disant « Voilà celle qu'on m'a envoyée pour s'occuper de ma petite fille et qui l'a laissée mourir. »

Moni la rejoignit presque aussitôt portant quelques assiettes en équilibre sur les bras.
— Laisse-moi t'aider.

Moni voulait toujours se rendre utile, comme pour justifier sa présence. Facile à comprendre. Quel autre sentiment aurait pu éprouver une fille qui n'avait pas de place à elle au sein d'une famille ? Or Moni n'avait pas de famille, pas dans ce pays. Elle vivait récemment encore dans la famille américaine qui l'avait parrainée. Ils avaient fini par lui trouver un petit appartement, mais Sundara savait qu'elle se sentait seule.

— Les Miller n'avaient pas de lave-vaisselle, dit Moni. Je ne comprends toujours pas comment ça marche.

— C'est simple. Sors les assiettes, je vais te montrer comment on charge.

Ce genre de détails donnait à Sundara l'impression d'être plus âgée que son amie, même si Moni avait vingt-deux ans. Arrivée avant elle en Amérique, Sundara comprenait un tas de choses de la vie américaine que Moni ne saisissait pas encore. Dans d'autres domaines, Moni était plus sage; elle connaissait un peu les hommes.

D'une main experte, Sundara disposa les assiettes dans le panier.

— Pourquoi mettent-ils toujours ces chansons ?

Moni hocha la tête.

— Celle de la femme qui pleure entourée de ses enfants attendrirait une statue de marbre.

— Et celle de la fille seule à Long Beach avec son bébé parce que l'homme avec lequel elle s'est enfuie l'a abandonnée ?

— Elle est triste aussi, acquiesça Moni. C'est arrivé pour de bon à une fille que je connais. Et en plus sa famille l'a déshéritée parce que, depuis le début, ils étaient contre ce mariage. Parfois, je me demande ce qui est pire, être abandonnée par son mari ou passer sa vie entière auprès de quelqu'un qu'on n'aime pas?

Sundara médita la question tandis qu'elles rangeaient. Quel dilemme...
— Tu te rappelles la fille de Salem? poursuivit Moni. Celle qui est enceinte? Elle est désespérée. Elle m'a avoué, l'autre jour, qu'elle s'était mariée uniquement parce que son futur mari avait de bonnes chances de trouver un parrain. Depuis, il est devenu quelqu'un de mesquin et il la bat, et elle jure qu'elle préférerait retourner croupir dans le camp de réfugiés auprès de l'homme qu'elle aimait, plutôt qu'être en Amérique. La vie ici n'est pas du tout ce qu'elle espérait.

Sundara versa le détergent bleu dans le bac prévu à cet effet.
— C'est naturel. On a tous besoin qu'un rêve immense nous soutienne durant le séjour au camp. Jour après jour, on se jure que tous nos malheurs cesseront dès lors qu'on partira en Amérique. Alors évidemment, la réalité est tout autre.

Elle ferma le lave-vaisselle et poussa le bouton.

Au bruit de l'eau, Moni sursauta.
Sundara sourit.
— Ne t'inquiète pas. Ce bruit est normal. À propos d'hommes et des soucis qu'ils nous créent, tu as vu Chan Seng?

Moni regarda par-dessus son épaule pour s'assurer qu'elles étaient bien seules.
— Tu peux garder un secret? Nous voulons nous marier.

— C'est merveilleux! Mais pourquoi est-ce un secret?

— Je ne suis pas aveugle. Ni sourde. Je suis parfaitement au courant des commentaires qui ont circulé quand j'ai dansé le *lamthon* avec lui au réveillon de fin d'année. «Quel culot!»... «Une fille qui va où souffle le vent»... On a dit aussi que je devrais épouser le gars de Battambang. Tu sais, celui qui habite Portland? Ce petit crevé! Ce n'est vraiment pas un homme pour une femme solide comme moi. Et puis, Chan Seng me plaît. Les gens l'ont jugé trop sévèrement lorsqu'il a été arrêté. À mon avis, il n'a sincèrement pas compris que, dans ce pays, on n'a pas le droit de chasser les oiseaux dans les jardins publics pour les manger.

Sundara balbutia quelques mots gentils, mais elle se rappelait la colère de Naro lors de cet épisode. Il avait traité Chan Seng d'imbécile et il s'était plaint que cela éclaboussait toute la colonie. Il détestait voir ce genre d'événements repris par les journaux.

— Tu comprends Sundara, moi, je n'ai personne pour organiser mon mariage, je dois me débrouiller seule. Je veux bâtir une nouvelle vie, reconstruire une famille. Il ne se passera rien si je reste assise à attendre.

— Tout le monde devrait se réjouir que tu épouses un Khmer.

— Je l'espère.

Il y avait une note d'hésitation dans sa voix, une note de doute que Sundara ne comprit pas. Rien dans ce mariage n'avait de quoi surprendre. Bien des mariages entre réfugiés avaient été accordés en moins de deux jours. Tout le monde comprenait ce sentiment, cette impatience à appartenir de nouveau à une famille.

— Tu te demandes encore, avança doucement Sundara, si ton premier mari est vivant?

— Oh, non! Trop de gens ont vu les soldats monter dans les camions qui les ont emmenés. Aucun n'est revenu. (Elle se mordit la lèvre.) Je pense encore à lui,

mais je suis convaincue qu'il est mort. Après un silence, elle ajouta, c'est le passé, la vie ici est tellement différente. J'ai le sentiment d'être morte une fois puis de m'être réincarnée.
— Moni, c'est exactement ce que je ressens !

Moni hocha la tête.
— Désormais, je veux me tourner vers l'avenir.

Plus tard, après le départ des invités, Sundara se retira dans son coin de garage, délimité par des couvertures, une étagère confectionnée avec des cagettes à légumes et un tuyau en plastique auquel elle suspendait ses vêtements. Elle alluma l'ampoule nue, prit son livre de chimie et, s'enroulant dans le châle tricoté que Soka lui prêtait, elle s'installa sur le divan. Les nuits fraîchissaient rapidement, bientôt elle devrait de nouveau dormir avec son manteau.

La journée avait été longue – l'église d'abord, puis le travail des champs tout l'après-midi et pour finir cette réunion. Elle n'avait pas étudié autant que prévu et maintenant elle avait du mal à se concentrer.

Elle ne cessait de penser à Moni. Quelle

que soit la volonté que mettait celle-ci à se raccrocher aux coutumes khmères, elle demeurait toujours un objet de critiques. C'était injuste. En serait-il de même pour elle ?

Elle décida de parler à son oncle. Naro paraissait souvent plus abordable, moins intimidant que sa tante. Elle s'approcha du coin repas où il était assis, occupé à rédiger de nouvelles lettres en faveur de la sœur de Soka internée dans un camp.
— Mon oncle ?
— Oui ?
— Vous savez que j'ai dix-sept ans. Elle marqua une pause. Est-ce que Soka n'avait pas dix-sept ans, ou dix-huit, quand vous l'avez épousée ?

Naro fronça les sourcils.
— Tu veux te marier ?
— Oh, non ! Je m'interrogeais... Les choses ici sont tellement différentes. Les filles sortent avec les garçons...
— Pas les jeunes filles khmères.

Sundara concentra son attention sur le lino à fleurs qui recouvrait le sol. Comment pouvait-il se montrer aussi sûr de la manière dont les filles khmères devaient se comporter en Amérique ? N'était-elle pas justement une des premières jeunes filles confrontées au fait de grandir ici ?

— Je m'étonne que tu viennes m'échauffer les oreilles avec des questions pareilles ! Tu trouves que nous n'avons pas assez de soucis ? C'est un problème qu'il nous appartient de régler à ta tante et à moi, pas à toi. Nous nous occuperons de te trouver un bon mari le moment venu.
— Mon oncle, pardonnez mon audace, mais Jeune Tante parle déjà de me marier avec ce garçon chinois.
— Il est naturel qu'elle ouvre l'œil pour essayer de te trouver un bon parti. Si une famille offre une dot particulièrement intéressante... Sa main froissa l'air. Mais assez bavassé ! Ton but, c'est la médecine. Ton devoir est d'étudier. Le mien est de terminer ces lettres.

Sundara hésita. Il y avait tant de choses dont elle aurait voulu parler. Devait-elle parler de Chamroeun, afin d'écarter les projets de sa tante ? Devait-elle rappeler à son oncle le faible nombre de jeunes gens khmers recevables qu'ils connaissaient ? Non, il était clair qu'à ses yeux le sujet était clos. Elle retourna dans le garage.

Elle resta un instant, les bras ballants, le regard dans le vide, le froid ciment du sol lui glaçait les pieds dans ses collants. Tout était différent aujourd'hui. Ne s'en apercevait-il pas ? Tout. Comme elle était loin de la petite maison fraîche au toit couvert de tuiles de son enfance... Les premiers temps, ils s'étaient même sentis mal à l'aise de dormir dans ces maisons américaines aux pièces si étroites et aux murs presque sans fenêtre. Ça manquait d'air! Ils allaient étouffer! Depuis, elle s'était habituée, mais enfin...

Elle passa devant la grosse voiture, sa compagne de chambre, pour aller vérifier le verrou du garage et s'assurer que les rideaux fixés sur les panneaux vitrés étaient bien tirés. Presque chaque soir, en accomplissant ce rituel, elle pensait à sa maison et elle rêvait qu'elle fermait les volets de la chambre qu'elle partageait avec sa petite sœur Mayoury, et qu'elle respirait une dernière bouffée des fleurs de frangipane montant du jardin, et non des relents d'essence et de poudre à laver...

Assez de cette dangereuse nostalgie! Elle allait en oublier de mettre un dernier paquet de linge dans le sèche-linge. Elle n'avait pas envie d'affronter un matin où Soka, au lieu de vêtements secs, trouverait des vêtements mouillés.

Elle reprit sa place sur le divan au son du sèche-linge, bercée par le bruit régulier des boucles métalliques de la salopette de Pon martelant le tambour. Il n'y avait pas longtemps, se dit-elle, elle aurait trouvé parfaitement normal d'épouser le garçon qu'on avait choisi pour elle, surtout s'il s'agissait de Chamroeun. Aujourd'hui, Dieu sait pourquoi, elle se sentait en désaccord avec cette éventualité. Que se passerait-il si ce n'était pas Chamroeun ? Que se passerait-il si Soka ne pensait qu'à la situation financière de l'homme et se moquait de savoir s'il était gentil ou s'il avait un joli sourire ? Elle ne voulait pas ressembler à la malheureuse fille de Salem. Et Naro, qui lui enjoignait de ne penser qu'à ses études... Elle devait avouer que devenir médecin lui semblait une réalité bien lointaine, et sur le moment, dans sa solitude, son livre de chimie lui fut d'un piètre réconfort. Elle avait besoin d'une chose plus accessible, d'une chose qui lui rendrait son enthousiasme, chaque matin.

En fait, elle avait vraiment envie de quelque chose... ou plus précisément de quelqu'un.

Elle resserra la couverture autour de ses épaules, inquiète de devoir l'admettre, même en son for intérieur. Des secrets aussi intimes devaient être bien gardés. Que le Ciel la protège, car la personne en question était blanche, américaine, et il lui était formellement interdit d'y songer.

7

— Alors, qu'est-ce que tu en penses ? dit Jonathan. On pourrait aller au cinéma. Ou ailleurs.
— Oh...

Elle regarda vers la cour, cherchant à gagner du temps. Sortir avec lui. Il lui proposait vraiment de sortir avec lui. Elle s'imagina Jonathan sur le pas de sa porte – comme dans les pubs à la télé – et Naro et Soka le détaillant des pieds à la tête en lui faisant promettre de ne pas la ramener trop tard à la maison... Mais non, c'était impossible... Elle regarda Jonathan.
— Merci, mais je peux pas.
— Pourquoi, tu me trouves pas sympa ?
Elle rougit.

— Tu te moques.

Il savait très bien qu'il lui plaisait.

— Désolé. (Il sourit, pas désolé pour deux sous.) Alors, où est le problème ?

Elle se mordit les lèvres.

— J'aimerais beaucoup sortir avec toi. Mais chez moi, les filles ne sortent pas avec un garçon.

Il souriait, refusant de la croire.

— Alors, comment on fait pour décider qui on va épouser ?

— Nos parents organisent. La mère du garçon demande à la mère de la fille.

— Mais c'est... archaïque.

Elle redressa le menton.

— Ma famille fera le bon choix pour moi. Mon père et ma mère sont très heureux ensemble, même s'ils se sont vus pour la première fois le jour du mariage.

— Ah, ouais ?

Visiblement, il en doutait.

Elle se détourna.

— Si la famille réunit un bon couple, les deux personnes peuvent apprendre à s'aimer. Notre système n'est pas si mauvais. (Elle lui jeta un regard en coin.) Au Cambodge, on ne parle pas de divorce pour oui ou pour non.

— Oh, là, là ! Je ne voulais pas critiquer. Ici, c'est différent, c'est tout.

— Il se peut, dit-elle plus calme, mais pas pour moi.

Son sourire s'effaça. Il était stupéfait.
— Alors, c'est vrai, tu ne veux pas sortir avec moi ?
— Jonafan, je devrais même pas manger avec toi. Alors, le cinéma... Désolée, impossible.

Il battit des paupières, désorienté.
— Bon, si tu crois que c'est mieux....

Elle pensa à Cathy, à toutes les filles qui le dévoraient des yeux. Jamais personne avant elle n'avait dû lui dire non. Il semblait désemparé.

Mais pouvait-elle envoyer au diable des siècles de tradition pour ménager la susceptibilité d'un seul Américain ?

Naturellement, non.

Et pourtant, imagine... Dire au monde entier « Oui, je veux être avec lui et lui veut être avec moi. » Se montrer en public, ensemble tous les deux, et que tout le monde les voit...

Non, naturellement non.

Cependant, elle ne pouvait pas prétendre ne pas en avoir ressenti la vague tentation.

Un jour, après le cours de gym, alors que Sundara et Kelly se rhabillaient dans les odeurs de transpiration et de déodorant, la

voix de Cathy Gates s'éleva de l'autre côté de leurs casiers. Elle parlait de Jonathan.
— Laisse-moi faire, disait-elle, j'arriverai bien à le persuader d'assister au bal des groupies du club de sport.
— À ta place, j'y compterais pas trop, Cath. Craig dit que Jonathan est plutôt bizarre en ce moment.
— Oui ? En tout cas, c'est mon petit ami, dit Cathy, et je le connais mieux que Craig Keltner.

Mon petit ami. Sundara en fut retournée. Avec quelle facilité ces mots étaient sortis de la bouche de la jeune fille.
— Qu'est-ce qu'il y a ? interrogea Kelly.

Sundara avait cessé de s'habiller et restait immobile, la tête légèrement inclinée. Elle posa un doigt sur ses lèvres et désigna du regard l'autre côté des casiers.
— Je t'ai déjà dit, expliquait Cathy. Elle l'aide pour son exposé, un point c'est tout. Il travaille à l'heure du déjeuner, uniquement parce qu'il n'a plus les mêmes horaires de repas que nous. Crois-moi, elle n'a aucune importance.

Aucune importance. Jonathan avait-il vraiment dit cela ?

Kelly se pencha vers Sundara.
— Elles parlent de toi ?

Sundara opina d'un air sombre. Peut-être en était-il comme le disait Soka ? Il existe un ordre naturel. La famille passe en premier. On ne brise pas les liens du sang. Si on détruit cet ordre, il vous détruit en retour. Elle avait ouvert son cœur à ce jeune Américain, si peu que ce soit et pourtant cela donnait déjà aux paroles de Cathy la force de la blesser. Elle continua à boutonner son chemisier.

L'amie de Cathy dit quelque chose que Sundara ne comprit pas. Cathy partit de ce rire sonore et assuré qui lui était si personnel. Sundara rougit. Peut-être n'était-elle qu'un sujet d'étude pour Jonathan. En tout cas, elle n'avait jamais eu cette impression, et moins encore depuis qu'il lui avait demandé de sortir avec lui. Mais que savait-elle des garçons américains ? Cathy l'avait dit, c'était son petit ami. Si quelqu'un le connaissait bien, c'était elle.

Cathy et son amie claquèrent les portes de leurs casiers et quittèrent le vestiaire.
– Qu'est-ce qui se passe ?

Sundara fit jouer le cadenas de son sac de gym.
– Jonafan McKinnon. C'est son petit ami, mais il veut chaque jour déjeuner avec moi.
– Voilà pourquoi tu disparais ! (Kelly la regarda ahurie. Elle se dressa d'un bond.)

Alors, tu lui plais, oui ou non? C'est pas croyable!

Sundara fronça les sourcils.

— C'est un tel choc si je lui plais?

— Non... C'est pas ce que je veux dire, voyons... Jonathan McKinnon! Moi, s'il me jetait un seul regard, je me transformerais en toutou bien docile. Et tu lui plais?

Elle dévisagea Sundara avec attention, tout en plissant le nez pour faire remonter ses lunettes.

— Là, je pige pas. Tu réagis pas comme le ferait n'importe quelle fille normale si elle plaisait à Jonathan McKinnon!

— Ah, Kelly! c'est pas si simple! Ce serait mieux que je ne lui plaise pas. Je suis effrayée. Si ma famille l'apprend, elle sera furieuse.

— Et alors? demanda Kelly. Pour un type comme lui, je laisserais mes parents me déshériter!

Sundara ne put s'empêcher de sourire. Kelly était drôle. Seulement elle pouvait se le permettre. Elle ne serait jamais jetée à la rue par sa famille.

— Bon, alors il est comment, en vrai? (Kelly roulait des yeux.) De près, dans l'intimité? Bref, vous parlez de quoi tous les deux?

— Oh, il veut connaître ma vie au Cambodge...

— Ouais, ça j'ai compris... Et Cathy ? Il va rompre avec elle ?
— Nous parlons jamais de ça... Parfois, il parle du football. C'est une grande star, mais je crois pas qu'il en soit vraiment heureux.
— Tiens...
Sundara referma son casier et s'y adossa.
— Kelly ? Tes parents, ils t'autoriseraient à sortir avec un garçon ?
— S'ils m'autoriseraient ? Tu plaisantes ? Ma mère meurt d'envie que je sorte avec un type. Elle se moque sans arrêt de moi à cause des garçons. Et crois-moi, j'aime pas beaucoup qu'on me rappelle souvent que j'ai rien à cacher.
Sundara soupira.
— Moi, j'ai une chose à cacher, et elle me fait mourir de peur.

Malgré la peur, Sundara laissait, chaque jour, Jonathan lui emboîter le pas après le cours de relations internationales. Elle-même le suivait dans la cour, avec son plateau repas, vers leur place habituelle. Elle se regardait agir, jour après jour, comme s'il s'agissait de quelqu'un d'autre. Quelle audace ! Mais le risque rendait chaque minute passée avec Jonathan plus précieuse encore.

Puis, alors qu'elle commençait à se sentir presque à l'aise, la chance tourna.
— Je comprends jamais pourquoi les élèves américains sont aussi bruyants en classe. Ils s'intéressent pas de recevoir une bonne culture?
— Bien sûr que si, mais...
— Dans mon pays, si on est insolent — Paf! Paf! — on reçoit le bâton sur le dos!
— Ils vous battent?
— Ah, oui! J'ai eu un prof, il t'attrapait l'oreille ainsi.

Elle lui montra en faisant semblant d'arracher sa boucle d'oreille en or.
— Plutôt violent, non?
— En réalité, ils nous battaient pas très souvent parce que la plupart des élèves avaient une bonne conduite. Chacun savait qu'il devait apprendre. Il a les pires ennuis à la maison si les parents comprennent qu'il respecte pas le professeur. Mais ici... (Elle secoua la tête.) Même toi! Je suis choquée lorsque tu es effronté et que tu poses beaucoup de questions. Tiens, hier, en relations internationales, quand tout le monde se dispute. Cela me rend un peu nerveuse.
— C'était une simple discussion. Lanegren souhaite que chacun participe.
— Il aime que chaque étudiant se dispute

avec lui ? Dans mon pays, tu n'oses pas demander une deuxième fois si tu n'as pas compris. C'est comme si tu disais au prof qu'il explique mal. Pareil avec ton patron.
— Ouais, mais si tout le monde fait semblant de comprendre et n'y comprend rien, ça provoque aussi des malentendus, non ?

Elle fronça les sourcils.
— Parfois. Mais nous n'aimons pas dire les choses en face. Nous essayons d'assouplir les choses, de garder une façade aimable, de comprendre sans un... comment dites-vous ?
— Un affrontement ?
— Oui ! C'est le mot. Je suis choquée quand je vois les Américains se disputer autant. Pourquoi ?
— Aucune idée. Je m'en rendais pas compte. Peut-être tout simplement parce que nous sommes habitués à dire ce que nous pensons.
— Mais parfois, c'est tellement brutal !

Il éclata de rire.
— Hé, Sundara, tu sais quoi ?
— Quoi ?
— Tu discutes !
— Oh, toi ! Tu te moques toujours...

Elle s'arrêta net. De l'autre côté de la cour se tenaient Pok Simo et son ami chinois. Elle retint sa respiration, elle aurait voulu être invisible. Il ne l'avait pas vue. Mais son copain, oui. Et il le poussa du coude.

Pok Simo embrassa la situation au premier coup d'œil. Les plateaux posés sur le banc, les cahiers fermés. Ses yeux se durcirent, il lui lança un regard mauvais. Elle se détourna, tremblante. Quelle malchance! De tous les gens qui passaient par là, il fallait que ce soit lui qui la voit en compagnie d'un Blanc. Car elle ne doutait pas que Pok Simo se ferait un malin plaisir de la plonger dans les ennuis.

— Tu le connais? demanda Jonathan.

Elle fit «oui» de la tête, prête à défaillir.

— Il est khmer aussi.

Pok Simo était jaloux de son oncle parce que celui-ci avait retrouvé un poste de comptable, tandis que son propre père, ancien attaché militaire de haut rang, travaillait comme portier. Il enrageait aussi de la manière fière dont Sundara marchait dans les couloirs, refusant de lui adresser le petit signe de tête dû à son rang élevé. Elle frissonna. Il allait savourer sa revanche et raconter cette histoire partout.

— Il est parti?

— Ouais. C'est quoi son problème?

Elle agita la tête d'un air distrait. Elle

aurait mieux fait de saluer humblement Pok Simo chaque fois qu'ils s'étaient croisés et de reconnaître qu'elle était indigne de fouler le même sol. Et voilà! Elle allait payer sa fierté. Car quelle serait la réaction de Soka si elle apprenait son histoire avec ce Blanc?

Les nouvelles voyageaient bon train dans la communauté cambodgienne. Sundara savait que le suspense ne se prolongerait pas.

Le lendemain matin, la voix de sa tante, plus rude que de coutume, mit un terme brutal au rêve de Sundara, un rêve où la chaleur du sourire de Jonathan se mêlait à la douceur d'une nuit de Phnom Penh. Quel était le pire, dormir dans d'abominables cauchemars ou être tirée d'un tel enchantement par la voix autoritaire de Soka? Elle eut froid dans le dos au souvenir de la veille. Sa tante était-elle déjà au courant?

Sundara entra à son tour dans la salle de bains, elle se débarbouilla la figure et se maquilla légèrement. Elle se regarda dans la glace. Ressemblait-elle à une fille perdue? À une fille qui déjeunait seule avec un garçon? Leurs conversations lui manqueraient. Personne avant lui ne s'était intéressé ainsi à elle. Elle avait tiré un grand réconfort d'exprimer toutes ces choses retenues depuis si longtemps à l'intérieur d'elle-même.

Lorsqu'elle vint prendre le petit déjeuner dans son jean serré et son chemisier vert jade, elle eut droit à un regard accusateur.

— Tu passes bien du temps à te pomponner en ce moment!

Sundara déglutit. Elle avait pris un soin particulier à boucler au fer la pointe de ses cheveux, mais sa tenue n'avait rien d'extraordinaire, sauf comparée à celle de Soka, qui refusait de s'acheter des vêtements. Elle aurait voulu que Sundara s'en abstienne aussi. Mais celle-ci refusait maintenant de porter des vêtements donnés. Ces affreux tailleurs en élastiss. Quelle horreur! Aucune fille de son âge n'en portait. Elle ne tenait pas essentiellement à ressembler aux autres, elle voulait simplement se fondre dans le moule américain. Porter des jeans et des chemisiers comme tout le monde.

— Les petits! À table!

Soka avait installé les garçons autour de la table, à l'occidentale. Elle leur servait les mêmes céréales qu'à la télé. Pon abandonna ses bandes dessinées et apporta le panier de fleurs des champs qu'il avait

préparé pour la femme de M. Bonner. Il gagnait deux cents par botte.
— Magnifique ! s'écria Soka. Il y en a au moins pour trois dollars. Quel petit garçon futé ! (Elle lui fit une pichenette sur la joue.) Ravy, voici le mot pour l'école.
— Qu'est-ce que c'est ?

Naro posa la question tandis que Ravy rangeait rapidement le papier dans la poche arrière de son jean avant de s'asseoir.
— L'école a téléphoné, dit Soka. Le surveillant voulait un mot autorisant Ravy à jouer au football après les cours.
— Au football ? Quel plaisir trouves-tu à te battre avec d'autres enfants ?
— C'est le « ballon-drapeau » Papa, pas le football américain. Il faut attraper un drapeau dans la poche d'un autre joueur.

Sundara et Ravy se regardèrent. Elle savait combien il avait hâte de jouer au football américain.
— Parler aux gens de cette école c'est comme souffler dans un violon, se plaignit Soka. Combien de fois leur ai-je dit, et ils n'ont toujours pas compris, que je ne m'appelle pas Mme Tep, qu'il n'y a pas de Mme Tep. Je m'appelle Kem Soka !
— Pourquoi t'entêter à mettre Kem en premier. Ça les perturbe, un point c'est tout.

Elle s'assit.

127

— Pourquoi ont-ils tant de mal à comprendre qu'une femme mariée conserve son nom de jeune fille ? C'est tout de même eux qui ont inventé la libération de la femme, pas nous !
— Alors, tu n'as rien appris ? fit Naro. Ce pays est le leur. Ils se fichent pas mal de nos coutumes. C'est nous qui devons les imiter, pas eux.
— Certaines de leurs habitudes ne me gênent pas. En tout cas je te préviens, pas question que tes fils s'américanisent complètement. (Elle regarda chacun des enfants droit dans les yeux.) Je ne veux pas entendre parler dans notre famille de toutes les horreurs dont on entend parler ailleurs... l'alcool, la drogue, être enceinte...

Sundara se sentit rougir. Les yeux noirs de Soka la fixaient avec une telle insistance. Si les vagues soupçons de sa tante étaient aussi pénibles à supporter, que serait d'affronter sa colère lorsqu'elle connaîtrait la vérité !

Leurs céréales avalées, ses cousins avaient demandé à quitter la table et s'étaient précipités dans l'entrée. Ravy rassemblait ses cahiers et Pon cherchait partout la moto miniature qu'il devait décrire en classe d'observation.

— L'idée américaine la plus brillante, poursuivit Soka, c'est d'avoir imposé à l'homme une seule épouse à la fois. (Elle posa sur Naro un regard lourd de sens, puis se tourna vers Sundara.) Au pays, Nièce, si tu as un bon mari qui gagne bien sa vie, il y a toujours des femmes plus jeunes prêtes à tournicoter autour de lui pour être la seconde épouse. C'est franchement odieux.

Sundara fixait obstinément son bol, incapable de partager la complicité qui nuançait la voix de Soka. Cette vieille querelle avait perdu de son charme et elle ravivait le souvenir désagréable du caractère ombrageux de sa tante. Sundara avait entendu un jour ses parents parler d'une femme plus jeune et raconter que Soka s'était précipitée une hache à la main sur la nouvelle moto de Naro. Sundara frissonna, sa tante n'était pas commode. Sundara craignait sans arrêt que sa colère n'éclate. C'était toujours « Fais ceci, ne fais pas cela ! » toute la journée. À présent que Soka avait repris un travail à la cafétéria de l'université, elle semblait avoir oublié à quel point elle s'était reposée sur sa nièce la première année. Sundara répondait au téléphone, ouvrait la porte tandis qu'elle se terrait dans sa chambre comme si elle avait peur d'être enlevée... La jeune fille avait espéré que face à sa bonne volonté Soka lui pardonnerait la mort de son bébé. Mais lorsqu'elle retrouva sa force et se débarrassa de ses craintes, Soka retrouva aussi sa dureté, plus profonde encore que celle du passé, comme si elle rendait Sundara responsable de ses moments de faiblesse.

Elle s'adressait maintenant à Naro avec une douceur mielleuse.

— Tu te sens tout de même plus à l'aise dans un pays où tu peux parler librement à toutes les femmes.

— En fait, c'est toi qui te sens mieux ici, plaisanta Naro. C'est toi qui devrais te méfier de ne pas trop t'américaniser, Petite Sœur. Tu as déjà fait de sacrés progrès dans ce sens!

— Pas de chance! répondit Soka réprimant un sourire.

— Oh, Nièce! s'exclama Naro feignant la lassitude, pourquoi mes parents m'ont-ils donné une femme aussi effrontée?

Soka laissa éclater son sourire. «Elle a de belles dents régulières et un joli sourire, se dit Sundara, quand elle plaisante avec quelqu'un qu'elle aime.» Car naturellement, Naro plaisantait. Soka avait prouvé qu'elle était une bonne épouse. Surtout la première année en Amérique, lorsqu'il avait fait de la dépression. Lui qui, au Cambodge, faisait vivre tant de gens de sa famille, s'était senti affreusement humilié de devoir envoyer sa femme travailler! Durant les longs mois où il s'était enfermé dans le silence, comptant sur le temps pour l'apaiser, Soka s'était montrée la plus loyale et la plus aimante des épouses.

Il eut un petit rictus.
— En tout cas, elle vaut mieux que la femme de Pok Sary.

Il leva un bras comme pour parer aux coups qui risquaient de déferler!
— Tu as intérêt à en être convaincu!
— Au fait, je les ai aperçus hier, dit-il. Je vais te dire, moi, ce que j'aime en Amérique. Ici, je ne suis pas obligé de m'incliner devant eux. Si tu les avais entendus vanter le génie de leur fils!...

Au nom de Pok Simo, le cœur de Sundara s'accéléra. Elle se leva, fébrile, pour se resservir, en espérant que personne ne remarquerait que ses mains tremblaient.
— S'ils étaient si bien élevés, dit Soka, ils auraient au moins la délicatesse de ne pas la ramener!

Naro acquiesça.
— C'est exactement ce que je pense. Combien de fois ne les ai-je pas entendus

parler de leur demeure de Phnom Penh, de leurs voitures, de leurs relations...
— Nous devrions être un peu plus indulgents, dit Soka. Nous serions peut-être comme eux si d'un rang aussi élevé nous étions tombés si bas...
— Où est Grand-mère? demanda Sundara. Elle est encore malade?

Soka pivota sur sa chaise, le regard inquisiteur. La tentative de diversion était-elle trop évidente?

Au grand soulagement de Sundara, Soka se contenta de soupirer.
— Elle ne veut pas manger. Aujourd'hui, elle ne veut même pas se lever. Certains jours j'ai l'impression qu'il n'y a rien à faire, puis je réussis à la persuader de m'accompagner au supermarché, et là-bas la caissière se montre si grossière que Grand-mère jure qu'elle n'y retournera plus jamais.
— Ils n'ont aucun respect pour les gens âgés, dit Naro. D'ailleurs, Petite Sœur, toi non plus, tu ne lui montres pas toujours tout le respect auquel elle a droit.
— Moi! (Soka était outrée.) Et toi? Est-ce que tu lui demandes humblement conseil en toute occasion?

Cela le freina.
— Ici, c'est différent.

— Naturellement! (Elle se calma.) Pardonne-moi, Naro. Je fais de mon mieux avec ta mère, mais tu le dis toi-même, ici c'est différent. Quels conseils pourrait-elle nous donner pour nous aider à mieux vivre en Amérique, alors qu'elle passe son temps repliée sur ses souvenirs?
— Parce que comprendre l'Amérique c'est un moyen de se faire respecter, maintenant? Alors, il ne nous reste plus qu'à nous incliner devant le jeune Ravy?
— Oui! Ou devant Sundara...

Ah, non! Pas ça. «Sundara, la jeune Américaine.» Un sujet favori de sa tante, que Sundara détestait. Tellement injuste. Tout prêtait à la critique. Tout, y compris sa façon de marcher que Soka jugeait particulièrement provocante. Sa tante aurait dû venir à l'école voir les autres! Qu'est-ce qu'elle s'imaginait, Soka? Que sa nièce pouvait fréquenter une école américaine et manger assise en tailleur à la cafétéria? À la maison, Sundara était trop américaine. À l'école, elle ne l'était pas assez et elle en souffrait. Sa place n'était nulle part. «Je vous en supplie, ne commençons pas!»

Heureusement, Soka semblait plus préoccupée par les états d'âme de Grand-mère.
— Elle n'a ni école, ni travail pour l'obliger

à sortir. Si nous pouvions lui trouver quelque chose... (Elle réfléchit un instant avant d'enchaîner rapidement.) En ce qui me concerne, j'en ai plus qu'il n'en faut. Et c'est la seule réponse. Travailler. S'occuper. Alors, on a moins de temps pour ressasser. Nièce, ce soir, tu prépareras le dîner de sorte que nous passions à table dès que je rentrerai. J'ai promis à la nouvelle famille de les emmener faire des courses, ils ont besoin de vêtements chauds.
— Il y a des affaires intéressantes à la Solderie, suggéra Sundara, gentiment.

Puisqu'on ne pouvait pas marchander dans ce pays, Soka aimait au moins profiter des soldes les plus avantageuses.

Mais elle repoussa d'un geste cette proposition.
— La dernière fois que j'y ai acheté une veste, le tissu s'est effiloché au premier lavage. Je croyais qu'en Amérique tout était de bonne qualité, moralité, il faut faire très attention.

Certes... Et la veste que Sundara avait fait mettre de côté venait d'une des bonnes boutiques du centre ville. Soka estimerait sans doute que c'était une folie, mais elle se fâcherait bien davantage si elle découvrait que Sundara était entrée dans le magasin sans attendre d'avoir l'argent. Encore un salaire et la somme serait réunie. Mais si d'ici là la belle veste prune était vendue ?

D'une cuillerée, Sundara se servit des dernières pâtes. Soka fit claquer sa langue contre son palais.
— C'est le troisième bol ! Je ne comprends pas que tu ne grossisses pas avec tout ce que tu manges. Sans compter qu'à l'école tu es tout le temps assise !
— Pardon, fit Sundara, honteuse. J'aurais dû vous demander si vous en vouliez. Vous en voulez ?

Naro fit signe que non et Soka déclara qu'elle avait fini. Elle avait un peu grossi ces derniers temps. Sundara termina les pâtes. Mais sa tante avait réussi à lui gâcher le plaisir.

Une fois dehors, Sundara se remit à respirer normalement. Pok Simo n'avait pas parlé. Elle s'effondra sur le siège de l'autobus. Pour cette fois, elle avait eu de la chance. Mais, désormais, elle mettrait une distance entre Jonathan et elle, ainsi elle s'en sortirait peut-être. Car enfin, Jonathan valait-il tous ces risques ? Cathy avait peut-être raison. Elle n'était peut-être pour lui qu'une simple curiosité. Elle était certainement folle de s'intéresser à lui, de s'imaginer qu'il existait le moindre espoir qu'ils appartiennent un jour au même monde.

Elle avait déjà une faute sur la conscience : la mort du bébé de Soka. Il n'y avait plus de place dans sa vie pour une autre faute, grande ou petite.

Ce qui lui restait à faire était très clair. Elle ne devait plus penser à lui. Elle ne devait plus perdre son temps à le chercher dans les couloirs. Elle devait se remettre à étudier aux heures de repas comme avant, et lorsque ses parents viendraient enfin, ils seraient fiers d'elle. Elle ne lui parlerait plus. Elle ne le regarderait plus. Elle oublierait tout ce qui était arrivé.

Le bus s'arrêta devant l'école. À travers les vitres fumées, elle l'aperçut posté au pied du drapeau. Que faisait-il là, tout seul ? D'habitude, elle ne le voyait pas avant le cours de relations internationales.

Quel charme ! Elle adorait ce jean délavé et cette chemise de flanelle. Le soleil du matin accentuait l'or de ses cheveux, tandis qu'il tapotait sa cuisse avec son cahier et regardait autour de lui.

Son cœur battait à tout rompre, elle avait les jambes en coton tout en avançant dans le couloir du bus. Elle ferait semblant de ne pas le voir et prendrait la direction des bâtiments. Il y avait tellement d'élèves, il ne la verrait peut-être pas... Mais à peine descendue, il se précipita à sa rencontre. C'était bien elle qu'il attendait. Il savait quel bus elle prenait.

— Sundara! Il faut que je te parle. (Il l'attira à l'écart. Sa main pesait sur son bras, c'était agréable, trop agréable.) Tu veux bien m'expliquer la petite scène d'hier? Ce mec, c'est ton petit ami?

Sundara le regarda stupéfaite.

— Oh, non! Il serait furieux de t'entendre dire ça. Nous ne sommes pas d'une même classe.

— Et alors? Des tas de filles sortent avec des types plus âgés. Je pensais...

— Pas de classe d'école! de classe sociale! Ah, c'est trop difficile d'expliquer.

Elle regarda par-dessus son épaule. Est-ce qu'on les observait?

— Alors pourquoi tu as fichu le camp?

— Parce qu'il nous a vus. Parmi notre peuple, tout le monde observe tout le monde. Il va parler.

— Mais nous étions assis, c'est tout.

— Je suis une fille et tu es un garçon!

— Ah, tu l'as remarqué, toi aussi!

— Oh, tu te moques! (Sa voix hésitait entre le rire et les larmes. Ses joues la brûlaient.) Je risque des ennuis. Comment je dois te le dire? Au Cambodge, une fille ne sort pas seule avec un garçon.

— Tu es en Amérique maintenant.
— Vraiment! (Elle fit une grimace.) Des fois j'oublie!

Il sourit.
— On déjeune ensemble?
— Jonafan!

Quelle insistance. Il ne comprenait donc rien? On était souvent obligé d'être presque muffle avec ces Américains! À côté de ça, plus elle resterait avec lui dans la fraîcheur du matin, plus il serait simple pour Jonathan de la convaincre, et plus elle aurait du mal à lui dire qu'ils ne devaient plus se voir. Soka possédait sur Sundara une influence très forte, Jonathan aussi.

Et pour l'heure, c'était lui qui était devant elle et qui l'observait de ses grands yeux bleus étranges, et il lui plaisait tout simplement. Elle aimait sa compagnie, elle aimait sa manière de balayer ses cauchemars, d'entrer dans ses rêves. En quoi était-ce si terrible, après tout? Et puis se séparer de lui ne ressusciterait pas le bébé...

— D'accord, dit-elle. Je viendrai.

Et son cœur se mit à cogner dans sa poitrine avec un mélange extraordinaire de joie et de peur.

8

Sundara avait pris l'habitude de se sentir observée.

À Willamette Grove, avoir des cheveux noirs et une peau foncée n'étaient pas chose fréquente et, à part quelques rares individus à l'université, presque tout le monde ici, était blanc. Ainsi, au début, les gens la dévisageaient souvent parce qu'elle était différente.

Mais depuis peu, elle avait remarqué que le regard des garçons était d'un autre mode, ils la détaillaient des pieds à la tête avec effronterie, adossés aux casiers des vestiaires ou bien poussant leur voisin du coude, lorsqu'elle passait devant eux.

Et, naturellement, il y avait Soka qui l'observait à la loupe, toujours à l'affût de la moindre désobéissance. Au bout de quatre ans, Sundara avait presque oublié ce que c'était de vivre sans ces regards inquisiteurs, sans se sentir critiquée à chaque pas.

Et, désormais, il y avait Jonathan. Et c'était infiniment agréable de se savoir observée par lui. Elle ne lisait dans ses yeux que des messages rassurants : Tu es belle. Tu es spéciale. Je pourrais te regarder toute la journée. La force des regards qu'il lui adressait à travers la salle de classe était difficile à ignorer. Ils la brûlaient presque. Du reste, les autres commençaient à s'en apercevoir.

Kelly affirmait que tout le monde s'interrogeait. Même les filles la regardaient, maintenant. Les conversations se taisaient dès qu'elle approchait, les visages se détournaient.
— Qu'est-ce que tu t'imagines ? lui dit Kelly. Ça crève les yeux qu'il s'est entiché de toi.
— Entiché ?
— Il est dingue, il en pince, il est amoureux, quoi ! On ne peut pas empêcher les gens de se poser des questions. Et chacun se demande qui est cette créature exotique dont il entend parler.

Apparemment, la rumeur était venue jusqu'à l'entraîneur de Jonathan. Un jour, dans la cour, Sundara l'aperçut en train de les observer depuis la porte du réfectoire des professeurs.

— C'est bien ton entraîneur ? demanda-t-elle à Jonathan.

Il jeta un rapide coup d'œil.

— Ouais...

— Qu'est-ce qu'il y a ? Pourquoi il nous regarde ?

— Il aime bien savoir ce que fabriquent ses joueurs.

Jonathan se tourna vers lui et le salua avec nonchalance.

Hackenbruck hocha la tête sans un sourire.

— Il a un air un peu méchant, murmura-t-elle.

— Hum... C'est certainement ce qu'on peut dire de plus aimable à son sujet.

Hackenbruck disparut.

— Pourquoi il est si fâché ?

— Oh, il ne supporte pas les filles. D'après lui, vous nous bouffez notre énergie. Vous nous distrayez.

— Oh... (Elle songea à Cathy. Est-ce que Hackenbruck surveillait aussi Jonathan quand il était avec elle ?) Il se fâche que tu manges avec moi ?

Jonathan haussa les épaules.

— C'est un ensemble de trucs. L'autre jour,

il m'a convoqué. Il m'a fait tout un discours, qu'il fallait que je m'applique, que je me laisse pas distraire... C'est son droit, je suppose. Mais quand il s'est attaqué à ma vie privée, là j'ai répondu que ce que je faisais en dehors du terrain de foot, c'était mon affaire. Mais lui dit que tout ce qui affecte ma manière de jouer, c'est son affaire. Il trouve que je prends une mauvaise attitude à l'égard du football. (Jonathan haussa les épaules.) Je crois qu'il n'a pas tort.

— Tu n'aimes plus le football? Pourtant tu es une star!

— Écoute, je suis entré dans cette équipe pour jouer, pas pour mener une guerre. Faut l'entendre Hackenbruck dans les vestiaires. « Écrasez-les... Assommez-les... Tuez-les... » (Il balança la fin de son sandwich sur le plateau.) Mais y a pas que ça. La semaine dernière, par exemple. Tu as vu le mec qui s'est fait bousiller un genou au cours du match? Alors là! Tout le monde y est allé de son couplet... « On va gagner pour Baker! » Et moi, je peux pas m'empêcher de penser « Hé, les gars, gagner guérira pas son genou. »

Sundara s'assura qu'il avait bien fini.

— Dans ce cas, pourquoi tu joues? Pourquoi tu n'arrêtes pas?

— J'en sais rien. C'est pas facile à expliquer. Être dans une équipe finit par être tellement lié à ce qu'on est.

Elle hocha la tête.

— Cela fait de vous quelqu'un d'important. J'observe comment tout le monde s'incline devant un joueur.

— Non, pas tout le monde. Bien des gens se fichent éperdument du football. (Il désigna d'un signe de tête un groupe de types agglutinés un peu plus loin qui fumaient Dieu sait quoi.) Ces mecs-là, tiens, ils s'en moquent pas mal. (Il se tourna vers elle.) Quant aux grosses têtes, tu risques pas de les croiser au bal des groupies du club alors qu'ils pourraient bosser devant un ordinateur.

Il avait raison, Sundara le sentait. Elle avait mis tant d'acharnement à comprendre de quelle pâte étaient faits les Américains qu'elle avait négligé l'essentiel. Les Américains étaient une mosaïque.

— En tout cas, continua-t-il, j'ai pas besoin qu'on me mette sur un piédestal. Le plus dur c'est cette obligation de ressembler à ce que tout le monde veut que je sois. Mes parents et les autres.

Elle hocha la tête.

— L'honneur de ta famille.

Il rit.

— Ouais...
— Ils doivent être fiers quand tu gagnes le match.
— Sûrement. En fait, ils étaient pas du tout sportifs quand ils étaient jeunes. Ils passaient leur temps dans les manifs pour les droits civiques et le reste. Il leur arrive de faire de l'humour, style «Comment avons-nous mis au monde un fils footballeur?», mais ils ne manqueraient jamais un match. J'ai souvent entendu ma mère faire mon éloge au téléphone. J'en déduis que c'est plutôt important pour eux. Mais certains jours j'aimerais avoir le courage de dire «Est-ce qu'il suffit de courir vite et de savoir bloquer un ballon pour être obligé de le faire?»

Elle réfléchit une minute.
— Jonafan?
— Humm...
— Pour moi, tu es le même que tu joues au football ou non.

Il la dévisagea un court instant, puis avança une main vers sa joue.

Elle tressaillit.
— Pardon. (Il recula.) J'oubliais.

Ils restèrent un long moment sans parler. Jonathan rompit le silence, le premier.
— C'est drôle... Mon copain Clarkston a une théorie; d'après lui, un de ces quatre je

vais traverser une crise terrible le jour où on me refusera quelque chose que je veux vraiment. Il dit que j'obtiens toujours tout trop facilement.
— C'est pas ta faute si tu es intelligent et si tu cours vite.

Il appuya les bras sur ses genoux, fixant le sol.
— Il a peut-être raison. Je commence à le croire. Il n'y a pas si longtemps, j'ignorais ce que c'était d'avoir réellement envie de quelque chose.

Il se tourna vers elle et lui adressa un sourire en coin.
— Aujourd'hui, je sais.

Flanquée de deux copines, Cathy Gates poussa la porte battante des toilettes. En voyant Sundara, elle arbora aussitôt son fameux sourire.
— Salut Sundara!

La brosse à cheveux de Sundara resta en l'air.
— Salut!

D'un pas tranquille, Cathy se glissa à côté d'elle, devant le miroir, et sortit de son sac un tube de brillant à lèvres.
— J'adore tes cheveux! dit-elle à l'image de Sundara.

Un ersatz de sourire déforma la bouche de Sundara tandis qu'elle se remit à se brosser les cheveux. Elle adressa un bref coup d'œil à sa voisine, Jan Cheney, plantée de l'autre côté. Elles étaient en train de parler de la dernière interro d'anglais lorsque Cathy les avaient interrompues. Jan reprit le fil de ce qu'elles disaient mais Sundara ne l'écoutait plus.

Cathy sortit sa brosse et se crêpa légèrement les cheveux pour leur donner du volume. Le bruit d'une chasse d'eau éclata. La cloche retentit.

— À tout de suite! dit Jan se dirigeant vers le couloir avec les autres.

Sundara resta avec Cathy, brossant avec un soin extrême ses cheveux parfaitement coiffés. Quel silence terrible! Que pouvait-on dire à la petite amie du garçon qui vous plaisait? «J'aime tes cheveux, moi aussi»?

Cathy finit par jeter sa brosse dans son sac et elle se planta bien en face de Sundara.

— T'as pas l'impression qu'on a des choses à se dire, toi et moi?

Sa voix rebondissait sur le dallage de la pièce.

Sundara sourit, gênée.

— Je ne vois pas ce que tu veux que je dise.

Cathy éclata de rire.

— Je tiens pas à ce que tu dises une chose

en particulier. Je veux simplement savoir ce que tu penses.

Sundara hésita.

Elle pensait tout simplement qu'elle n'avait jamais vu Cathy d'aussi près. Son parfum sentait les fruits. Malgré le maquillage, sur son nez et ses joues, pointaient des taches minuscules — des taches de rousseur comme les appelaient les Américains. Mais elle se doutait bien que Cathy n'avait pas du tout envie qu'on lui parle de ses taches de rousseur.

— Je pense que tu es furieuse contre moi, dit-elle.
— Vraiment! (Cathy adressa un sourire plein d'ironie à ses deux copines.) Et pourquoi, s'il te plaît?

Sundara avait baissé les yeux.
— Peut-être parce que Jonafan m'aime bien?

Cathy tressaillit à peine, puis se ressaisit.
— Oh, Sundara, naturellement Jonathan t'aime bien. Moi aussi, je t'aime bien. Tout le monde t'aime bien.

Sundara comprit parfaitement ce que cachait le sourire de Cathy. Elle voulait lui faire croire que Jonathan l'aimait bien comme tous les autres.

— Sincèrement, je ne voudrais pas que tu aies du chagrin. Ce genre d'histoire est

déjà arrivé. Tu n'es pas la première à courir après Jonathan.
— Je cours pas après Jonafan! articula Sundara hors d'haleine.
— Tu sais très bien ce que je veux dire.
— Pas du tout. Jonafan me demande mon histoire pour son exposé et je dis d'accord. Est-ce que ça signifie que je cours après lui?

Cathy et la fille aux cheveux carotte se regardèrent, une fille si maigre, on aurait dit qu'elle faisait une grève de la faim, puis Cathy se retourna vers Sundara et poussa un soupir plein de dégoût.
— Bon. Je voulais te prévenir gentiment, mais puisque tu le prends comme ça... Jonathan et moi, on sort ensemble depuis la septième et il y a entre nous deux quelque chose de très spécial.

La main de Sundara se crispa autour de sa brosse. Est-ce qu'ils couchaient ensemble? Elle se rappela la première fois où elle les avait vus passer dans un couloir, la main glissée dans la poche arrière du jean de l'autre...
— De très spécial, répéta Cathy. Alors, n'essaie pas de tout détruire.

Elle tourna les talons et sortit.

Ses copines la suivirent, en lançant de brefs coups d'œil derrière elles pour observer la réaction de Sundara.

Elle tremblait. Ces Américains! Ils n'évitaient pas les affrontements. Ils les provoquaient! Cette fois, Cathy avait certainement eu l'avantage. Sundara la soupçonna même d'avoir répété chaque mot de son petit discours.

Sundara ne trouva la bonne réponse que beaucoup plus tard. Elle s'imagina redressant le menton et plongeant le regard droit dans celui de Cathy.

«C'est un pays libre, aurait-elle dû répondre, j'ai le droit de sortir avec le garçon qui me plaît!»

Cependant, ce n'était pas la vérité.

Ce droit, elle ne l'avait pas.

9

Tandis qu'elle rangeait la voiture devant la grande maison blanche de Jonathan, Sundara s'émerveillait. Une si grande maison pour trois personnes! Pourquoi les Américains aimaient-ils tellement l'espace? À croire qu'ils ne supportaient pas la proximité, même celle de la famille. La cour aussi était imposante avec ses arbres vénérables. Elle ne put s'empêcher de faire la comparaison avec les pauvres arbres de sa cour à elle. La demeure des McKinnon dégageait une impression d'éternité, comme si ses habitants vivaient là depuis toujours.

L'estomac noué, elle grimpa l'escalier en briques où jouait le soleil. Allait-elle réellement faire ça? Avait-elle réellement accepté, elle, Sundara Sovann, de venir partager une journée de voile dans une famille américaine? Et sans en parler à Soka?

Le destin lui avait joué un sacré tour. Jonathan l'invitait précisément le week-end où son oncle et sa tante allaient à Portland, sans elle, travailler au dernier marché du samedi. Et ils ne seraient pas seuls, Jonathan le lui avait promis. Comment aurait-elle résisté?

D'ailleurs, il était bien difficile de résister à Jonathan. Chaque soir, sous le regard perçant de Soka, elle se jurait de ne plus le voir. Et chaque matin, à l'école, elle oubliait vite ses bonnes résolutions. Quel mal y avait-il à déjeuner ensemble, encore une fois? Et puis une autre, et une autre encore...

Bref, voilà où cela l'entraînait.

Elle se redressa, rejeta d'un mouvement de tête sa natte dans le dos, puis elle posa un doigt tremblant sur la sonnette dont le carillon tinta délicatement.

Quelques secondes à peine et la lourde porte verte s'ouvrait sur un Jonathan un peu intimidé, lui aussi.

— Salut! Entre! (Portant la voix en direction d'une autre pièce il ajouta) : Maman! Elle est arrivée!

Mme McKinnon apparut sur le seuil de la salle à manger.

– Sundara! Enfin! J'avais hâte de te connaître.

Sundara sourit poliment, ne sachant trop si elle devait s'incliner à la manière khmère, ou prononcer une formule de politesse en anglais qu'elle risquait d'écorcher. Mme McKinnon l'étonnait. Elle s'était attendue à une tenue plus sophistiquée, à un visage fardé, à une de ces Américaines comme elle en voyait à la télé. Et, au contraire, elle se trouvait devant une jeune femme blonde au visage agréable, sans une trace de maquillage, vêtue d'un pull-over et d'un vieux jean.

– Jonathan nous a beaucoup parlé de toi.

– Oh... (Sundara regarda Jonathan.)

– Uniquement en bien, précisa-t-il d'un sourire.

Mme McKinnon souriait aussi, la détaillant avec une curiosité non déguisée. Généralement, cette façon de la dévisager des Américains l'horripilait, mais Sundara perçut une sorte d'ingénuité dans le regard de Mme McKinnon. Il ne cherchait ni à juger ni à être indiscret. Il était même plutôt flatteur. « Tu m'intéresses infiniment », semblait-il dire.

Sundara répondit au sourire de ses yeux bleus, des yeux bleus qu'elle avait transmis à Jonathan.
— Papa est prêt ?
— En principe, oui.

S'appuyant sur le pilier bien ciré de la rampe d'escalier, Mme McKinnon s'écria « Ri-chard ! Sundara est arrivée ! »

Dans les étages, une voix grave retentit.
— Où as-tu caché mes mocassins de bateau ?
— Sur ton étagère à chaussures ! répondit-elle.
— Je veux les vieux !
— Et voilà ! sourit-elle avec malice à l'intention de Sundara. Tu comprends pourquoi Jonathan s'habille de cette façon ! Et elle monta.

Sundara se dit que Mme McKinnon n'était pas, elle non plus, tirée à quatre épingles. Néanmoins, si son pull n'était pas neuf, il était de bonne qualité et sa couleur d'un subtil vieux rose, d'un modèle introuvable à la Solderie.

Au reste, ce style se retrouvait dans la décoration de la maison. Une qualité de raffinement allié à un confort accueillant.

Elle avait visité très peu de maisons américaines – celle de la famille qui les avait parrainés, celle de Kelly, ou celle des gens de la paroisse qui avaient organisé le repas de bienvenue. Elles étaient jolies aussi, mais ce n'était pas comparable.

À gauche du vestibule, elle aperçut le salon décoré de meubles aux teintes fauves et à la patine veloutée. Avec une belle moquette épaisse – rien à voir avec du lino! Et on avait le droit d'y marcher, de laisser ses baskets s'y enfoncer mollement. À droite, dans la salle à manger, elle fut guidée sous un lustre en pâte de verre dont chaque élément réfléchissait les rayons du soleil matinal sur la tapisserie or pâle des murs.

« On dirait un château, songea-t-elle. Pourtant, Mme McKinnon ne se conduisait pas comme une reine. Des journaux traînaient sur les canapés, des magazines et des factures sur la table à manger. Ils la traitaient comme si c'était n'importe quel meuble. »

– Ta famille vit ici depuis beaucoup de générations, murmura Sundara.

Jonathan éclata de rire.

– Pas vraiment. On est venu ici quand j'avais six ans. Avant, quand Papa faisait son internat, on habitait Seattle.

— Oh... (Ça paraissait incroyable. Tout semblait si... enraciné.) Ta mère doit avoir beaucoup de travail à faire le ménage d'une si grande maison, avec tant de choses belles.
— Ben, elle a une femme de ménage.
— Tu te moques. Une domestique ?
— Non, pas une domestique. Une femme de ménage. D'ailleurs elle peut jamais faire ma chambre. C'est un tel bazar !
— Mais Jonathan, je suis choquée !
— Pourquoi ! Ça n'a rien d'extraordinaire.
— Aaah... Pourtant quand nous avons dit à notre marraine que nous avions des domestiques au Cambodge, elle s'est fâchée. Elle a dit « Oubliez cela. Il n'y a pas de domestique en Amérique. Les gens vont vous montrer du doigt. » Et nous avons eu si peur ! Ma tante m'a dit de ne jamais en parler.
— C'est intéressant. Vous n'aviez ni téléphone ni télé, mais des domestiques, oui...
— Une personne pour t'aider à la vaisselle est utile plus que la télé, je pense. Alors, tu as le temps pour t'occuper des enfants, recevoir des amis, ou écouter de la musique. Ici, on a jamais assez le temps. On doit travailler, travailler, travailler.
— Voilà pourquoi je suis content que tu aies accepté de venir. Tu dois prendre le

temps de t'amuser. Tu travailles trop. Toujours plongée derrière tes bouquins.
— En tout cas, je ne lis plus! dit-elle en riant. C'est ta faute. Avant, j'étudiais toujours à l'heure de déjeuner. Je vais sûrement être collée en tout... (Elle ramassa une coupure de presse sur la table.) Oh! une photo de toi!
— Ouais. Tu l'avais pas vue dans le journal?

Elle secoua la tête. Naro et Soka n'achetaient jamais les journaux.
— Qu'est-ce que c'est? (Elle se pencha sur un gros album ouvert près des coupures de presse.) Il parle de toi?
— J'en ai peur! C'est un classeur. Pour coller les trucs que tu veux garder. Ma mère l'a commencé quand je suis né! T'en faisais pas un au Cambodge?

Sundara sourit. Rien de ce qu'elle aurait voulu garder ne pouvait se coller dans un cahier. Ni la colle ni le papier ne pouvaient conserver le son familier des voix aimées, ou la bonne odeur du poulet à l'ail et au citron que sa mère cuisinait dans le four à bois...

Elle tourna les pages. Il n'y avait pratiquement que des images de football.
— Tu es célèbre! s'exclama-t-elle. Le livre est épais!

— Et c'est le troisième volume ! J'aimerais bien que ma mère se calme un peu !
— Pourquoi ? Je pense qu'elle t'aime tant qu'elle veut te faire plaisir.
— Possible, mais je finis par avoir l'impression que mon premier devoir dans l'existence est de lui fournir de quoi remplir ses albums.

C'était peut-être parce qu'elle n'avait qu'un enfant, se dit Sundara. Un seul fils à qui prodiguer tout son amour.
— Ta mère travaille ? Ma tante dit que toutes les femmes américaines travaillent.
— Non, pas vraiment. Elle est présidente de la Ligue des électrices du district, ce qui lui prend pas mal de temps.
— C'est quoi ? La Ligue des électrices...
— Elles s'occupent de politique, de problèmes sociaux, des trucs de ce genre.
— C'est important.
— Je suppose.

Sundara se dit que Soka avait peut-être raconté à Naro qu'ici toutes les femmes travaillaient pour qu'il cesse de se sentir coupable de la voir contrainte à le faire.
— Tiens, voici mon cahier pour le cours de relations internationales. (Il tapota un classeur plus mince.) Rien que des articles sur le Cambodge.

Sundara l'ouvrit et lut une manchette : DES MILLIERS DE CAMBODGIENS MEURENT DE FAIM. Elle le referma.

Le père de Jonathan apparut dans l'escalier. Comme chaque fois, sa carrure impressionna Sundara. Quelques poils blancs saupoudraient sa barbe bien taillée, mais avec ses vêtements sport, il lui parut plus jeune que lorsqu'elle l'avait rencontré quatre ans plus tôt vêtu de sa stricte blouse blanche de médecin. Ses yeux marron n'avaient rien perdu de leur chaleur.
— Comment vas-tu Sundara ? Et ton fameux petit cousin ?
— Oh, très bien, je vous remercie. (Il se souvenait !) On ne peut pas croire qu'il a été si maigre avant.
— Tout le monde est prêt ? demanda Mme McKinnon en descendant derrière lui. Allez, on y va !

Ce fut l'instant où Sundara vit son reflet dans le miroir au-dessus de la console. Elle se figea, surprise par son image. Et pourquoi ? Aurait-elle oublié qu'elle avait les cheveux noirs et la peau plus foncée que la leur ? Elle semblait si peu à sa place.

Ils montèrent dans une sorte de Jeep qui tirait une remorque de bateau vide.
— Mon cousin Ravy adore cette voiture,

souffla Sundara à Jonathan. Il veut en acheter une, plus tard.
— C'est une 4 roues motrices, c'est génial pour la montagne. On pourrait aller skier un jour. Tu aimerais?

Elle hocha la tête, comblée. Elle arrivait tout juste à croire qu'ils partaient ensemble faire cette balade et voilà qu'il formait déjà des projets d'avenir.

L'air qui entrait par les vitres ouvertes ne facilitait pas la conversation, mais aucune importance. Sundara était perdue dans ses pensées. Quel risque, elle avait pris... Qu'arriverait-il si... Et puis zut, Soka! Si sa tante ne savait toujours pas qu'elle déjeunait avec lui à l'école, comment pourrait-elle être au courant de cette journée? De toute manière, le sort en était jeté, et quelles que soient les conséquences, elle était bel et bien assise aux côtés de Jonathan. Le soleil brillait et l'air embaumait des parfums d'automne. Pourquoi ne pas en profiter?

— Vous vous rendez compte de cette chance! s'exclama, une heure plus tard, le docteur McKinnon quand ils s'arrêtèrent sur le parking à deux pas du lac. Il n'y a pratiquement personne.

Le cabanon servant de bureau d'accueil

était condamné par des planches. Quelques rares bateaux fendaient les eaux. Les vastes pelouses alentour étaient à peu près désertes.

— Quel temps splendide pour un mois d'octobre! dit Mme McKinnon. C'est trop triste de devoir mettre le bateau en cale sèche.

— Pourquoi? (Sundara les suivait sur le ponton étroit.) Tout le monde doit le faire?

Elle avait remarqué du côté du débarcadère un autre bateau accroché derrière une caravane et plusieurs corps-morts vacants.

— Ils ont déjà commencé à évacuer l'eau, expliqua le docteur McKinnon. C'est un lac artificiel – en été, on irrigue et en hiver, on contrôle le niveau du lac pour éviter les inondations.

« Tant de choses en Amérique sont façonnées par la main de l'homme, songea Sundara en contemplant la surface lisse de l'eau. Ici, les hommes domptent même les lacs et les rivières... »

Quelle différence avec le puissant Mékong, jamais entravé par un pont ou un barrage et qui se gonflait avec tant de violence à la saison des pluies et qui inondait les champs de riz de ses eaux grossies de la neige des lointaines montagnes de l'Himalaya et faisait de Tonle Sap une mer intérieure — ce lac immense laissait ses eaux s'écouler à son propre rythme.

— Bienvenue à bord de *Bonnie Lass*, Sundara.

Le docteur McKinnon l'aida à monter et Jonathan la guida jusqu'à la banquette. Ils s'assirent face à ses parents.

— J'ai peur que cette sortie ne soit pas exaltante, fit Mme McKinnon. Il n'y a pas beaucoup de vent.

« C'est déjà exaltant », se dit Sundara en sentant l'épaule de Jonathan peser contre la sienne. La voile prit la fine brise et le bateau s'écarta du ponton.

Et vogue la galère ! Maintenant qu'ils n'avaient plus à charger le bateau ou à assurer le départ, le silence devenait pesant.

— Sundara, c'est vraiment gentil d'être venue, dit Mme McKinnon.

Sundara sourit. Une fois de plus, elle aurait aimé répondre selon la tradition khmère, d'un hochement de tête respectueux. Mais les Américains attendent toujours qu'on dise quelques mots.

Les parents de Jonathan échangèrent un bref regard. Ils ne savaient peut-être pas non plus de quoi parler ?

Le docteur McKinnon se racla la gorge.

— Jonathan nous a raconté dans quelles conditions tu es arrivée aux États-Unis, après ce long séjour sur un bateau. (Le docteur regarda de nouveau sa femme, il hésita. Puis il enchaîna.) Lorsque tu as débarqué à la clinique avec ta famille... Je n'avais aucune idée de ... cette situation...
— Oh, je dois pas me plaindre, dit Sundara venant à son secours. Ce fut encore beaucoup plus pénible pour un tas de gens. Certains sont restés au camp de réfugiés de longs mois. Parfois un an. Ou deux. Et tous ceux qui partent avec les bateaux et arrivent aujourd'hui — comparés à eux, je pense que nous avons eu beaucoup de chance.

Elle se tut. Visiblement, le docteur McKinnon était soulagé qu'elle parle à sa place. Ils attendaient tous qu'elle continue.
— Un peu comme l'histoire de la femme qui pleure auprès de Bouddha parce qu'elle a des malheurs. Vous la connaissez? Il lui dit que ses soucis vont finir si elle rapporte une graine de la maison qui n'a jamais connu le chagrin. La semaine suivante, il la rencontre qui chante tout heureuse. Le Bienheureux lui demande si elle a trouvé la Clef du Bonheur, elle répond «Non, Bienheureux. Mais à chaque maison, j'ai découvert un mal-

heur plus terrible que le mien. Alors désormais, je sais que j'ai plutôt de la chance. »

Ils lui souriaient. Son histoire leur avait plu. C'était un conte plein de sagesse. Et si on prenait les McKinnon, par exemple, malgré toute l'aisance dont ils jouissaient, la Graine du Bonheur n'avait pas fleuri dans leur maison. Puisque leur espoir d'avoir d'autres enfants avait été déçu, si souvent.

En mangeant leurs sandwichs les parents de Jonathan commencèrent à raconter des anecdotes sur différentes sorties de voile qu'ils avaient faites et à se moquer l'un de l'autre. Il y avait ce jour où le docteur McKinnon avait voulu sauter à terre pour tirer le bateau sur la rive et il était tombé la tête la première ! Le docteur insista pour lui expliquer chaque détail du bateau, il prononça un tas de mots incompréhensibles pour Sundara, tout comme l'était le mystérieux nom du bateau : *Bonnie Lass*.

Mme McKinnon ramassa les assiettes en carton.

— Jonathan nous a dit que tu voulais être médecin.

Sundara acquiesça et regarda Jonathan tout en se demandant s'il leur avait parlé aussi de son admiration pour son père.

— Ma famille veut que je devienne médecin, pour qu'un jour peut-être je retourne au Cambodge avec Médecins du monde ou la Croix-Rouge.

Le docteur McKinnon haussa ses épais sourcils.

— C'est une sacrée ambition.

Il semblait surpris. Il ne la croyait sans doute pas capable. Toujours sans le regarder, elle redressa légèrement le menton.

— J'espère aller à Stanford.

— Bon choix!

Ils avaient retrouvé le sourire.

— C'est là que nous nous sommes rencontrés, expliqua Mme McKinnon.

À son tour, Sundara sourit, elle avait dit ce qu'il fallait! C'était parfois si compliqué! Elle appréciait cet idéal américain qui mettait tout le monde sur un pied d'égalité — même un producteur de cacahuètes pouvait devenir président — mais dans des moments comme celui-ci, elle regrettait les strictes règles de conduite de son pays. À Kampuchéa, elle aurait su le rang de chaque personne et se serait adressée à elle en conséquence. Ici, tout était soi-disant libre et spontané. Et sans le savoir, on risquait de commettre de terribles impairs. Montrez-vous respectueux on vous trouvera servile, et si vous ne l'êtes pas assez, on vous traitera de dangereux révolutionnaire. Car, en réalité, il existe une hiérarchie bien précise. Sundara avait compris que la société américaine aussi se divise en classes — à ceci près que les Américains refusent de le reconnaître en énonçant avec clarté les principes de cette société.

— Ainsi ton oncle et ta tante projettent de t'envoyer à l'université ?

— Papa, on n'est pas chez les flics !

Sundara sourit.

— Ma tante dit... (Elle s'interrompit. C'était trop intime. Que sa tante refusât de dépenser de l'argent pour les études d'une fille, alors qu'on courait toujours le risque, aussi minime soit-il, qu'elle ne tombe enceinte ne les regardait pas.) Ma tante veut que j'essaie d'obtenir une bourse.

— Hum... Stanford possède un excellent programme d'aide financière. Tes notes sont bonnes, hein ? Quand tu t'inscriras, je pourrai peut-être te faire une lettre de recommandation.

— Oh, merci !

Il parlait de l'université, de la médecine comme d'une réelle possibilité. Quelque chose qui allait vraiment se réaliser. Mais ce n'était peut-être que la manière d'être

de gens habitués à faire des projets et à avoir confiance en l'avenir.
— Viens, allons à l'avant, proposa Jonathan.

À tâtons pour garder l'équilibre, elle suivit Jonathan, s'accrochant au toit de la cabine. En regardant derrière elle le docteur McKinnon, elle eut la stupéfaction de le voir lui lancer un clin d'œil. Un clin d'œil.
— Très heureux de t'avoir à bord, Sundara !

Être assise à l'avant avec Jonathan, les pieds nus sur le pont chauffé par le soleil, c'était plonger dans un monde inconnu. Elle regardait la lumière jouer dans les poils blonds des bras du jeune homme, la brise lui ébouriffer les cheveux. Qui aurait pu imaginer qu'un jour elle serait heureuse de se retrouver assise en plein soleil sur le pont d'un bateau ? Et pourtant, c'était bien elle, cette jeune fille qui offrait avec insouciance son visage aux rayons du soleil, comme n'importe quelle Américaine.
— Pardon pour le questionnaire ! dit Jonathan. J'aimerais vraiment qu'ils se conduisent autrement.
— Je les trouve si gentils.

Jamais elle n'aurait cru qu'il puisse s'inquiéter de ce qu'elle pensait d'eux.

Elle regarda furtivement par-dessus son épaule. Le docteur McKinnon avait posé

une main sur le volant — elle avait déjà oublié le terme exact — et l'autre autour des épaules de sa femme. Ils semblaient heureux.
— Tes parents... ont décidé tout seuls de se marier?

Jonathan éclata de rire.
— Bien sûr! En fait, Maman affirme que c'était l'idée de Papa, et lui jure que c'était celle de Maman. Conclusion, c'était leur idée à tous deux. Il hocha la tête. Tiens, je te montrerai des photos de leur mariage. J'arrive pas à croire qu'ils aient pu être aussi jeunes. Maman voulait devenir assistante sociale et Papa voulait soigner les enfants pauvres. Ils disent toujours qu'à l'époque, ils voulaient changer le monde.

Changer le monde! Quelle drôle d'idée... Seuls des Occidentaux pouvaient rêver de se dresser contre l'ordre cosmique des choses... Cependant, en imaginant les McKinnon au temps de leur jeunesse idéaliste, elle se sentait pleine d'affection pour eux. Après tout, le docteur McKinnon avait amélioré une petite part de son monde à elle.
— Ta maman est devenue assistante sociale?
— Ouais, quelque temps. Puis, je suis né et je suppose qu'elle en a eu marre.

— Et ton père?
— Il a travaillé assez longtemps comme bénévole dans un dispensaire. Puis un peu chez les Indiens. C'était avant qu'on s'installe ici. Il haussa les épaules. J'ai l'impression qu'aujourd'hui ils laissent filer.

Elle observait le miroitement du soleil à la surface de l'eau, sous le rythme chaloupé du bateau.
— Je me demande, ça leur est égal que je ne sois pas blanche?
— Sundara! C'est idiot! Ils n'ont pas intérêt, toujours. Toute ma vie, ils m'ont répété que les hommes sont égaux, que la race n'a pas d'importance.
— Ça n'a vraiment pas d'importance pour eux?
— Théoriquement, non.

Théoriquement. Ils savaient tous deux que croire en un principe et vivre suivant ce principe sont deux choses différentes.
— En tout cas le frère de mon père, qui est dans les Casques bleus, a épousé une Indonésienne. Personne n'en a été scandalisé. (Il décocha un tel sourire à Sundara qu'elle en rougit.) Leurs enfants sont vraiment mignons.

Sundara plongea ses yeux dans les siens, ses yeux bleus à peine soulignés de noir. Si elle avait un enfant de lui de quelle

couleur seraient ses yeux ? Ils rougirent ensemble. Avaient-ils eu la même pensée ?
— Je crois que ma famille accepterait jamais ça, dit-elle. Ils cherchent même pas à prétendre que la race n'a pas d'importance. Ils n'aiment pas la façon de se marier des Américains... que les divorces sont si faciles. Ils n'aiment pas qu'on puisse avoir le bébé sans le mari.
— C'est pas exactement notre idéal.
— Peut-être, mais cela arrive sans arrêt. Jamais une fille khmère ne le ferait.
— Jamais ?
— Non, si elles sont les filles de bonnes familles.
— Vraiment jamais ? C'est difficile à croire.
— J'en connais une, admit Sundara. Une fille à Portland. Elle aimait un garçon dans un camp en Thaïlande. Ils voulaient se marier, mais il partait en France et elle venait ici avec sa famille. Alors, les parents ne les laissèrent pas se marier. Ils avaient trop peur, si elle partait en France, de ne jamais la revoir. (Sundara baissa la voix.) Et quand ils sont arrivés ici, ils ont découvert qu'elle attendait un bébé.
— Et alors, ils voulaient se marier, non ?
— Oh, oui ! Elle le pleure tout le temps. Elle répète qu'il a promis de venir la chercher un jour avec le bébé.

— Pourquoi il n'est pas venu en Amérique, tout simplement ?
— Il ne peut pas. C'est très difficile de trouver un pays. On doit aller uniquement où on vous accepte.

Ils se turent, tandis que le bateau dansait doucement, paresseusement au fil de l'eau. Comme c'était agréable, songea Sundara, que leurs épaules se frôlent, comme par accident, sans que ni l'un ni l'autre ne s'écarte. Si seulement, elle n'avait pas à s'inquiéter de Soka, ni d'être une gentille jeune fille khmère. Si seulement...

Un peu plus tard, Jonathan la sortit de sa rêverie.
— Sur quelle planète es-tu ?
Sundara sursauta.
— Sur quelle planète es-tu ? Ça veut dire quoi ?
— Tu connais pas l'expression ? Ça veut dire que tu dois me révéler tes pensées, là, immédiatement.

Sundara écarquilla les yeux.
— Je dois dire mes pensées secrètes ? C'est une coutume américaine ?

Il rit.
— Je ne crois pas que ce soit une obligation. (Il la dévisagea avec attention.) N'empêche que j'aimerais bien savoir. Tu pensais à quoi ?

— Oh... (Elle sourit les joues en feu et pas uniquement à cause du soleil.) Je pense que je suis bien. Que je voudrais bien qu'il en soit toujours ainsi.
— Et pourquoi pas ?
— Oh, Jonafan, tu sais pourquoi.

Elle avait si souvent essayé de le lui faire comprendre. Mais comment lui expliquer ce qu'il refusait de comprendre.

Il la considéra un instant.
— Sundara, est-ce... Depuis que je t'ai vue pour la première fois, je ressens une chose très curieuse. Je me sens attiré vers toi, comme si je t'avais déjà rencontrée auparavant...

Elle enchaîna avec évidence.
— Tu veux dire dans une vie antérieure ?

Il sourcilla.
— Je n'en parlais pas au sens propre. Pourtant... ce sentiment...

Sundara se souvint de ce premier jour au marché, lorsqu'elle s'était dit que Jonathan lui rappelait Chamroeun. Mais lui rappelait-il vraiment Chamroeun ? Cette impression ne venait-elle pas d'autre chose, un peu comme lorsqu'on reconnaît un endroit où on n'est jamais allé, ou que l'on rencontre une personne attendue depuis toujours ?
— Oui, avoua-t-elle timidement, je crois que je ressens cela aussi.

Ils restèrent figés, le regard rivé à celui de l'autre. Ce fut lui qui rompit le silence.
— Tu es tellement différente de toutes les filles que j'ai connues.
— Bien sûr, riposta-t-elle découvrant ses fossettes. Cheveux noirs, yeux noirs.
— J'aime tes cheveux noirs, et tes yeux ne sont pas noirs, mais d'un brun doux et profond.
— En tout cas, j'ai la peau trop sombre pour toi.
— Ne sois pas bête. Et si tu veux savoir, j'ai tellement pris l'habitude de te regarder que ce sont les autres qui me font l'effet d'être cadavériques.
— Vrai ?

Il acquiesça.
— Et puisqu'on en est aux confidences, au début, quand j'ai commencé à t'interroger sur le Cambodge ? (Il eut un drôle de rictus.) Je cherchais simplement une excuse pour être avec toi et te regarder...

Elle lui sourit.
— Je sais, dit-elle.
— Tu sais ? Tu l'as toujours su ?
— Non, c'est seulement après un moment que j'ai commencé à piger, comme tu dis.

Il prit un air gêné.
— Tu n'es pas fâchée ?
— Non.

— Ensuite, je me suis vraiment intéressé à ton histoire. C'était pas bidon. J'ai été bouleversé. Tu m'as fait comprendre à quel point je suis protégé. À quel point j'ai de la chance.
— Jonafan. C'est pas ta faute si tu as une vie agréable. Pourquoi tu te sens toujours coupable ? Ta famille vit comme j'aimerais vivre un jour. Comme les gens d'ici. C'est mon but.
— Je croyais que tu voulais être médecin pour aider les autres.
— Oui. Mais je veux aussi une famille et une maison. Et assez d'argent pour que je m'inquiète pas comment nourrir mes enfants. Je veux une voiture pour pouvoir les amener dans des endroits jolis, comme ici. Je veux...
— Parez à virer ! cria le docteur.
Et d'un coup le voilier vira de bord, piquant du nez, les voiles claquant sous le vent. Déséquilibrée, Sundara bascula vers l'eau, mais d'un bras vigoureux Jonathan la rattrapa et la tira en arrière. Le cœur de Sundara battait à tout rompre. Sa respiration devenait douloureuse. Était-ce la peur ? Le sentiment clair qu'il ne retirait pas son bras ?... Son étreinte se resserrait. Ce n'était peut-être pas correct, mais elle s'en moquait. À cet instant précis aucune force au monde n'aurait pu la faire bouger.

Alors, il eut ce geste surprenant.

Il étendit son bras libre et, très doucement, dénoua dans son dos le ruban grenat qui retenait sa natte.

La surprise passée, elle comprit le sens de ce geste et se mit à dénouer la tresse en peignant lentement ses cheveux avec ses doigts, sans jamais le quitter des yeux. Les lourdes mèches noires volèrent au vent.

— Ça te va bien, les cheveux sur les épaules.

Un souffle d'air plus violent entraîna le ruban le long du pont turquoise.

— Hop! (Jonathan bondit mais le morceau de velours lui glissa entre les doigts et fila par-dessus bord.) Désolé!

— Pas grave, murmura-t-elle, freinant son bras d'une main.

Elle n'en aurait plus besoin. Il aimait qu'elle porte les cheveux sur les épaules. Désormais, elle ne les coifferait plus en tresses.

10

Le samedi matin suivant, confiant les deux garçons à la garde de Sundara, Naro, Soka et Grand-mère partirent pour Salem faire des courses chez l'épicier chinois.

Après avoir tiré la chaîne derrière eux, Sundara s'adossa à la porte et soupira un bon coup. Elle n'avait aucune envie d'éplucher ce gros tas de maïs rapporté de chez M. Bonner. Le cueillir ne l'avait pas ennuyée. Du moins, travaillait-elle à l'extérieur sous la lumière délicate d'une matinée d'automne. Mais là, se retrouver coincée entre quatre murs quand dehors il faisait un temps magnifique... Aussi magnifique que samedi passé, lorsqu'elle était partie en bateau avec Jonathan.

Elle se traîna vers la cuisine et s'accroupit mollement près des maïs empilés sur un tapis. Elle n'eut même pas le temps de s'attaquer à la tâche que la sonnette de l'entrée retentit. Elle se releva, époussetant son sarong d'une main avant de se diriger d'un pas lent vers la porte. Elle regarda dans le judas.
— Jonafan !
Elle retira vivement la chaîne de la porte.
— Salut ! À quoi tu joues avec ta chaîne ? C'est Willamette Grove ici, tu te souviens ?
— Jonafan, pourquoi tu viens ?
— Je venais voir si tu voulais faire un tour en voiture ?

Derrière lui, elle aperçut une voiture de sport intérieur cuir. Il parut surpris.
— Qu'est-ce qu'il y a ?
— Ma tante et mon oncle sont sortis. Je dois garder mes cousins... Encore une veine qu'ils soient partis. Si Soka s'était trouvée nez à nez avec un Blanc qui, en plus, demandait après sa nièce...
— Ah ! Et ils reviennent dans combien de temps ?
— Jonafan !
Elle hocha la tête, tremblante. Il ne comprenait rien.
— Hé ! Toi, tu dois être Pon ?
Piqués par la curiosité, les deux garçons avaient laissé tomber le football à la télé et

s'étaient approchés à pas de loup derrière elle. Pon risqua un œil.
— Salut, môme!
Sous le regard horrifié de Sundara, Jonathan passa une main sur la tête du petit garçon et lui ébouriffa les cheveux. Pon courut se réfugier dans le sarong de Sundara.
— T'as pas le droit de faire ça! dit Ravy.
— Ravy!
— Faut bien lui expliquer?
— Qu'est-ce que j'ai fait? demanda Jonathan inquiet.
— Les Cambodgiens pensent que c'est dangereux de toucher la tête des petits enfants, dit Ravy. Ils peuvent en perdre leur intelligence. Ou même leur âme.
— Diable! Je voudrais pas être responsable d'une chose pareille.
— C'est pas grave, fit-elle, un peu agacée.
Avait-il réprimé un sourire?
— J'aurais peut-être dû téléphoner avant?
Elle hocha la tête. Pour ce que ça aurait changé. Le problème n'était pas de téléphoner avant — les gens de son peuple se moquaient bien du téléphone. Le problème, c'était sa présence ici, un point c'est tout. Regardez-le, planté sur le pas de la porte! Visiblement, il n'avait aucune idée de la raison pour laquelle il n'était pas

mieux accueilli. Pourquoi ne l'avait-il pas prise au sérieux quand elle lui avait expliqué ce que son oncle et sa tante pensaient de tout ça ?
— J'aimerais venir, dit-elle. J'aimerais vraiment.

Elle regarda vers la rue. Ce n'était sans doute pas trop risqué de lui proposer d'entrer — Soka, elle-même, répétait souvent qu'il faut savoir être courtois envers un invité, même quelqu'un qu'on n'attend pas. Elle hésitait cependant.
— Tu veux entrer ?

Il désigna la rangée de chaussures sur le tapis.
— Je dois retirer mes chaussures ?
— T'es pas obligé. (Elle lui sourit.) Ça fait plaisir de te voir, murmura-t-elle.

Elle le précéda au salon, soudain consciente de l'odeur d'ail qui flottait encore, témoignage du dîner de la veille. En serait-il gêné ? Qu'allait-il penser des chemins de lino sur lesquels Soka les obligeait à marcher afin de protéger les moquettes ? Et il y avait sans doute bien d'autres choses dans leur maison qui n'allaient pas et dont elle ne se rendait pas compte.

Jonathan s'arrêta devant une série de cadres disposés sur une table recouverte d'un tapis. Sundara prit une photo.

— Voici ma famille. Une photo, c'est tout ce qui me reste. C'est pas beaucoup comparé à ton album!

Ils se sourirent retrouvant un peu de leur complicité, et la regardèrent ensemble. Un couple jeune et beau et leurs trois enfants.
— Voici Samet, Mayoury et moi. (Elle soupira.) Regarde comme je suis une petite fille heureuse.
— Tu étais mignonne. (Il la regarda.) Tu l'es toujours.

Elle porta les mains à ses joues. Avec quelle habileté, il savait l'arracher au passé et la ramener dans le présent.

Il observait la photo avec attention.
— À l'arrière-plan, c'est bien Angkor Vat?

Sundara rayonna.
— Tu connais bien mon pays.

Elle avait toujours du mal à imaginer qu'un Américain puisse connaître les anciens temples construits dans la jungle par ses ancêtres, il y avait si longtemps.
— C'est à cause de mon exposé...

Ravy dévisageait Jonathan, fasciné.
— T'es vraiment Jonathan McKinnon, le footballeur?
— Paraît! (Jonathan sautilla d'un pied sur l'autre en grimaçant.) Mais, après le succès d'hier soir, je ferais mieux de ne pas m'en vanter!

Son équipe avait été battue par Salem Nord.

— En tout cas, la façon dont tu as intercepté le ballon... c'était super! Mince alors, si j'avais su que t'étais le fameux Jonathan McKinnon quand je t'ai vendu ces balles de golf...

— Tu m'aurais fait un prix?

Ravy fit la grimace.

— Je suis d'accord pour en discuter dans l'avenir.

Jonathan éclata de rire. Son regard erra autour de la pièce avant de se poser sur le portrait d'une jeune fille avec des nattes blondes et des sabots, debout devant un moulin.

— Je ne voudrais pas paraître impoli, dit-il, mais y a-t-il une raison particulière pour que vous ayez un paysage hollandais au mur?

Sundara fut obligée de rire.

— Les gens de la paroisse nous l'ont donné. Nous l'avons accroché pour que le mur soit pas nu. Nous ne savions même pas ce qu'il représentait.

— Si tu trouves ça bizarre, renchérit Ravy, t'aurais dû voir cette maison au début. J'ai mis deux ans avant de m'en rendre compte. En fait, tout ce que ma mère avait suspendu aux murs, c'étaient des décorations de Noël!

Brusquement, un bruit de moteur retentit dans l'allée.

— Oh non, murmura Sundara. Quelqu'un arrive.

— C'est Maman! cria Pon depuis la porte.

— Super! dit Jonathan. Tu pourras peut-être sortir finalement.

Sundara le fixa. Si seulement elle pouvait le faire disparaître sous terre. Elle entendit Pon raconter en khmer qu'un Blanc lui avait touché la tête.

Soka entra et posa sur Jonathan un regard froid avant de lui adresser un sourire contraint.

— Voici ma tante Soka, murmura Sundara. Elle a oublié la liste des courses.

Sundara baissa les yeux et, en khmer, expliqua d'une voix rapide, saccadée comme une noyée, que Jonathan préparait un exposé sur le Cambodge.

— Heureuse de connaître un ami de classe de Sundara.

Jonathan semblait si fragile, si vulnérable. Ne voyait-il pas que tous ces sourires n'étaient que pure politesse?

— Mes parents aussi ont été très heureux de rencontrer Sundara, le week-end dernier.

«Que le Ciel me protège, non!» Soka eut un haut-le-corps. Sundara lança un regard

désespéré vers Jonathan qui ne comprit visiblement rien et s'enfonça davantage.
— Lorsqu'elle est venue en bateau avec nous...

Les yeux de Soka se rétrécirent. Sundara adressa à Jonathan un dernier regard terrorisé avant de fixer le sol.
— Je venais voir si Sundara avait envie de faire une balade en voiture ?

Soka se contraignit de nouveau à sourire.
— Vous es trop gentil pour ma nièce. Nous apprécions. Mais vous es trop occupé, beaucoup de choses importants à faire.
— Non, non, j'ai presque rien à faire. Je serais très heureux de l'emmener.

Quelle naïveté ! Ne voyait-il vraiment pas qu'il ne faisait qu'envenimer les choses ? Sundara joignit les mains, implorant à l'avance toute la miséricorde dont elle aurait grand besoin.
— Ooooh... vous es bien gentil, dit Soka, mais ma nièce a beaucoup de travail aujourd'hui. Garder les enfants, couper le gazon, étudier.

Sundara sentit le regard de Jonathan chercher de l'aide de son côté, une explication, quelque chose, n'importe quoi. Tout était inutile. La situation était désespérée. Elle n'avait même plus la force de le regarder.

— Dans ce cas. (Il alla vers la porte.) Heureux de vous avoir rencontrée, articula-t-il d'une voix blanche. Je te verrai à l'école, Sundara.

Clouée sur place, elle répondit un au revoir à peine audible.

11

La porte à peine fermée, Soka explosa.
— Alors ! Quand le chat n'est pas là, les souris dansent !

Sundara rentra les épaules.
— Comment as-tu osé te moquer de moi à ce point-là... Tu savais que c'était mal... Faire entrer un garçon chez nous !
— Je t'en prie, Jeune Tante...

Voyant Soka s'approcher, elle recula. Derrière elle, les deux garçons détalèrent dans le salon qui leur parut soudain un lieu plus sûr.
— C'était une faute. Je...
— Et par-dessus le marché, j'apprends que tu es sortie en cachette avec lui.
— Une seule fois, murmura Sundara. Et nous n'avons rien fait de mal.

— Rien fait de mal, persifla-t-elle. Sortir en cachette, ce n'est pas «mal» d'après toi?
— Si, naturellement, je voulais dire nous n'avons pas...
— Ce que je sais me semble suffisamment grave. Tu ne comprends donc pas? Si les gens apprennent que tu traînes avec des Américains, je ne te trouverai jamais un bon mari. Tu devrais avoir honte! En voilà une façon de nous remercier de t'élever! Ingrate petite vipère!

La gorge de Sundara se noua douloureusement, elle refoula ses larmes. Était-il indispensable que Soka lui serve ce discours devant les garçons?

— J'aimerais mieux mourir de honte que d'avoir dit à la femme de Pok Sary que ses racontars ne pouvaient pas être vrais!

Sundara tressaillit. La femme de Pok Sary?

— Oui. Tu as très bien entendu. Et tu as raison d'avoir peur. Je suis au courant de tes petits rendez-vous à l'école avec un Blanc. Je me suis efforcée de ne pas y accorder d'importance puisque ça venait d'elle. Et tu sais combien elle est jalouse. Et voilà comment tu me remercies de t'avoir fait confiance? Tu me ridiculises. Ta mère aurait le cœur brisé de te voir parler la main sur le cœur par devant et par derrière, fouler au pied tes belles paroles.

Sundara s'accrocha à la table de la salle à manger. Pourquoi avait-elle fait une chose pareille? Pourquoi avait-elle laissé les preuves s'accumuler au-dessus de sa tête? Les sourires persuasifs de Jonathan semblaient déjà n'être plus qu'un lointain souvenir.
— Tu es censée étudier à l'école. Tu as la chance de recevoir une éducation dont tous les gens des classes élevées rêvent pour leurs enfants. Et qu'est-ce que tu fais? Tu flirtes avec un Américain!
— Nous bavardons seulement, plaida Sundara.
— Tu ne vois donc rien? Ça commence toujours ainsi. Par des conversations. Oublie les garçons américains. Tu veux passer ta vie à divorcer? Tu mérites mieux. Il te faut viser plus haut, Nièce. Tu dois te marier selon la tradition khmère.
Une part d'elle-même désirait toucher le cœur de Soka, lui faire comprendre à quel point il est dur de suivre les vieilles coutumes quand on est jeune. Mais plus Soka la sermonnait, plus ses excuses lui paraissaient fragiles. Même à ses propres yeux.
— Pense à trouver un bon travail, à avoir des enfants et à bien t'occuper de tes parents quand ils seront vieux.
— Oui, Jeune Tante, murmura Sundara.

Mais ses parents auraient-ils, un jour, la chance de vieillir ?

— Rien de bon ne peut venir de la fréquentation des Américains. Mon Dieu ! Tu n'as donc pas vu les informations ? Un réfugié a poignardé un autre réfugié à cause d'une Blanche, en plus elle était laide ! Et aucun de ces deux malheureux n'était le père du bébé. Voilà où ça mène !

— Mais Jeune Tante... (Sundara rassembla tout son courage.) Quel rapport avec nous ? Jonathan est le fils d'un docteur.

— Qu'il soit le fils d'un docteur, ou le fils du président Carter, ne fait aucune différence.

— Il ne s'agit pas de n'importe quel docteur. (Sundara respira profondément.) Il s'agit de celui qui a sauvé Pon. Le docteur McKinnon.

La surprise adoucit les traits du visage de Soka.

— Il appartient à une bonne famille, alors.

Elle regarda du côté de la porte où il avait disparu, comme si elle souhaitait maintenant le faire revenir et l'observer plus attentivement. Malgré elle, elle dévisagea Sundara avec curiosité.

— Et le fils de ce docteur McKinnon s'intéresse sincèrement à toi ?

Sundara s'apprêtait à répondre mais

Soka fronça les sourcils, balayant par là-même une curiosité si mal placée.
— Quoi qu'il en soit, ses sentiments ne nous concernent pas. Ses traditions ne sont pas les nôtres. Même s'il sort d'une bonne famille, il n'est pas assez bien pour toi. Tu ne dois plus penser à lui. Tu dois l'oublier.

Les mots que Soka exigeait d'entendre restaient bloqués dans la gorge de Sundara.

Soka la regarda durement.
— Tu l'oublieras.

Sundara apposa ses paumes jointes sur son front en signe d'obéissance.
— Je l'oublierai.

Cette humble promesse parut calmer les derniers sursauts de colère chez Soka et laisser place à une lassitude infinie. Elle soupira.
— Nièce, tu ne comprends donc pas combien tout ça est pénible pour moi ? Tu es sous ma responsabilité. Je dois tout faire pour t'élever convenablement. (Elle jeta un coup d'œil vers la rue.) Naro et sa mère ont vu la voiture de ce garçon. N'attends pas de moi que je cache un éléphant derrière une souris.

Sur ces paroles, elle prit sur un meuble la liste de courses oubliée et abandonna Sundara aux regards ahuris de ses cousins.

Sundara s'effondra sur une chaise devant la table en se cachant la tête dans les mains. Elle avait si souvent imaginé cette scène. Et voilà qu'elle s'était enfin produite.
— Ravy, finit-elle par articuler, est-il indispensable que tu restes là les bras ballants à me dévisager ?

Elle se releva lourdement pour se laisser choir sur le tapis de la cuisine. Là, assise en tailleur, elle commença à nettoyer les épis de maïs.
— Sundara ?

Ravy s'était approché à pas de loup.

Elle contempla fixement ses baskets, ses genoux nus et osseux.
— Oui ?

Il se frotta une cheville avec la pointe de l'autre chaussure avant de s'agenouiller.
— Moi aussi j'aime bien Jonathan McKinnon.

La gorge de Sundara se noua devant ce témoignage inattendu d'affection.
— Merci Ravy. C'est gentil, dit-elle en dépouillant un épis de son enveloppe verte. Il fait si beau aujourd'hui, tu devrais éteindre la télé et aller jouer dehors.
— Oui, mais on regarde la fin du match d'abord.

Et il déguerpit. À la place de Ravy, elle serait sortie sur-le-champ. Dire qu'en ce moment Jonathan roulait quelque part au volant de sa voiture, les cheveux au vent. Qu'aurait-elle ressenti si elle avait pu l'accompagner ? Une sensation de liberté... L'impression d'avoir des ailes...

Ô, quelle vallée de larmes ! Il aurait mieux valu qu'elle ne parle jamais à Jonathan, qu'elle ne lui fasse jamais une petite place en son cœur. Cette place allait être si vide, désormais.

Sa propre mère aurait été peut-être plus ouverte, pensa-t-elle avec un pincement au cœur, elle aurait peut-être tenu compte du bonheur de sa fille et arrangé un mariage avec un garçon que Sundara aimait. Il se pouvait aussi que Soka ait raison, que sa mère soit extrêmement fâchée et que si elle revenait un jour, elle se désespère de la mauvaise conduite de sa fille.

Il n'était pas évident de savoir à quoi sa mère ressemblait aujourd'hui. Sundara avait un peu honte de l'admettre, même dans le silence de son cœur, elle avait quelquefois de la peine à se rappeler les traits de son visage. Jamais, en tout cas, elle n'y trouvait traces de tendresse. Si seulement les derniers regards de sa mère avaient été moins sévères.

— Pauvre sotte, avait-elle dit. Il s'agit bien

d'emporter une ombrelle dans un avion!
Quand auras-tu un peu de plomb dans la cervelle?

Son père était intervenu en sa faveur.
— Qu'elle la prenne donc, quel mal y a-t-il? La pauvre petite...
— La pauvre petite? Et moi? Ces abominables bombardements vont tous nous rendre fous et tout ce qu'elle est capable de faire, c'est se plaindre de rester enfermée à la maison! Chaque fois que je reviens du marché, au péril de ma vie, alors que je suis allée acheter de quoi vous nourrir, je la retrouve assise en train de geindre ou de pleurnicher. C'est chaque fois pareil...

Sundara ferma les yeux. Si elles avaient pu deviner qu'elles se voyaient pour la dernière fois.

Quand la sonnette retentit, le cœur de Sundara fit un bond dans sa poitrine. Jonathan? Osait-il revenir? L'osait-il? Non, c'était Moni.
— Oh, Moni! Comme je suis heureuse de te voir? (Elle se hâta de la faire entrer.) Tu ne devineras jamais ce qui m'arrive. C'est un véritable cauchemar.
— Raconte-moi, Petite Sœur.

Comme par automatisme, Moni s'était assise sur le tapis pour l'aider à décor-

tiquer le maïs. Ce n'était pas la peine de rester sans rien faire. Penchée vers elle, Sundara lui conta toute l'aventure, en s'efforçant de ne pas élever la voix. Ce ne serait pas correct que les garçons l'entendent se plaindre de leur mère.
— Et encore, j'ai de la chance qu'elle ne m'ait pas fichue dehors, conclut-elle avant d'ajouter du tac au tac : elle me déteste, tu comprends.
— Te détester ? Toi, sa propre nièce. Comment pourrait-elle te détester ?
Le visage de Sundara s'assombrit.
— Elle a de bonnes raisons.
Moni fronça les sourcils.
— Parfois, tu dis vraiment n'importe quoi.
— Ce fut stupide de ma part de prendre le risque de la mettre en colère. Même quand je suis d'une obéissance absolue, je n'arrive pas à la satisfaire. Alors que pouvais-je espérer en lui mentant à propos de Jonathan ? Pour être honnête, je suis furieuse contre lui aussi. Je ne comprends pas pourquoi il a fait ça. Venir chez nous ! J'aurais dû être mal élevée et ne pas le faire entrer. Combien de fois je lui ai expliqué qu'une jeune fille khmère ne peut pas rester seule avec un garçon... Mais il refuse de me croire. Il rit. En plus aujourd'hui... Tu connais cette manie amé-

ricaine de toujours caresser la tête des enfants ? Il a ébouriffé les cheveux de Pon !
— Non !
— Si ! Et bien sûr, quand Soka est arrivée, Pon s'est précipité sur elle « Maman, le monsieur blanc a touché ma tête. Est-ce que je vais être idiot, maintenant ? »

Les yeux de Moni s'arrondirent.
— Tu crois que c'est possible ?
— Moni ! (Sundara abaissa l'épi de maïs qu'elle tenait dans les mains.) Tu n'as donc pas remarqué ? Les Américains le font sans arrêt. Il n'y a aucun danger.
— Les enfants américains sont peut-être différents ? Leurs âmes se nichent peut-être ailleurs ?
— Nous sommes tous des humains, non ? Et nos différences ne sont pas si profondes. De toute façon, le problème n'est pas que ça puisse ou non rendre malade. Le problème est que les gens de chez nous détestent ce geste. Alors, caresser la tête de Pon n'a pas amélioré son cas. (Elle posa l'épi et en prit un autre.) Maintenant, Soka exige que je n'ai plus aucun contact avec lui.
— Ce sera difficile pour toi.
— Oui. Oh, Moni, si seulement elle le connaissait. Elle pense que tous les jeunes gens américains sont des propres à rien,

mais Jonathan est réellement un garçon courtois, sensible, et pas du tout le style braillard et effronté. Il a été d'une telle gentillesse. Grâce à lui, j'ai repris le goût de vivre. Ah, j'aurais dû renoncer plus tôt à le voir. À présent ce sera comme si je mourais.

Moni hocha la tête, elle comprenait. Elles travaillèrent un moment en silence, puis Moni reprit la parole.
— Tu as tant d'ennuis, avança-t-elle, il ne semble pas très charitable de t'annoncer mes bonnes nouvelles.

Sundara releva vivement la tête.
— Moni! Chan Seng et toi, vous allez vous marier! (Elle dévisagea son amie.) J'ai deviné juste?

Moni sourit.
— Aussitôt que nous aurons interrogé les étoiles et déterminé une date favorable.
— Oh, Moni! c'est merveilleux! S'il te plaît, pardonne mon manque d'éducation, je n'aurais pas dû ressasser ainsi mes problèmes. (Une joie mêlée d'envie saisit Sundara.) Raconte. Ferez-vous une cérémonie traditionnelle?

Elle se rappela le premier mariage auquel elle avait assisté, celui de Naro et de Soka. Comme Soka était belle, drapée dans l'étincelante soie dorée, les yeux soulignés de noir.

— Oui, traditionnelle, mais un peu moins fastueuse qu'au pays. J'espère que vous viendrez tous.
— Ne t'inquiète pas. Personne ne voudra manquer une fête pareille. Vous louerez des costumes à Portland?

Moni ferait sûrement une mariée khmère ravissante, d'autant qu'on avait plutôt l'habitude de lui voir porter les vieux vêtements des gens de la paroisse.
— Je n'ai pas encore décidé. Il y a tellement de choses à organiser en si peu de temps!

Les épis de maïs décortiqués s'empilaient au rythme du récit de Moni – Chan Seng avait trouvé un travail de concierge mieux payé, il envisageait de prendre d'autres cours au collège de la communauté, l'été prochain ils essaieraient de vendre des rouleaux de printemps dans les foires de la région, ils espéraient obtenir un appartement dans un immeuble où vivaient d'autres Khmers...
— Je suis si heureuse, conclut-elle. J'aurai enfin une place à moi. Je serai une épouse.
— Comme je suis heureuse pour toi. (À défaut d'être un avenir des plus exaltants, il avait au moins l'avantage de sembler merveilleusement stable.) Une maison à elle... Je me demande si les choses se pas-

seront aussi bien pour moi. Ce serait sans doute plus simple d'épouser un Khmer.
— Plus simple que quoi ?
— Que... que d'épouser un Américain, j'imagine. (Elle prit aussitôt conscience de la pensée qu'elle exprimait et le rouge lui monta aux joues.) Il y a une chose que je ne comprends pas, Moni. Si c'est bien d'épouser un Chinois pour que vos enfants aient la peau claire, pourquoi n'est-ce pas encore mieux d'épouser un Blanc ?

Moni eut un air étonné.
— Je n'y avais jamais pensé.
— En tout cas, je trouve ridicule de juger les gens sur la couleur de leur peau, pas toi ?
— Oh, répondit Moni, toujours sincère, à mon avis une peau claire est plus jolie.
— Je suis d'accord, admit Sundara. Mais c'est parce qu'on me l'a appris. Je ne pense pas qu'on devrait réagir ainsi. D'autant plus que ce n'est pas la couleur de peau qui crée les différences entre les gens. Pour un cours, je prépare un exposé sur un pays qui s'appelle l'Irlande du Nord. Tu devrais voir comment ils se battent là-bas — Blancs contre Blancs.
— Est-ce possible ?
— Oui ! Et, chez nous. Des Khmers tuent des Khmers. Alors, je ne crois pas que

la couleur de peau soit l'essentiel. (Elle soupira.) Et pourtant, dès qu'il s'agit de mariage, il est sans doute plus simple que les deux soient de la même race. (Elle hésita avant de se confier.) T'ai-je raconté que, chez nous, moi aussi, j'avais été promise à un garçon ?
— C'est vrai ?
— Oui, il s'appelle Chamroeun. Je n'ai eu aucune nouvelle de lui depuis notre départ. Il habitait la même rue que nous, à Phnom Penh. Nous étions si heureux. Il était très beau, je me souviens. Je me demande à quoi il ressemble aujourd'hui. Il doit avoir dix-neuf ou vingt ans.
— S'il vit toujours.
 Sundara leva les yeux vers elle, choquée.
— Bien sûr qu'il vit.
 Moni se mordit la lèvre.
— Pardon. Je ne voulais pas te faire de peine, mais tu viens d'évoquer tous ces massacres...
— Oh, pour Chamroeun, c'est différent. (Elle se força à parler d'un ton léger comme si les paroles de son amie ne l'avaient pas ébranlée.) Il était si intelligent. Il avait un tel sourire. D'un mot, il savait se sortir de n'importe quelle situation. Il avait appris un tas de petits trucs à mon frère, par exemple à soutirer de l'argent à

Maman pour acheter des friandises. Les beignets de bananes, c'était ce qu'on préférait... (À l'évocation de ce souvenir, Sundara sourit puis soupira.) J'ai ajouté son nom à ceux de ma famille et d'autres amis dans chaque lettre que j'adresse à des camps thaïs. Mais Soka n'est pas au courant.

— À ce propos, je me suis dit qu'avec le nombre de gens qui fuient Kampuchéa, il se trouverait bien quelqu'un pour avoir des nouvelles de mes parents et de ma petite fille. Tu pourrais m'aider à faire une lettre pour les camps? Je n'écris pas très bien comme tu le sais.

— Bien sûr, dit Sundara, mais es-tu préparée à toutes les lettres que tu recevras à ton tour? Si on apprend que tu es aux États-Unis, tu recevras des tonnes de lettres de gens que tu ne connais même pas, qui te demanderont de l'argent pour acheter à manger, ou des armes...

— Des armes?

— Oui, pour les combattants de la résistance. Nous en recevons sans arrêt. Au début, nous avons essayé d'aider tout le monde — un peu d'argent américain dure longtemps, là-bas. Mais Soka dit qu'elle ne veut plus payer pour des armes car on ne sait jamais qui les balles tuent. On

s'est rendu compte qu'on ne pouvait aider qu'une petite minorité à acheter de la nourriture.
— Mieux vaut aider un petit nombre que personne du tout.
— Tu as raison, mais c'est déchirant de lire ces prières pleines de désespoir et de ne pouvoir rien faire.
— Je dois quand même envoyer ma lettre. Je ne serai pas en repos tant que je ne saurai pas ce qu'est devenue ma petite fille. Dès que j'entends parler d'une famille qui s'est enfuie avec son bébé, je me demande pourquoi je suis partie sans elle ? À l'époque, ça m'avait paru la meilleure solution, mais à présent...
— Oh, Moni, tu ne dois pas te le reprocher. Souviens-toi aussi de toutes les familles qui ont été prises parce que leur bébé avait crié ? Je suis convaincue que tu as fait ce qu'il fallait.
— Peut-être, reconnut-elle.

Mais il était clair qu'à l'image de tout Khmer réfugié en Amérique, elle ne pouvait libérer son cœur des « si j'avais ».

La pyramide de maïs toute décortiquée, elles s'attaquèrent à la lettre.
— Je suis sûre que ce sera positif, dit Moni qui avait retrouvé son courage et son optimisme naturel. Je sens que le destin va me sourire à nouveau.

Aurai-je un jour la chance d'être aussi heureuse ? se demandait Sundara en fermant la porte après le départ de Moni. Et pourquoi non, pourvu que Chamroeun et elle se retrouvent un jour ? Et ils y parviendraient, en dépit des paroles de Moni. Il le lui avait promis, ce dernier soir à Phnom Penh...

La journée avait été chaude, étouffante, sans le moindre souffle d'air. Cherchant le sommeil, elle avait entendu des bruits de voix étouffés dans le jardin. Alors elle avait soulevé la moustiquaire de son lit en bois, et s'était levée pour aller à la fenêtre pousser le volet. Sur l'horizon, de hautes flammes rouges embrasaient le ciel noir. Malgré les barreaux de la fenêtre, à travers le feuillage dentelé des jacarandas, elle avait reconnu la silhouette de son frère et celle de... Chamroeun !

En hâte, elle avait drapé son sarong autour d'elle, et arrangé ses cheveux, les yeux fixés sur sa petite sœur. Pas le moins du monde troublée par les tirs d'artillerie qui formaient à présent le paysage quotidien, Mayoury dormait à poings fermés. Sundara était passée devant son lit, d'un pied léger sur le plancher ciré. La coquine risquait de se mettre à babiller si elle se

réveillait. Le souffle court, Sundara s'était glissée dans le vestibule. Dans le salon, ses parents parlaient à voix basse. À pas de loup, elle avait traversé la cuisine, descendu les marches et s'était avancée sur le sol sec et poussiéreux de la cour.
— Qui va là ? murmura Samet d'une voix rauque.
— Chuutt ! Ce n'est que moi, Petit Frère.
— Sundara ! Tu ne devrais pas sortir à cette heure-ci. Surtout avec le couvre-feu.
— Tu ne vas me donner des ordres, toi aussi !
— Tant pis ! Tu vas encore te faire disputer. Maman est déjà assez énervée contre toi.
— Et alors ? Puisque je pars demain, ça changera quoi ? Il fallait que je dise au-revoir à Chamroeun !
— Ils ont réussi à obtenir un billet d'avion ? dit Chamroeun. Tant mieux.
— Parce que toi non plus, tu ne veux plus me voir ? C'est ça ?

Ses fossettes se creusèrent, elle espérait retrouver le fameux sourire de Chamroeun.

Mais il n'était pas d'humeur à rire.
— Les communistes contrôlent le fleuve, dit-il, tout le monde pense que la fin est proche. Phnom Penh n'est plus une ville sûre pour toi.

L'estomac de Sundara se noua. Elle avait toujours eu confiance en ses jugements. S'il pensait que la ville serait bientôt prise, alors les rumeurs qui circulaient étaient certainement vraies.

— Tu sais, Samet, dit-il, de plus jeunes que nous sont envoyés au combat. J'ai envie de m'engager.

— Mais Chamroeun! s'alarma Sundara. Je ne veux pas que tu sois blessé, ou tué. Ah! les garçons! Pourquoi songeaient-ils toujours à se battre?

— Ne t'inquiète pas pour moi, dit Chamroeun, portant la main sur le cylindre en plaqué or qu'il portait autour du cou. Mon père a fait préparer cette katha par Celui Qui Sait avec ma devise personnelle gravée à l'intérieur. Rien ne peut m'atteindre tant que je la porte. Mais toi, Sundara... rien ne saurait sauver une jolie fille comme toi des Khmers rouges.

— Ne parle pas ainsi! protesta-t-elle, frissonnante de peur autant que de bonheur. (Il l'avait appelée jolie!)

— C'est vrai, Petite Sœur. Tu n'es pas au courant des rumeurs, quand les soldats Khmers rouges arrêtent une jeune fille, ils...

— Pour l'amour du ciel! s'exclama Chamroeun. Ne lui dis rien. Les filles ne devraient même pas avoir à imaginer de semblables horreurs.

— Je t'en prie, ne t'engage pas comme soldat, supplia Sundara. Si tu n'es plus là à mon retour, je ne le supporterai pas. Dis-moi que tu ne le feras pas, ou je ne pars pas !

Le hurlement d'une bombe déchira la nuit. Sundara se figea.

Boom ! Boom-Boom !

— Ahh ! murmura Samet, elle n'est pas tombée loin.

Dans un sursaut d'audace, Sundara s'empara des deux mains de Chamroeun.

— Je tremble quand je t'entends dire que tu veux te battre. J'ai peur que nous ne nous revoyions plus jamais. Plus dans cette vie, en tout cas.

— C'est mieux que de tomber aux mains des Khmers rouges ! (La voyant si effrayée, il se radoucit.) Mais ne t'inquiète pas, ma Douce Belle. (Il sourit.) Où que tu sois, je viendrai te chercher. Un jour. Quand la guerre sera terminée.

Il semblait si sûr de lui cette nuit-là, alors elle l'avait cru, évidemment. Chamroeun lui aurait fait croire n'importe quoi. Et maintenant, au souvenir de ce sourire, elle savait que c'était vrai. Il reviendrait.

D'ici à ce jour, ce merveilleux jour où elle

irait accueillir à sa descente d'avion son cher Chamroeun, devenu un beau jeune homme, elle devrait patienter fidèlement. Or se montrer fidèle ne signifiait en aucun cas avoir des relations avec un Américain. Quelle honte! Était-ce là sa manière d'honorer Chamroeun après la promesse qu'il lui avait faite ce soir-là?

Elle ne verrait plus Jonathan. Mais comment le lui dire? Elle ne se rendrait pas à leur prochain rendez-vous, un point c'est tout. Ce serait moins douloureux, moins humiliant pour tous les deux. Si lundi il ne la voyait pas dans la cour à l'heure du déjeuner, il comprendrait forcément, sans qu'elle ait besoin de le lui dire que leurs rencontres devaient cesser.

Mais le comprendrait-il?

12

Feignant de ne pas voir Jonathan remonter le couloir à toute allure, Sundara se pencha vers son casier ouvert, ses cheveux strictement nattés se balançant en avant.
— Salut ! Qu'est-ce qui se passe ? demanda-t-il légèrement haletant. Pourquoi as-tu filé si vite après le cours de relations internationales ?

Elle se redressa lentement.
— Et tu n'étais pas non plus dans la cour à la récréation ?

Elle parla sans croiser son regard.
— Je pense que c'est mieux ainsi.
— Pourquoi ? Qu'est-ce que tu veux dire par là ?

Il s'appuya contre les vestiaires.
— Je suis désolée, je pense que c'est mieux pour tout le monde si nous ne nous voyons plus.
— Sundara! (Il se redressa de toute sa hauteur.) Tu n'es pas sérieuse. C'est pas possible.

Elle fronça les sourcils.
— Tu rends cela très difficile. (Elle jeta un coup d'œil autour d'elle. Elle ne voulait pas qu'on les observe.) Je veux pas être méchante, mais je te le dis déjà souvent, dans mon pays, une fille ne sort pas seule avec un garçon. C'est pourquoi je suis dans de tels problèmes.
— Mais tu n'es jamais sortie seule avec moi, comment peux-tu avoir des problèmes?

Elle soupira. Ce n'était pas facile à expliquer.
— À cause de samedi? Parce que je suis venu chez toi?

Elle acquiesça.
— Ils sont très fâchés que je t'ai fait entrer dans la maison.
— Je rêve...
— Ensuite, tu parles de la promenade de bateau... elle n'acheva pas, hochant la tête, encore incapable de comprendre qu'il ait pu faire une gaffe aussi énorme.

— Enfin, c'est complètement injuste ! Je suis vraiment désolé, mais je ne connais pas le langage des signes, moi. Ni celui des yeux, ou je ne sais quel code trop subtil pour un pauvre taré d'Américain comme moi. J'essayais simplement d'être aimable. Tu m'as tellement répété que la famille c'est important. Alors, j'ai pensé qu'en lui parlant de la mienne, elle comprendrait au moins que j'étais pas un loubard de quartier qui traîne dans les rues.
— Mais c'était un secret. Ils savent pas que je vais avec toi. Ils ne le permettraient jamais.
— Un après-midi cent pour cent familial ? Tu dois faire le mur pour une sortie de ce genre ?

Elle s'engagea dans le couloir. Il la suivit.
— Si c'était une chose aussi grave, pourquoi tu l'as fait ?

Elle s'arrêta pour lui faire face, blessée.
— Et voilà ! Tu te fâches avec moi parce que je risque beaucoup d'ennuis pour aller avec toi ?

Il avança la main vers son épaule, mais elle recula, se protégeant derrière ses cahiers.
— Même si je te trouve gentil, dit-elle posément, il y a des choses qui sont acceptables pour toi et pas pour moi. Je dois suivre le souhait de ma famille.

Il passa d'un pied sur l'autre, le regard fixé sur le fond du couloir. Dans le silence qui s'était établi entre eux, elle distinguait à présent le bourdonnement des voix, le tintement des assiettes à la cafétéria. La cloche sonna.
— Je dois aller, dit-elle.
— Non, attends. Il faut éclaircir cette histoire.
— Jonafan...
— En fait, c'est parce que je suis blanc, n'est-ce pas ? Je plairais bien plus à ta tante si j'avais les cheveux noirs et les yeux marron.
— C'est pas seulement la question de couleur. Si tu étais khmer, tu n'aurais même pas osé demander de sortir avec moi.
— Cesse d'en parler comme si c'était un crime ! Je peux pas croire qu'on en soit là parce que je t'ai proposé de faire un malheureux tour en voiture en plein milieu de l'après-midi.

Elle soupira.
— Tu comprends pourquoi je préfère pas parler de ça avec toi ? L'Amérique est ton pays. Tu sais comment te comporter ici. C'est pas à moi de te dire.
— Alors, dis-moi au moins pourquoi deux personnes ne peuvent pas être... amies ?
— Je sais pas. Je sais simplement qu'on

nous enseigne que nos aînés savent ce qui est bien.
— Mais c'est faux! Pas cette fois! Est-ce que tu ne le vois pas?
— Jonafan! J'aime pas quand tu m'entraînes dans ce genre de discussion. Je te l'ai déjà dit souvent.
— Je sais, je sais. Il secoua la tête. Jamais j'aurais imaginé que tu t'accroches à ce point à tes traditions maintenant que tu vis ici. Je croyais que tu voulais être plus américaine.
— Oui. Mais je dois obéir à mon oncle et ma tante.
— Mais tu ne vis plus au Cambodge.
Elle le fixa intensément.
— Tu crois j'ai besoin que tu me dises cela?
Il soupira.
— Pardon. Mais cette histoire me rend fou. C'est trop injuste. Pourquoi aurais-tu des ennuis? Tu n'as rien fait de mal? Mon Dieu, si je compare avec la plupart des filles que je connais...

Une image de Cathy traversa l'esprit de Sundara. Cathy, la main plongée dans la poche arrière du jean de Jonathan.
— Et je suis censé réagir comment, moi? Je te laisse partir, c'est tout? «Bof! De toute façon, je me fiche pas mal d'elle...»

— Jonafan... (Elle ne s'était jamais imaginé qu'il serait aussi bouleversé, qu'il ferait une scène pareille.) Tu as tout. Tu n'as pas besoin de moi et de ma triste histoire.
— Mais si.

Mon dieu, si elle restait plus longtemps là, à le regarder, elle risquait de céder.
— Cette histoire est mal pour tous les deux, dit-elle. À présent, je pense qu'ils ont raison. Quand tu m'as demandé de manger avec toi, j'aurais dû dire non. Maintenant nous n'aurions pas tout ce chagrin.
— Mais Sundara...

Elle s'éloigna de quelques pas.
— Ne discute plus! Cela sert à rien. Trop tard! Ils m'ont fait promettre. (Elle respira à fond, à s'en faire éclater les poumons.) Ils m'ont fait promettre de ne plus te parler jamais.

Elle tourna les talons et s'engouffra en aveugle dans les vestiaires des filles, le cœur battant à tout rompre.

13

Tenant d'une main ses nattes relevées sur le sommet du crâne, elle entra sous la douche chaude, les yeux clos. Cette coutume américaine de se laver toutes ensemble après le cours de gym continuait à l'embarrasser. Elle ne voulait pas voir d'autres personnes nues. Elle avait grandi entourée de gens l'avertissant qu'elle ne devait même pas se regarder nue elle-même.
— Tu dois couvrir ton corps sous la douche, lui disait toujours sa mère. C'est plus correct ainsi.

Ces coutumes étaient difficiles à oublier.

Et Soka. Même aujourd'hui, dans sa salle de bains américaine qui fermait à clé, elle mettait son sarong sous la douche. Même seule! Sundara avait aisément abandonné cette habitude-là, mais elle ne réussirait jamais à se laver en public.

Elle ouvrit les yeux et les posa par hasard sur Cathy Gates, malgré la buée. Ces marques de bronzage! Portait-elle réellement un maillot de bain aussi minuscule? Sundara referma les yeux.

Il avait été pénible ces dernières semaines de voir de nouveau la jeune Américaine arpenter les couloirs en compagnie de Jonathan. Cathy semblait avoir tout. C'était son pays, sa langue, mais surtout Jonathan était son petit ami. Elle ressemblait aux filles des pubs Coca-Cola à la télévision.

Mais Sundara aurait juré que Jonathan n'était pas heureux.

Un jour, dans le couloir, leurs yeux s'étaient croisés. Avant de détourner la tête, elle avait vu l'expression embarrassée de son regard, cherchant à s'excuser. Une autre fois, il l'avait même suivie désireux de se justifier.

— Laisse-moi t'expliquer...
— Expliquer?
— Oui, à propos de Cathy.
— Jonafan, tu n'expliques rien. Ce ne sont pas mes affaires.

Et elle avait poursuivi son chemin d'un air résolu.

Il était inutile de lutter contre Cathy Gates pour un garçon que, de toute manière, elle n'avait pas le droit d'avoir.

Quelques jours plus tard, en sortant de la poste après avoir expédié un paquet à Valinn, elle s'était heurtée à Mme McKinnon, au moment de franchir la porte.
— Sundara !

Mme McKinnon s'était arrêtée pour secouer son parapluie.
— Quelle bonne surprise ! (Puis, inclinant la tête, elle avait froncé les sourcils et une légère tristesse avait voilé son sourire.) Nous espérions te voir plus souvent...
— Oohh !...

Sundara regardait frémir les dernières feuilles d'un arbre à travers la porte vitrée.

Mme McKinnon hésita avant de demander :
— Sundara, je... Cela ne me regarde pas, bien sûr, mais y a-t-il eu un problème entre Jonathan et toi ?

Sundara la dévisagea derrière ses cils baissés.
— Il ne vous a rien dit ?

Elle fronça les sourcils.
— Me dire quoi ?

Sundara fixa le dallage.

— Ma famille ne me laisse pas être avec lui.
— Oh! Non, il ne m'a rien dit. (Elle tapota la pile d'enveloppes qu'elle tenait à la main.) C'est... ils ne veulent pas que tu sortes avec un Blanc?

Sundara se mordit la lèvre.
— Je n'ai pas le droit de sortir avec personne. Il est... Je me sens si gênée. Votre famille a été tellement gentille pour moi. Et ensuite, ma famille...
— Non, non... Ne t'inquiète pas pour ça. Nous comprenons.

Elle soupira, changeant de main les enveloppes et le parapluie, et remonta la bandoulière de son sac sur son épaule.
— Je savais que quelque chose le rongeait, à sa façon de renâcler ces derniers jours...

« N'y pense plus », se dit Sundara avec sévérité. Elle prit une serviette sur la pile en sortant des douches. Il s'en sortirait. Il oublierait vite.

Elle devrait plutôt avoir honte — lui permettre de poser ainsi un bras sur ses épaules, de dénouer ses cheveux... Chamroeun ne voudrait peut-être plus l'épouser s'il l'apprenait.

Elle ressentait un besoin douloureux de retrouver tout ce qui lui appartenait de droit. Le garçon qui lui était promis. Son pays. Son peuple. Les coutumes qui se transmettaient de siècle en siècle. Elle pourrait demander à Soka d'étudier le ballet royal traditionnel, dans ce nouveau pays, ainsi elle danserait aux fêtes du nouvel an qui se déroulaient dans toute la province, et elle coifferait le diadème d'or. Les déplacements à Portland prendraient du temps, coûteraient de l'argent, c'est vrai, mais Soka estimerait peut-être la dépense valable si, pour finir, chacun voyait Sundara exécuter des poses gracieuses aux côtés de la fille de Pok Sary et si elle n'était plus tenue à l'écart des traditions de la bonne société comme elle l'aurait été au pays.

Sundara voulait simplement une chose qui soit bien à elle. Pourquoi n'avait-elle pas été plus attentive quand ses parents essayaient de lui transmettre tout cela? Pourquoi ne les avait-elle pas écoutés quand ils visitaient les anciens temples d'Angkor?

« Regardez mes enfants, répétait son père. Souvenez-vous de ce qui est gravé sur ces pierres : De toutes les qualités acquises, la plus précieuse c'est la connaissance. »

Samet et elle déchiffraient avec docilité

toutes les inscriptions de tous les temples qu'il leur montrait, mais Sundara se souvenait surtout combien il était ennuyeux de rester sage sous le regard froid de ces énormes visages de pierre.

L'immense esplanade semblait plutôt faite pour courir, les couloirs tortueux et les salles intérieures pour jouer à cache-cache. Quelle petite fille insouciante elle avait été. Comme elle était ignorante de la religion, du monde, de la guerre...

Après l'école, un groupe bruyant de garçons chahuta dans le bus, se poussant du coude et lançant des boulettes de papier devant elle, tandis qu'elle contemplait le ciel gris. À présent, le soleil ne semblait plus qu'un pâle souvenir et il était facile de se dire qu'il n'y avait jamais eu ni déjeuner à l'ombre des arbres avec Jonathan, ni après-midi de voile sur le lac. Elle soupira. C'était sans doute mieux. Son unique pensée désormais devrait être de rester fidèle aux traditions khmères, de devenir médecin et d'aider son peuple. Et si un jour elle se mariait, ce serait selon les coutumes khmères, avec une belle cérémonie comme celle de Moni et Chan Seng.

Ils avaient l'air si heureux dans leurs costumes de soie en location — ils ressemblaient aux seigneurs d'autrefois.

Moni n'avait jamais été plus jolie, plus mince aussi – elle avait confié à Sundara qu'enfin elle ne craignait plus d'avoir faim. Ce fut une belle réception. Un sursis agréable pris sur la tristesse des réunions khmères de ces derniers temps.

Soka avait même fait une surprise à Sundara : un sari de brocart bleu. Pourquoi ce cadeau ? La soie était chère en Amérique. Ici, on ne pouvait pas élever les vers et tisser les fils comme on le faisait au pays. La qualité qu'ils aimaient venait de Thaïlande. Pourquoi Soka lui avait-elle offert un tel trésor ?

Durant la semaine qui avait suivi le mariage, Sundara s'était imaginée dans les soyeux vêtements de mariée, reposant sur les coussins de fête, son poignet lié à celui de son fiancé par la cordelette de soie. Et quand elle lui adressait un sourire timide, le visage qu'elle voyait, bien sûr, c'était celui de Chamroeun. Elle essayait de retrouver cette image chaque fois qu'elle apercevait Jonathan et Cathy. Cela l'aidait.

En descendant du bus, elle ajusta sur sa tête la capuche de sa nouvelle veste. Au tréfonds d'elle-même, Kampuchéa lui manquait chaque jour de sa vie, mais l'hiver soulignait ce vide davantage encore. Durant son enfance, elle n'avait connu que deux saisons : l'une chaude et sèche, l'autre chaude et humide. Ici, dans le froid humide d'un mois de novembre d'Oregon, on ne pouvait même pas redresser la tête. La pluie vous forçait à courber l'échine, à rentrer les épaules, elle vous donnait à sentir que le ciel malveillant essayait de vous casser le moral en se déversant sur vous seul, même si on voyait clairement qu'il pleuvait sur tout le monde.

Dès que les gros nuages gris commencèrent à s'amasser au-dessus des massifs des Coast Ranges à la fin octobre, la pluie sembla se mettre à tomber sans fin. Et entendre Naro s'inquiéter que l'humidité permanente ne pourrisse le bois trop tendre de leur maison américaine n'était déjà pas drôle, mais entendre Grand-mère marmonner était pire.

— Quelqu'un est mort, la semaine passée, répétait-elle sans cesse, en écoutant les gouttes d'eau cogner contre les fenêtres. Et à présent, il pleure car il comprend enfin qu'il est mort.

Après tout, il suffisait d'allumer la télévision pour apprendre qu'il y avait assez de Khmers morts pour inonder toute la planète avec les larmes du ciel.

Les couvertures des magazines montraient des enfants cambodgiens aux regards vides. Chaque soir, les chaînes de télévision diffusaient des reportages sur des réfugiés malades et affamés qui franchissaient par n'importe quel moyen la frontière entre Kampuchéa et la Thaïlande dans le sillage de l'invasion vietnamienne.

À l'école même, les gens prenaient conscience de la situation. De temps à autre, un camarade de classe bienveillant demandait à Sundara si elle avait vu les informations. Et bien que Mme Cathcart n'en parlât jamais directement, à plusieurs reprises elle l'interrogea sur l'évolution des événements prouvant clairement qu'elle comprenait combien tout cela devait être difficile pour Sundara.

Le bus s'éloigna bruyamment en lachant derrière lui un nuage maladorant de diesel. Sundara marcha dans une flaque en descendant du trottoir. *Ye Chamhaue!* Elle s'en tira avec un pied trempé et glacé. Si seulement elle pouvait s'offrir une paire de bottes digne de ce nom. L'année prochaine peut-être... Soka avait raison. Quelle ingrate elle faisait. Elle avait enfin sa fameuse veste prune, et ça changeait quoi ? Elle voulait déjà autre chose. Elle aurait dû avoir honte de se plaindre d'une chose aussi anodine que des pieds trempés alors que des gens payaient de leur vie à Kampuchéa.

À la maison, les adultes parlaient à voix basse, se taisant dès que Sundara ou les garçons se trouvaient dans les parages, avec la volonté de les protéger. Mais, le soir venu, tout le monde se postait devant la télévision à l'heure des journaux.

Sundara connaissait toutes les histoires monstrueuses qui couraient sur les Khmers rouges – les camps de travaux forcés, les massacres... Désormais, ces récits n'étaient plus le fait d'un réfugié ici ou là, ils provenaient de milliers et de milliers de réfugiés, et ils ne différaient que par le détail des souffrances endurées. Génocide, c'était le terme qui revenait – l'assassinat de tout un peuple.

Sundara et les siens regardaient défiler sur l'écran les images d'enfants amaigris, épuisés de faim et de fatigue – certains n'avaient plus de parents. Soka pleurait. Naro agrippait l'amulette autour de son cou. Les deux garçons ouvraient des yeux ronds, sans comprendre. Ils savaient bien que c'étaient des Khmers, leur propre peuple, qui mouraient, mais ils ne le ressentaient pas avec la même profondeur que leur grand-mère. Certains soirs, Naro insistait auprès de la vieille dame afin qu'elle se retire dans la pièce voisine, mais elle s'entêtait à regarder.

— Nous ne rentrerons jamais chez nous, se lamentait-elle. Mes os seront éparpillés sur cette terre étrangère. Comment mon esprit trouvera-t-il le chemin de la réincarnation ?

Les fantômes des enfants affamés venaient hanter le sommeil de Sundara. Elle voyait leurs visages, leurs yeux exorbités, elle sentait leurs petits corps frêles et squelettiques entre ses bras tandis qu'elle s'enfuyait à travers la foule, marchant sur des cadavres dont les doigts décharnés s'accrochaient à ses chevilles.

« Reviens ! gémissaient-ils. Reviens... »

Mais elle poursuivait sa fuite, le cœur battant. « Va-t-en vite, pars loin, très loin. » À peine se retrouvait-elle en lieu sûr, à peine retrouvait-elle son souffle, qu'elle ouvrait son krama et découvrait le bébé qui se décomposait en lambeaux ignobles et ses cendres encore chaudes s'envolaient en tourbillonnant. De ses lèvres s'échappait un hurlement muet. Nooooon ! Nooooon ! Sundara se réveillait en sursaut, le front brûlant, le cœur cognant avec violence dans sa poitrine...

Elle déposa ses chaussures trempées sous le porche et vit tout de suite sur le paillasson les baskets blanches de Soka. Elles n'étaient pas rangées côte à côte comme d'habitude, elles traînaient au

hasard, l'une des deux sur le flanc. Sundara les rassembla, s'interrogeant sur la présence de sa tante à la maison d'aussi bonne heure.
— Nièce! s'écria Soka en ouvrant la porte. Les nouvelles sont mauvaises. Très mauvaises.

Elle entraîna Sundara à l'intérieur.
— Quoi? Quelque chose à la télévision? Pourquoi es-tu rentrée si tôt?
— J'étais trop bouleversée, après déjeuner les gens de mon travail m'ont dit de rentrer. J'étais passée ici chercher le courrier et, regarde cette lettre. Tu ne te souviens sans doute pas de ces gens, c'étaient des amis de Réam. Ils ont fui en Thaïlande... Ô, mon cœur saigne en songeant à tous les gens que les communistes massacrent. Par familles. Même les bébés...

Des images horribles s'imposaient à l'esprit de Sundara. Elle se prépara au pire.
— Malheur! Ils parlent de ma chère amie Theary — elle et toute sa famille ont été tuées. La dernière fois que je l'ai vue, elle était assise sur les marches de sa maison, l'après-midi de notre départ. Ah! Theary! Pourquoi n'es-tu pas venue avec nous? Si seulement, j'avais pu te convaincre!
— Mais Jeune Tante, je t'en supplie, et

notre famille? Est-ce qu'ils donnent de leurs nouvelles?
— Non, non. Rien sur notre famille. Dieu merci, nous pouvons encore espérer pour eux. Mais Theary! Tu la revois sur ses marches tandis que nous allions vers le bateau?
— Je ne suis pas sûre, Jeune Tante.

Sundara cherchait sa respiration. Pas de mauvaises nouvelles de sa famille! La tête lui tournait. Et si un jour des mauvaises nouvelles finissaient par arriver?
— Tu ne te souviens pas? (Soka insistait, comme si revivant l'instant de cette séparation, Sundara avait pu en corriger l'issue.) Pourtant, je l'ai suppliée de venir avec nous.
— Bien sûr, dit Sundara. Mais les seuls cris dont elle se souvenait c'étaient les cris de protestation de sa tante que Naro emmenait de force. Quels tours la mémoire vous joue...
— Malheur! Ta lettre aussi est triste. Je l'ai ouverte, je pensais qu'il y aurait des nouvelles de ta mère. Dieu soit loué, ce ne sont pas de mauvaises nouvelles d'elle ou de ta famille. Mais c'est triste tout de même. Il s'agit de quelqu'un qui habitait ta rue.

Le sang se vida des veines de Sundara, sa tête se mit à bourdonner. Les mains tremblantes, elle prit le papier taché, mais avant qu'elle ait posé les yeux sur le texte écrit en khmer, Soka l'avait résumé.

– Quelqu'un que tu connaissais est mort, un nommé Chamroeun.

14

Au cours de relations internationales, Sundara regardait sa main courir sur le papier, ligne après ligne, prendre des notes sur la politique d'apartheid en Afrique du Sud, tandis que son esprit se débattait avec la froide et fatale vérité.

Jamais son poignet ne serait lié à celui de Chamroeun par la rouge cordelette nuptiale selon la tradition khmère. Jamais plus elle ne poserait les yeux sur son visage souriant. Jamais. C'était l'issue cruelle face à laquelle tous ses espoirs s'effondraient, un coup du sort resté suspendu comme un glaive au-dessus de sa tête ignorante, durant quatre longues années.

Elle fixait sans le voir le tableau noir. Si Chamroeun était mort depuis tout ce temps, n'aurait-elle pas dû le savoir dans son cœur? N'aurait-elle pas dû le sentir? Depuis ce jour immense où elle avait appris sa mort, un seul et maigre réconfort s'était proposé : le destin de Chamroeun n'était pas une punition à cause du penchant qu'elle avait eu pour Jonathan – comme elle se l'était imaginé dans une réaction de culpabilité aux premiers instants de la douleur. À présent, plus calme, elle se souvenait que Chamroeun avait été tué bien avant qu'elle ne surprenne les yeux bleus de Jonathan posés sur elle.

Dès que la sonnerie annonça la fin de classe, elle se dirigea droit vers son casier et y jeta ses livres. Elle ne pourrait rien avaler aujourd'hui. D'ailleurs, elle n'était plus si sûre de vouloir manger de nouveau. Elle enfila sa veste, et sortit faire quelques pas dans la cour.
– Sundara?

Surprise, elle tourna la tête. Jonathan se tenait à la porte de la cafétéria.
– Qu'est-ce que tu fais là? Il pleut.

Sans répondre, elle se détourna et continua à marcher. Elle entendit derrière elle les souliers de Jonathan clapoter sur le pavé mouillé.
– Il est arrivé quelque chose, n'est-ce pas?

Elle fixait le triste ciel gris.

— Tu vas te tremper.
— Je m'en moque. Écoute Sundara, tu dissimules assez bien, mais je te connais. Dis-moi ce qui ne va pas. (Il la prit par le bras.) Viens. Je sais où on sera tranquilles pour parler.

Elle était trop faible pour protester. Et puis, ça changeait quoi ? Ils longèrent la cafétéria jusqu'à la brèche dans la clôture en fil de fer. Là, il sauta par-dessus la flaque qui stagnait sous l'endroit abîmé.
— Attention ! prévint-il, mais elle donna dedans des deux pieds.

Ils pataugèrent dans la boue du terrain de football jusqu'aux gradins couverts. À chaque pas, Sundara faisait gicler la gadoue avec indifférence. La pluie creusait ses joues, collait son jean contre ses cuisses. Ils atteignirent bientôt les tribunes. Il la fit asseoir sur un banc de bois rugueux. Elle fourra les mains dans ses poches et remonta les épaules pour lutter contre le froid. Elle savait qu'il attendait, mais les mots refusaient de sortir.
— Tu ne peux rien dire ?

Elle finit par parler, la voix monocorde, blanche.
— C'est Chamroeun.
— Oh... (Son regard dériva vers le terrain de football.) Que lui arrive-t-il ?

— Hier, j'ai reçu une lettre... Il est mort.
Jonathan se tourna vers elle.
— Oh, non.
Elle hocha la tête, mordant ses lèvres.
— Il est mort à seize ans seulement, à peine plus âgé que quand je l'ai vu pour la dernière fois. Ils l'ont tué parce qu'il avait volé une pomme de terre. Tu peux croire? Lui avait si faim qu'il sortait la nuit pour trouver une pelure, et pour cette raison ils lui ont tranché le cou avec une houe.

Le visage de Jonathan... Elle en avait trop dit, elle avait été trop directe. Les Américains ne veulent pas entendre parler de têtes tranchées...
— Les Khmers rouges?
Elle fit «oui».
— Les hommes de Pol Pot*. (Elle grinça des dents.) Chamroeun, s'il regarde du ciel, il doit être furieux. S'il devait mourir, il voulait mourir en se battant, pas tué comme un...

---

* Pol Pot : en 1975, Pol Pot et 20 000 Khmers rouges (Armée nationale du Kampuchéa démocratique) assiègent Phnom Penh, perpétrant massacres et destructions. Selon Pol Pot, le Cambodge révolutionnaire n'avait besoin que d'un million de personnes et il envisageait d'en exterminer encore 5 millions. *(N.d.T.)*

— Chuuut! murmura Jonathan l'entourant de ses bras.

Elle se raidit un instant, puis se laissa aller contre lui. Il sentit son corps traversé par les ondes de ses sanglots sans larmes.
— Je vois maintenant comment les choses vont être. (Les mots étaient étouffés par la toile humide de la chemise de Jonathan.) Avant je gardais espoir, aujourd'hui c'est le début de la fin. Je vais apprendre que tous ceux que j'aime sont morts.
— Peut-être pas, Sundara. Peut-être...
— Mayoury... Je m'inquiète beaucoup pour la petite Mayoury. (Elle se redressa.) Comment elle peut vivre si Chamroeun n'a pas réussi? Lui, si intelligent. Tous les gens qui fuient le Cambodge, maintenant, ils peuvent raconter au monde la vérité. Quand les Khmers rouges font quitter Phnom Penh à tout le monde, ils disent le plus jeune meurt le premier. Puis, ils les tuent tous sans explication. Ils te font regarder ta mère qui meurt et si une larme coule, il te tue aussi. Les lettres que nous recevons... Jonafan, ils tuent un bébé pour jouer! Ils...
— Arrête, Sundara!

Elle se tut.
— Trop horrible? Tu ne peux pas entendre?

— Non. C'est pas ça. Oui, c'est horrible, mais... je t'en prie, n'y pense pas. Ça sert à rien. Simplement à te rendre malade.

Elle fixa son regard sur les initiales gravées à l'encre ou au couteau dans le bois des bancs en contrebas. D'une écriture bien ronde quelqu'un avait écrit en rouge «Souriez! Dieu nous aime!»
— Regarde! C'est difficile de croire. Où est Dieu quand les Khmers rouges tuent les enfants? (Elle laissa échapper un rire amer.) Peut-être cette personne veut dire que Dieu aime seulement les Américains. Qu'Il se moque du Cambodge.
— Sundara, je t'ai jamais entendue parler ainsi.

Elle se mordit les lèvres.
— C'est la première fois que quelqu'un que je connais meurt. (Elle laissa retomber ses mains jointes sur ses genoux et tourna le visage vers le ciel, les paupières fermées.) J'aurais voulu mourir avec eux. Je souhaite n'être jamais partie.
— Ne dis pas ça! (Il la saisit par les épaules.) Qu'est-ce que ça aurait changé? Cesse de te faire des reproches, tu n'avais pas le choix.
— Si! Je te l'ai jamais dit avant. Même à moi-même, je me persuade qu'ils m'ont

forcée à partir. Mais j'aurais pu rentrer. Certains l'ont fait. Un des bateaux est retourné vers le bord. Celui qui changeait d'avis pouvait embarquer, mais je n'ai pas embarqué parce que j'avais peur.
— Tu as bien fait.
— Non, non, mes parents...
— Tes parents sont heureux de penser que tu as pu fuir.
— Et mon devoir envers eux ? Je n'ai pas eu le courage...
— Tu as raison ! Il ne fallait aucun courage pour s'embarquer sur un bateau et traverser la moitié de la planète ! (Il se tut un instant.) Sundara, tu es l'une des personnes les plus courageuses que je connaisse.
— Tu es trop gentil avec moi. Courage est un mot pour Moni. Pas pour moi. Tu ne comprends pas. J'ai fait une promesse à ma mère... (Devait-elle le lui dire ? Pouvait-elle prendre ce risque ? Non, et si lui aussi la détestait après ?) Oh... J'ai été une source d'ennuis pour tout le monde depuis que je suis montée sur ce bateau. Alors, pourquoi Dieu m'a épargnée ? (Elle le regarda intensément.) Tu crois que Lui m'a épargnée pour me punir ?
— Non, non... c'est idiot.
— Parfois, je pense que j'ai été une très mauvaise personne dans ma dernière vie.

— Arrête ! Et si, au contraire, tu avais été quelqu'un de très bien. Si c'est pour ça que tu es épargnée. À moins que tu ne sois quelqu'un de très spécial dans ta vie actuelle. Dieu, le Destin ou je ne sais qui a peut-être des projets pour toi, comme celui de devenir médecin, par exemple. Au lieu de répéter que tu es coupable, pourquoi ne pas te dire tout simplement que tu es censée vivre.

Si seulement elle pouvait croire à ses paroles. Mais comment pourrait-elle un jour se sentir heureuse d'être en vie alors que le bébé de Soka était mort ?
— Tu parles toujours, continua Jonathan, comme si tu étais une horrible personne qui a choisi la mauvaise croisée des chemins. Mais ton oncle connaissait les actes des communistes. Il ne t'aurait jamais laissée repartir. Et tu le sais parfaitement.

Sundara baissa la tête. Il avait sans doute raison. Et pourtant, elle se sentirait mieux à présent si elle avait essayé.

Ils restèrent assis quelques instants sans rien dire. Sundara contemplait le terrain de football. Jonathan contemplait Sundara.

Ce fut elle qui rompit le silence.
— Je me demande pourquoi les Américains considèrent toujours la vie comme

un chemin. « Le chemin de la vie », ils aiment dire.
— C'est tout de même mieux que « Le terrain de foot de la vie. » L'expression favorite d'Hackenbruck.

Son regard errait sur l'horizon, elle ne voyait plus ni le terrain, ni les bâtiments de l'école.
— Nous considérons la vie plus comme un fleuve. Si tu la vois ainsi, alors peut-être tu as raison, je n'ai pas le choix. Sur un fleuve, ce n'est pas aussi simple de choisir sur quel chemin aller. Sur un fleuve, on essaie de garder le bon cap, mais sans arrêt une force plus puissante que nous-même nous dévie. Une route peut aller n'importe où, poursuivit-elle presque pour elle-même, et puis elle s'arrête. Mais un fleuve, lui, n'arrête jamais. Tous les fleuves coulent les uns vers les autres et deviennent un seul. Cela ressemble plus à la vie, tu ne trouves pas ? Parce qu'alors tout recommence chaque fois.

Il la dévisagea.
— Je trouve que tu es formidable, dit-il. Comment as-tu fait pour venir à l'école aujourd'hui ? N'importe qui serait resté chez lui à pleurer.
— Oh, je peux pas pleurer.
— Tu peux pas pleurer ?

— Je n'ai pas pleuré depuis que j'ai quitté le Cambodge.
— Pas depuis quatre ans ?
 Elle haussa les épaules.
— Jonafan, si je commence à pleurer, je crois que peut-être je n'arrêterai jamais.

15

*Quand je lis les mots que tu as écrits
Je crois ma dernière heure venue...*

Les tristes paroles de la chanson parvenaient jusqu'à Sundara penchée sur ses devoirs à la table de la salle à manger. Par la porte ouverte, elle apercevait Soka et Grand-mère, toutes deux pelotonnées sur le tapis du salon et emmitouflées dans des châles pour se protéger du froid grandissant de l'hiver. Depuis deux jours, Soka tortillait entre ses doigts un bout de krama, en pleurant Theary, son amie perdue.

Sundara l'observait avec un étrange sentiment d'envie. C'était peut-être un réconfort d'extérioriser ainsi sa douleur. Avec le temps, son chagrin à elle était devenu compact et froid comme un rocher qui pesait sur sa poitrine, inamovible et éternel. Par quel miracle son cœur battait-il encore et ses poumons se gonflaient-ils d'air? Elle le comprenait à peine. Si seulement elle pouvait pleurer.

Elle replongea dans son livre, en frissonnant. Elle se frotta les bras. Décidément, une période froide les attendait au propre comme au figuré.

Naro non plus n'avait pas chaud. Ce soir, il avait enfilé une veste de coupe occidentale sur son sarong avant de s'installer à l'autre bout de la table pour entamer sa paperasse.

À travers l'océan mon âme vole vers toi
Chargée de son triste message...

Naro regarda Sundara et alla trouver Soka et sa mère. Il effleura l'épaule de sa femme.
— Cela n'arrange rien, tu ne crois pas, Petite Sœur?

Il arrêta la cassette.

La pluie battait contre les vitres. Naro fronça les sourcils.
— Ravy a pris son imperméable pour aller au match?

Soka s'étonna.

— Je ne sais pas, gémit-elle. Malheur! Tu vois quel effet ces événements ont sur moi. Je ne suis même plus une bonne mère!
— Ne t'inquiète pas, Jeune Tante, lança Sundara. J'ai fait attention qu'il le prenne.

Le silence de Soka mit Sundara mal à l'aise. Avait-elle eu tort de s'occuper de Ravy? Soka pensait-elle que Sundara essayait de lui voler son autorité?

Naro adressa à Sundara un petit signe de tête rassurant avant de reprendre son travail — les sempiternelles lettres bien patientes et bien polies qu'il adressait aux administrations susceptibles d'aider à réunir la famille, les nombreux appels aux secours qu'il recevait et classait.

Sundara regarda la pendule. Ravy ne devrait plus tarder. Depuis quelque temps, il allait voir le match du vendredi soir avec ses copains, elle n'avait donc plus besoin de le chaperonner. De toute façon, elle n'avait pas eu la permission de sortir depuis le jour où sa tante avait découvert le pot aux roses avec Jonathan.

Quand Ravy entra à pas de loup quelques minutes plus tard, elle crut d'abord qu'il marchait ainsi pour ne pas troubler l'humeur sombre qui régnait dans la maison. Mais après avoir salué ses parents et sa grand-mère, il l'invita d'un regard à le suivre dans le couloir du fond.

Elle jeta un œil vers son oncle, marqua sa page de livre avec un papier et rejoignit Ravy dans la chambre qu'il partageait avec Pon et Grand-mère. L'obscurité y régnait, Pon dormait déjà sur l'étage du haut des lits superposés. Ils se glissèrent derrière la couverture tirée pour protéger l'intimité de leur grand-mère et allèrent s'asseoir sur un coin du lit bien tiré.

— Jonathan McKinnon a été blessé pendant le match ! murmura Ravy en anglais.

Elle frissonna des pieds à la tête.

— Que s'est-il passé ?

— Un groupe de gars l'a plaqué au sol. Après, ils se sont tous relevés sauf lui.

— Il ne s'est pas relevé ?

Ravy hocha la tête, le blanc de ses yeux brillait dans le rai de lumière qui venait du couloir.

— Je crois que c'est grave. On l'a emmené sur une civière. Une ambulance est venue le chercher. Ils ont annoncé par haut-parleurs qu'on le conduisait à l'hôpital.

Sundara insista pour qu'il raconte tout, lui faisant répéter plusieurs fois ce qu'il avait vu, comme si elle pouvait tirer quelque réconfort d'un détail oublié la première fois. Mais tout ce que Ravy put lui dire fut qu'une groupie avait créé un scandale en traversant le terrain au pas de course, et d'autre part que Jonathan s'était blessé à la tête – ce qui n'avait rien de réconfortant.

Cette nuit-là, elle eut un sommeil agité, peuplé de rêves avec Chamroeun et Jonathan, et qui n'avaient aucun sens. À son réveil, au bout de quelques minutes, une nouvelle réalité s'imposa : c'était la toute première fois qu'elle rêvait en anglais.

Elle se leva de bonne heure pour allumer en cachette la radio de la cuisine. On ne parlait pas de Jonathan dans les informations locales. Après le petit déjeuner, sous prétexte d'acheter des feuilles de classeur, elle fila vers le téléphone public le plus proche.

Il ne pleuvait plus, mais les nuages étaient bas et concentraient la fumée des chaudières à bois autour des maisons. Elle s'obligea à marcher d'un pas régulier et nonchalant le long du trottoir mouillé jusqu'à ce qu'elle atteigne le coin de la rue qui la cacherait de la maison. Là, elle prit ses jambes à son cou, le cœur battant, presque asphyxiée par l'air humide du matin.

C'était étrange, hier encore toutes ses

pensées étaient tournées vers Chamroeun, vers le passé, perdus tous deux et pour toujours. Mais l'inquiétude qu'elle ressentait pour Jonathan l'avait vivement replongée dans le présent et rattachée à la vie. Elle avait coupé court à son chagrin. L'honneur de Chamroeun s'en trouverait-il blessé? Que Dieu la protège, elle ne pouvait s'en empêcher. Elle était bien vivante et la vie l'entraînait. Chamroeun, c'était le passé. Jonathan, le présent. Et soudain ce présent devenait terriblement important.

Elle s'arrêta devant la cabine, haletante, la bouche sèche de peur. Pourquoi tenait-elle tellement à se dépêcher? Était-elle si impatiente de connaître les mauvaises nouvelles? Deux filles habillées exactement pareil sortirent de la cabine en sirotant des boissons et lui décochèrent un regard surpris. Elle avait sans doute une drôle d'allure, plantée près du téléphone, les yeux dans le vague. Les mains tremblantes, elle déplia le bout de papier sur lequel elle avait griffonné le numéro de l'hôpital, elle glissa une pièce dans la fente et appuya sur les touches.
– Oui, lui répondit-on d'une voix affairée, un Jonathan McKinnon a été admis. Chambre 4202.

Sundara fixait les reflets verts et mauves

d'une flaque d'huile luisant sur le pavé mouillé du parking.
— Il est blessé ?
Pas de réponse.
— Vous êtes de la famille ?
— Non, mais je...
— Dans ce cas, je ne peux pas vous renseigner davantage.
Clic !

Sundara reposa le combiné sur le crochet. Elle regarda vers le haut de la colline, vers l'hôpital tout neuf. Il faudrait donc s'y rendre si elle voulait voir Jonathan. Elle prendrait la voiture et ferait un saut à l'hôpital en allant chez l'épicier.

Un peu plus tard, après déjeuner, elle gara la voiture sur le parking de Willamette Grove Memorial, arrêta le moteur et resta immobile un moment, rassemblant ses forces.

Un homme las portant à bout de bras une plante en pot montait avec peine les douze marches qui le séparaient du prochain niveau du parking. Une jeune femme portait la valise d'un homme se déplaçant avec des béquilles. En haut, devant l'entrée principale, un garçon aidait une dame aux cheveux blancs à avancer avec un déambulatoire.

En sortant de voiture, Sundara marqua

un arrêt. Et si le personnel de l'hôpital se fâchait, lui disait de partir, que seule la famille avait le droit de visite ? Plus elle s'en approchait, plus la grosse bâtisse en brique prenait un aspect sinistre et imposant. Y aurait-il des tuyaux et des aiguilles partout ? Des mauvaises odeurs ? Un tas de gens se tordant de douleur ? Mais pire que tout, Jonathan serait-il gravement blessé ?

Alors, au-dessus de la porte vitrée, comme un message lui étant personnellement destiné, elle lut cette inscription :

ICI,
QUELLE QUE SOIT L'HEURE OÙ VOUS ARRIVEREZ
VOUS TROUVEREZ LA LUMIÈRE, L'AIDE
ET L'AMOUR DES HOMMES.

ALBERT SCHWEITZER.

Des larmes jaillirent de ses yeux. Un sentiment de paix s'imposa à elle. Un refuge, peuplé de gens de cœur. Ils avaient apposé ces mots au fronton de la porte conscients que les hommes arrivant ici étaient peut-être inquiets parce que malades ou blessés ou parce qu'ils avaient peur pour un être aimé.

Un jour, elle serait docteur. Un jour, elle serait au nombre de ces gens de cœur qui, ici, étaient prêts à offrir aide et amour.

Quant à aujourd'hui... Jonathan n'avait-il pas dit qu'elle était courageuse ? Si elle pouvait s'embarquer sur un bateau et parcourir la moitié de la planète, elle pouvait sûrement pénétrer dans un hôpital sans trembler.

Elle s'avança vers la porte vitrée qui s'ouvrit automatiquement devant elle.

Jonathan était appuyé sur des oreillers d'un blanc immaculé et vêtu d'une chemise en coton. Malgré ses yeux fermés, ses longs cils noirs frémissaient encore de santé. Accrochés au mur et partout autour du lit très sophistiqué il y avait des tableaux et des tuyaux, mais, au soulagement de Sundara, Jonathan ne semblait rattaché à aucun d'eux.

Un match de football se déroulait à la télévision suspendue, qu'un invisible compagnon de chambre regardait sans doute de l'autre côté du rideau orange.

— Jonafan ?
— Hmmm ?

Il ouvrit les yeux. Ils étaient d'un bleu plus intense que jamais comparé au bleu ciel de sa chemise.

— Sundara... (Il se redressa légèrement.) Qu'est-ce que tu fais ici ?

Elle sourit.

— À ton avis ? Je viens voir moi-même comment tu es.

Il eut un sourire un peu assoupi mais surpris et heureux.

— Je croyais que tu ne t'intéressais plus à moi.

— Nigaud. (Et brusquement, elle eut envie de lui ébouriffer les cheveux – désir étrange pour une fille à qui on avait toujours répété qu'il ne fallait jamais toucher la tête des autres.) Tu sais que c'est pas mon sentiment.

Elle lui sourit. Lui aussi. Ils se contemplèrent un long moment.

— Alors, tu vas bien ? demanda-t-elle. J'étais si inquiète.

— Ouais. Ça va.

— Tu souffres beaucoup ?

— Seulement quand je bouge. C'est comme si j'avais un monstrueux mal de crâne.

— Alors, c'est vrai ce que Ravy m'a dit ? Tu t'es blessé à la tête ?

— Ouais, rien qu'une légère commotion, pour finir.

— Mais c'est très dangereux, murmura-t-elle, de se blesser à la tête. Jonafan, la tête est le siège de ton âme, de ta force vitale. Il faut en prendre soin.

Elle n'aurait jamais imaginé que ce serait aussi bon de retrouver sa compagnie. La veille, dans les tribunes, quand elle s'était effondrée dans ses bras, elle était si abrutie de chagrin qu'elle n'y avait même pas pensé. Mais à présent... le match de foot à la télévision, le couinement des chariots dans le couloir, les docteurs qu'on appelait par le haut-parleur... tous les sons se mélangeaient en un vague bruit de fond. Jonathan et elle auraient aussi bien pu être seuls dans cet énorme bâtiment tandis que chacun plongeait dans le regard de l'autre.

— J'ai cessé de voir des étoiles, finit-il par expliquer d'un air cocasse.
— Des étoiles ?
— Oui. Mon crâne fonctionne bien.
— Ah, tant mieux. Il faut rien ouvrir, alors ?
— Ouh ! (Il écarquilla les yeux gaiement.) Tu as parfois une façon de présenter les choses.
— Pardon...

Il rit.

— Non, on ne va rien ouvrir. Ils surveillent surtout mes yeux.
— Je suis contente. Soka dit qu'ici le docteur ouvre pour un oui ou pour un non.
— Toi, parle-moi. Toi, comment vas-tu ? Moi aussi, je me suis fait du souci, hier. En plein match, j'étais obnubilé par tous ces trucs que tu m'avais racontés.

— Ça va, fit-elle.
Elle ne voulait plus penser à ce qui était arrivé à Chamroeun. À quoi cela avancerait-il ?
Encore un long silence.
Puis Jonathan se racla la gorge.
— Ta tante sait que tu es ici ?
Elle hocha la tête.
— Ils croient que je suis chez l'épicier. (Elle regarda la grande horloge sur le mur et recula de quelques pas vers la porte.) Puisque je vois que tu ne vas pas trop mal, je dois partir.
Il se redressa vivement.
— Non ! Ne t'en va... aïe ! (Il retomba sur l'oreiller en fermant les yeux.) J'oublie chaque fois que je ne peux pas faire ça. (Il rouvrit les yeux.) Reste encore un tout petit peu.
— Bon... d'accord. (Elle se balança d'un pied sur l'autre.) Mais une minute. (Il faisait chaud dans la pièce, elle retira sa veste. Par la porte ouverte, son regard se porta vers le poste des infirmières au milieu de la salle circulaire.) Ton père travaille dans cet hôpital ?
— Bien sûr, de temps en temps. Il n'en existe pas d'autre, que je sache.
— C'est un bon endroit, je crois. J'ai compris cela en lisant ce qu'ils ont inscrit au-dessus de l'entrée.

— Au-dessus de l'entrée ? Que veux-tu dire ? Où ?
— À l'entrée principale. Tu n'as pas remarqué ces mots ? Peut-être tu devrais les regarder un jour. Ils m'ont fait penser à ton père, combien il était gentil envers nous quand nous sommes arrivés ici.
— Promis. (Il appuya la paume de ses mains sur ses yeux.) Fallait le voir hier soir. Lui et Maman paniquaient un max. Il m'attrapait les doigts de pied, toutes les cinq minutes. « Tu sens là ? Tu sens ? » Je lui ai répété au moins dix fois que je sentais mais ça suffisait jamais.
— Il t'aime beaucoup. Il a été inquiet pour toi.
— Je sais. Je sais. (Il soupira.) Je suppose que j'ai une sacrée veine. Tu sais, un tas de types restent paralysés après des accidents de ce genre.
— Vraiment ? (Elle s'approcha du lit.) Peut-être, c'est un présage pour toi, alors ?
— Ça donne à réfléchir, en tout cas. Je parle des cas où on se fait cogner dessus avec un instrument.

Son voisin de chambre augmenta le son de la télévision. Jonathan et Sundara jetèrent un œil vers l'écran — des petites silhouettes s'agitaient sur un fond vert pomme.

— À la mi-temps, le président Carter est intervenu, dit Jonathan, pour demander aux gens d'envoyer de l'argent pour les camps en Thaïlande.
— Oh...
Ces dernières heures, elle avait presque oublié les camps et les milliers de malheureux qui s'y trouvaient. Elle avait été trop occupée à s'inquiéter d'une seule et unique personne, ce Jonathan McKinnon.
Une dame vêtue d'une blouse entra poussant devant elle un chariot encombré de fleurs. Elle déposa deux ou trois bouquets sur la table de chevet de Jonathan.
— Oh, non, fit-il. Des fleurs ? C'est trop.
— Et puis ceci, dit la dame en lui remettant une pile de cartes, de toute évidence envoyées directement à l'hôpital.
— Et puis cela, ajouta une infirmière bagarrant pour faire franchir la porte à une énorme gerbe de ballons. Sur chaque ballon, il y avait un petit bonhomme au visage hilare.
Jonathan rougit comme une pivoine.
L'infirmière considéra Sundara d'un drôle d'air.
— Ce n'est pas l'heure des visites que je sache ? Jonathan n'est censé recevoir que sa famille.
Il se pencha vers elle.

— C'est ma sœur.
— Et puis quoi encore...
— Adoptive, précisa-t-il.

L'infirmière n'était pas dupe, Sundara le comprit, et c'était sans importance. Devant un sourire aussi désarmant, elle ferait bien une entorse au règlement. Elle fronça les sourcils d'un air mi-figue mi-raisin, lui tendit les rubans des ballons et sortit derrière la dame au chariot.
— Au fait, comment es-tu entrée ici? murmura-t-il.

Sundara haussa les épaules en souriant.
— Je suis entrée tout simplement. La tête droite comme si je savais exactement où j'allais et personne ne m'a arrêtée.

Il sourit, puis lut la carte dans les ballons.
— J'en étais sûr. C'est Cathy. (Il jeta la carte.) J'aimerais vraiment qu'elle évite de faire des trucs de ce genre.

Sundara hésita.
— Tu veux que je les attache aux barreaux du lit?
— Hein?... Je préférerais que tu ouvres la fenêtre et que tu les laisses s'envoler.
— Mais Jonafan, que pensera-t-elle si elle vient te voir?

Il soupira.
— Je sais. Je veux pas lui faire de peine.

(Il lâcha les rubans, ferma les yeux tandis que les ballons s'élevaient.) Je déteste ces visages rigolards. Elle devrait le savoir depuis le temps.

Sundara ne savait que répondre. Jamais auparavant ils n'avaient prononcé le nom de Cathy, mais à présent que l'image de la jeune Américaine rôdait entre eux dans la chambre aux murs blancs, il y avait des choses qu'elle voulait savoir, des choses que, brusquement, il fallait qu'elle sache.

— Jonafan? (Elle regarda les ballons rebondir doucement au plafond.) Tu aimes beaucoup Cafy?
— «Cafy», dit-il, j'aime bien la manière dont tu prononces son nom.

Elle lui adressa un regard de reproches.
— Tu ne réponds pas à ma question.
— Bon, bon. Quelle était la question? Est-ce que j'aime Cathy? (Il fit une grimace exagérée comme s'il se plongeait dans un abîme de réflexions, puis il hocha la tête.) J'en sais rien. Je l'ai cru. Ou plutôt j'ai cru que je le devais. Tu n'imagines pas les trucs dont elle me parle? Il se redressa. «Est-ce qu'à mon avis elle a une chance d'être invitée au bal des anciens de l'école? Est-ce qu'elle doit se couper les cheveux?

Est-ce que je vais me décider à m'acheter des vêtements neufs ? Pourquoi je me déguise pas en groupie pour leur soirée dansante ? » (Il retomba contre son oreiller.) J'ignore si c'est elle qui a changé, ou moi. En tout cas, je sais que moi j'ai changé. Depuis que je te connais, je ne suis plus le même. Plus rien n'est pareil. Avant, j'étais insouciant, à présent quand je lis les journaux je suis complètement bouleversé, et quand l'entraîneur nous oblige à prier avant un match, j'ai envie de lui...
— Jonafan... calme-toi. Ne t'énerve pas.
— Je te jure. J'en ai ras le bol. Il faudrait que je prie pour gagner un match de foot alors que des bébés crèvent de faim ! (Il s'agrippa aux barreaux du lit.) Tu as tout changé. Grâce à toi, j'ai découvert que le monde n'était pas seulement un univers rose bonbon comme Willamette Grove.

Elle baissa les paupières.
— Tu étais plus heureux avant que je vienne.
— Non ! Oui ! Enfin, c'était une autre forme de bonheur. Un bonheur fondé sur l'ignorance. Quand tu es avec moi, je suis heureux parce que je sais certaines choses. Ça va plus loin. (Il la regarda, puis il se laissa aller, fatigué.) J'ai pas l'impression de me faire bien comprendre.

— Je comprends, je crois. (Elle détourna la tête.) Sauf pour Cafy.

Il soupira.

— Tu veux savoir si je l'aime... (Il tendit le bras et tourna le visage de Sundara face à lui.) Pose-moi plutôt une question à laquelle je peux répondre. Demande-moi si je t'aime, toi.

16

Les jours suivants, elle se blottit dans l'amour de Jonathan comme dans un manteau bien chaud. Il l'avait avoué sans hésiter! Je t'aime Sundara. En quittant l'hôpital, elle planait sur un petit nuage et, fouillant sa mémoire, elle s'aperçut que personne, jamais, ne lui avait dit ces mots-là auparavant – pas même ses parents. Elle aimait cette sincérité si typiquement américaine. Si seulement elle pouvait se montrer aussi sincère. Mais non, il n'en était pas question. Elle n'avait pas le droit d'aimer Jonathan McKinnon. Néanmoins, c'était une merveilleuse impression de savoir qu'il l'aimait.

Un beau matin, les couloirs de l'école se parèrent de banderoles proclamant BIENvenue Jonathan. En les voyant, le cœur de Sundara se mit à battre très fort. Jonathan était de retour. Il se trouvait quelque part dans ce bâtiment, à cet instant précis. Qu'allaient-ils se dire maintenant?

À l'heure du déjeuner, elle ne l'avait toujours pas croisé, et tandis qu'elle se dirigeait vers son vestiaire elle vit des groupies retirer les banderoles.

Étonnée, elle ralentit le pas, observant le visage lugubre des filles qui défaisaient leur travail.

Cathy l'aperçut et descendit à toute vitesse de son échelle, tenant le bout d'une banderole dans la main.

— J'espère que tu es satisfaite, grommela-t-elle, marchant droit sur Sundara. Jonathan quitte l'équipe. (Elle railla, méprisante.) Mais je suppose que ce n'est pas une surprise pour toi?

Le flot des élèves s'écarta autour d'elles. Sundara perçut des bribes de phrases. « Vous savez quoi? Il a fait ça? Mais pourquoi? » Tous semblaient surpris et désolés.

D'un coup sec, Cathy tira sur l'autre extrémité de la banderole.

— Tu te rends compte que tu l'as complètement détruit? (Elle s'exprimait à voix basse, retenant sa colère, les yeux rouges d'avoir pleuré.) Il était tellement sympa avant. Tellement gai. Et vlan, tu es arrivée,

Miss Fin du Monde! (Elle froissa la banderole en bouchon et la jeta dans la poubelle.) Depuis qu'il a entendu ton foutu poème, il est plus le même. Je ne suis pas la seule à le dire. Tout le monde l'a remarqué.

Sundara regarda autour d'elle, serrant son classeur sur son cœur. Alors, il l'avait fait. Elle baissa les yeux et respira à fond.
— Tu vois Cafy, répliqua-t-elle avec douceur, avant j'ai eu un peu peur de toi. Toujours je pensais «Cafy Gates est sa petite amie, elle le comprend.» (Sundara fixa Cathy.) À présent, je sais que tu ne comprends rien du tout à sa façon de penser.

Cathy croisa les bras sur sa poitrine.
— Et toi tu le comprends, naturellement?
Sundara hésita.
— Peut-être.
— De grâce, éclaire-moi.
— Tu dis qu'il n'est plus lui-même. Comment le sais-tu? C'est peut-être aujourd'hui qu'il est le véritable Jonafan?
— Ah, oui! Alors moi aussi je devrais lui débiter tout ce baratin mystico-religieux! Puisque c'est ça qui l'attire. Rien à voir avec toi, pour finir.

Sundara se détourna. Ses joues la brûlaient. Jonathan l'aimait. Il le lui avait dit.

— Avant, je te plaignais, continua Cathy. Maintenant, j'ai envie de vomir dès que j'entends parler de toi et de ton passé tragique. Au fond, tu devrais être reconnaissante, ma p'tite! Tu as la chance de vivre en Amérique!

Sundara prit à peine le temps de respirer.

— Parce que tu crois que le monde entier reste là les bras croisés à se répéter «Mon Dieu, faites que je quitte mon pays pour aller vivre en Amérique.»

— Et comment! C'est ce que je crois. Oui. Si les gens sont assez malins pour souhaiter une vie meilleure.

— Et qui décide où est la vie meilleure? Toi? Peut-être que je préfère ma vie d'avant? Choisir de venir est une chose, mais nous, nous sommes *obligés* de quitter chez nous.

— Possible. N'empêche, je suis sûre que tu lui as baratiné un tas de bobards pour qu'il ait pitié.

— Ce n'est pas vrai!

— Tu parles! Tu t'imagines quand même pas qu'il aurait les mêmes sentiments si tu n'étais que la voisine d'à-côté?

— Mais... (Sundara ne put se retenir de sourire, frappée par la force de l'évidence.) Si j'étais la voisine d'à-côté, je ne serais pas

Sundara Sovann. Je ne serais pas la fille qui lui plaît. On ne sépare pas une personne de son passé. Je suis ce que j'ai été. Comme toi.

Cathy rougit jusqu'aux oreilles. Sa voix se brisa.
— Alors, qu'est-ce que je dois faire ? Il me reste qu'à espérer qu'il m'arrive un truc horrible et que je réagisse avec courage ? Comme ça, j'aurai une chance de rivaliser ?

Sundara soupira. C'était fini, elle ne craignait plus Cathy. Elle se sentait de taille à lutter. Mais maintenant qu'elle en était capable, elle n'en avait plus envie.
— Je suis désolée que tu sois malheureuse, dit-elle. Je ne veux pas que les autres soient malheureux.

Et elle tourna les talons, feignant de ne pas voir tous les élèves qui traînaient dans les parages pour surprendre des bribes de la discussion.

Lorsqu'elle se présenta au cours de littérature américaine, le professeur avait un message pour elle. L'entraîneur Hackenbruck voulait la voir. À propos de Jonathan. Naturellement. Qu'est-ce que l'entraîneur pouvait bien lui vouloir ?

Quand elle apparut à la porte, Hackenbruck fit pivoter son siège et retira les pieds de son bureau. Il ne se perdit pas en plaisanteries.

— J'ai pas besoin de te dire que McKinnon quitte l'équipe?

— Je l'apprends à l'instant.

— Bon, et selon toi que doit-on faire?

Sundara fronça les sourcils.

— Pardonnez-moi?

— Bon, soyons clair. Je sais qu'il y a quelque chose entre vous et j'ai l'idée que t'es pas tout à fait innocente dans cette histoire.

— Jamais je lui ai dit de partir. On m'accuse. Mais ce n'est pas mon idée du tout.

— Non? Alors explique-moi pourquoi il était ici, il y a trois quarts d'heure, en train de vitupérer contre les bombardements américains au Viêt-nam.

— Vous voulez dire au Cambodge?

— Peu importe! En tout cas, je ne vois pas le rapport avec le football.

— Un événement qui le bouleverse, voilà tout. (Sundara serra les mâchoires.) Peut-être, il se dit que, après tout, le football n'est pas si important comparé à la grave chose qui l'inquiète.

Un entraîneur-assistant, plus jeune, entra.

Hackenbruck tourna les yeux de son côté et lui adressa un signe de tête.

— McKinnon? interrogea le jeune homme.
Hackenbruck acquiesça.

L'assistant passa une jambe au-dessus d'une chaise et l'enfourcha à l'envers. Tous deux l'observaient fixement. Ils attendaient.

— Je dis le vrai. Jonafan décide tout seul.
— Ah ouais? fit Hackenbruck. Moi, je ne suis pas sûr qu'il ait les écrous bien serrés ces temps-ci. S'il a des pépins, on est là pour l'aider. Alors, qu'est-ce qu'il a? Drogue? Des ennuis à la maison? Il t'a peut-être donné une autre explication? Je serais bien tenté d'accuser son accident de l'autre jour, sauf que je le sentais venir depuis un moment.

Sundara s'attardait sur les coupures de presse punaisées au grand tableau de service, elle reconnut des photos de Jonathan qu'elle avait déjà vues dans son album. Elle essaya de se rappeler tout ce qu'il lui avait dit sur le football.

— D'abord, il ne veut pas se blesser les genoux.
— Se blesser les genoux! Hackenbruck prit une expression chagrine. Qu'est-ce que c'est que ce baratin?

Sundara rejeta ses cheveux en arrière.
— Ce n'est pas si bête. Pourquoi blesser son corps en bonne santé pour un sport qu'il n'aime pas?

— Qu'il n'aime pas ? répéta l'assistant. Mais c'est un joueur bourré de talent.
— Peut-être, mais ce n'est pas le problème. Il n'est pas heureux de jouer.
— Pas heureux de jouer ? (Hackenbruck fit sonner chaque mot avec dégoût. Il pivota vers son assistant.) Tu entends ça ? Le môme est un de nos meilleurs espoirs pour le prochain titre régional et il n'est pas heureux de jouer ? (Il appuya les coudes sur ses genoux et fit tournoyer la chaîne de son sifflet autour de son doigt. Il inspira lentement.) Tu me prends peut-être pour un vieux con, dit-il à Sundura, mais tu as tort et je n'ai pas oublié ce que c'est d'avoir dix-sept ans. Je sais aussi qu'on ne peut pas maintenir les garçons hors de votre portée, mais il y a des fois où votre influence dépasse les bornes. Et quand c'est le cas, je n'ai pas honte d'avouer que c'est drôlement plus facile si la fille est... si la fille est...
— Si la fille est blanche ? suggéra Sundura. Si elle peut faire les danses osées dans les parades ? Si elle pense que le joueur qui marque un essai est le grand homme ?
— Allons, du calme ! dit le jeune entraîneur coulant un regard vers Hackenbruck.

Brusquement, Sundura se rappela Kelly lui déclarant qu'on ne discutait pas avec Hackenbruck.

Le jeune homme se tourna de nouveau vers Sundara.
— Il faut que tu nous aides. On voudrait comprendre. Et c'est pas évident.
— Oui, très triste pour vous. Votre star n'aime pas se cogner avec les autres garçons pour le plaisir.

Hackenbruck se redressa.
— Bon, écoute-moi bien ma petite...
— Attends, Jack. Ce n'est pas son idée, tu te souviens ? Après tout, elle préférerait sans doute que son petit ami soit dans l'équipe ? (Il appuya les bras sur le dossier de sa chaise et sourit à Sundara.) Peut-être pourrait-elle le... persuader ?

Et il lui adressa un clin d'œil.

Pas un gentil clin d'œil. Un clin d'œil qui la mit dans une rage folle.
— Non, réagit-elle. Non, je ne peux pas. Maintenant, excusez-moi, je suis en retard pour ma classe.

Elle tourna les talons et sortit du bureau.

Ils se retrouvèrent juste avant le cours de relations internationales.
— Je t'ai cherchée partout, dit Jonathan haletant.

Ses cheveux étaient plus ébouriffés qu'à l'habitude et sa chemise de coton flottait sur son T-shirt.

— Ça va ? lui demanda-t-elle. Tout le monde dit que tu deviens fou.
— Je ne deviens pas fou. Au contraire.
— Mais tu as quitté l'équipe.
— Exact. Et après ? Encore un sport auquel le docteur ne voulait pas que je me consacre, alors.
— Et l'année prochaine... ?
— Rien à foutre ! Écoute, il faut que je te parle. (Il l'attira à l'angle du couloir où il y avait moins de monde.) Hier soir, je me suis engueulé avec mes parents.
— Ils sont furieux que tu quittes l'équipe ?
— Non... c'est... Voilà, un type de notre paroisse a décidé de former un groupe de médecins volontaires pour aller dans les camps de réfugiés. Il est venu chez nous hier soir et il a demandé à mon père de s'y joindre. Moi, j'ai trouvé ça génial ! Pourquoi attendre que le gouvernement agisse. On réunit quelques toubibs et on part ! Et alors là ! Je suis resté pantois devant le baratin de mon père. Quant à ma mère... Depuis des semaines, elle pleurniche sur toutes les photos qu'elle voit dans les journaux, elle ne cesse de répéter « J'aimerais tant faire quelque chose. » Et brusquement, elle se dégonfle « Il vaudrait mieux pas. Si tu attrapes une maladie ? Si tu te fais tuer ? »

Sundara le fixa intensément. Il parle si vite. A-t-il oublié à l'hôpital ? Sa déclaration d'amour ? Elle s'était d'abord demandé de quoi ils parleraient après un tel aveu ? Puis elle s'était attendue à ce qu'il lui parle de football. Mais les camps de réfugiés, c'était bien la dernière chose à laquelle elle aurait pensé...
— Naturellement, elle s'est jetée sur son carnet de chèques, poursuivait-il. Elle préfère envoyer du fric plutôt que mon père. Bon Dieu, c'est tellement typique !
— Jonafan, tu peux te calmer ? J'ai du mal à te suivre. On demande à ton père d'aider et il ne veut pas partir ?
— Enfin... Il dit qu'il a pas encore décidé, mais j'en crois rien. Il freine des quatre pieds, en invoquant un tas de conneries — que ça sert à rien d'envoyer des docteurs, que tout ce dont ils ont besoin c'est de gars avec des pelles pour enterrer les morts. Il arrête pas de répéter qu'ils ont sûrement pas l'infrastructure nécessaire pour accueillir un groupe médical. Bref, il se cherche des excuses, cracha Jonathan avec mépris. (Haussant les sourcils, il ajouta en hochant la tête.) Et c'est ce que je lui ai dit.
— Jonafan ! Tu dis ça à ton père ?
— Parfaitement ! Et je lui ai dit que je

croyais plus à toutes ses histoires de dispensaire gratuit, de soins donnés aux pauvres et tout le bataclan. Non pas qu'il mente, mais j'ai du mal à imaginer que Maman et lui aient pu être ce genre de personnages, un jour. Aujourd'hui, ils donnent trop l'impression de croire qu'on peut se contenter de regarder la télé bien carré dans son fauteuil en répétant que tout ça est horrible.
— Tu es trop dur avec eux.
— Parlons-en... (Il s'énerva vraiment.) Je lui ai dit aussi qu'il méritait pas que tu le considères pratiquement comme un héros.
— Tu es fou. Lui répondre ainsi. Tu ne comprends pas. À notre arrivée ici... quand tout va très mal pour toi, quelqu'un de gentil semble réellement un héros.
— Il a été gentil, et après? Bon sang Sundara, il n'a fait que son métier. Prescrire des antibiotiques n'a rien d'héroïque.

Sundara regarda le couloir. Pourquoi fallait-il qu'ils se disputent sur un sujet pareil? Le monde entier lui en voulait. Elle comptait sur Jonathan pour lui montrer un peu d'amitié. Une fille qu'elle ne connaissait même pas lui jeta en passant un coup d'œil mauvais. Encore cette stupide histoire de football... Et ils ne pourraient pas oublier le Cambodge pour une fois?

— Enfin, Sundara, tu as vu les informations ? Il faudra beaucoup plus que de la gentillesse pour nettoyer la pagaille qui règne dans les camps de réfugiés.

Elle planta ses yeux dans les siens.
— Tu ne me parles pas ainsi.

Il eut un mouvement de recul.
— Écoute, je...
— C'est pas ma faute si tu es furieux contre ton père, pas ma faute si tu quittes l'équipe. (Ses yeux lançaient des éclairs.) Et surtout, c'est pas ma faute si tout le monde meurt au Cambodge.

17

Sundara ferma le robinet de l'évier.
— Ravy, viens m'aider, s'il te plaît.
Pas de réponse. Pas étonnant avec le bruit infernal de la télévision. Elle passa devant les garçons et baissa le son. Si Soka craignait tant les mauvaises influences américaines, elle ferait mieux de leur interdire ce genre de programmes. Quelle misère de voir Petit Pon assis, les yeux écarquillés, prêt à gober qu'une voiture peut faire hurler ses pneus, bondir de plusieurs mètres de haut et exploser comme une météorite sans que le chauffeur ait la moindre égratignure.
— Attention! (Ravy la poussa.) Tu nous caches tout.

— Va mettre les habits dans le sèche-linge, s'il te plaît. Et les serviettes dans la machine.

Il fit la grimace, rivé au petit écran.
— C'est pas un travail de garçon.
— Pas un travail de garçon ! (Elle se planta entre lui et les voitures vrombissantes, les mains sur les hanches.) Tu préfères nettoyer la cuisine ? Je ne peux pas tout faire toute seule, imagine-toi. Je ne suis pas ta domestique.

Saisi, Ravy se leva et fila dans le garage sans cesser de la dévisager. Pon aussi eut l'air stupéfait.

Peu importe qu'ils soient choqués ! Elle retourna charger les assiettes dans le lave-vaisselle. Ravy adoptait aisément les habitudes américaines dès qu'elles lui convenaient et il était temps qu'il accepte aussi celles qui lui plaisaient moins. Ce ne serait sûrement pas aussi simple en Amérique de trouver des femmes disposées à le chouchouter. D'autant qu'il savait travailler. Cela ne le tuerait pas d'aider aussi le samedi et ce ne serait pas un luxe. Sundara ne s'était jamais rendu compte de tout ce que sa tante faisait dans la maison avant qu'elle arrête.

— Tu vas bien, toi ? interrogea Ravy de retour dans la cuisine.

Elle perçut le bourdonnement du sèche-linge et de la machine à laver. Elle soupira. Il n'était pas méchant. Ce n'était pas sa faute si Soka lui laissait croire qu'il y aurait toujours des femmes prêtes à le servir.

— Excuse-moi, je suis énervée, Ravy. La semaine a été dure.

Sa vie à l'école n'avait pas été simplifiée avec tous les problèmes que Jonathan avait créés. Et le soir, elle redoutait de rentrer à la maison. Après les douloureuses nouvelles de la semaine passée, Soka avait noyé son chagrin dans un mauvais rhume. Elle avait demandé un congé de maladie, elle ne préparait plus les repas et ne s'occupait plus du ménage. Tout l'après-midi, elle attendait le retour de Sundara, impatiente de ressasser son chagrin auprès d'un public frais et attentif. Elle mangeait à peine et elle avait réussi à couper l'appétit de toute la famille à force de répéter à chaque repas que cela lui soulevait le cœur de manger en sachant qu'autant de gens mouraient de faim.

« Nous ne reverrons personne de notre famille dans cette vie. Jamais. Je le sens. »

C'était devenu son leitmotiv, et chaque fois qu'elle répétait cette terrible prédiction, l'estomac de Sundara se nouait davantage.

— Je vais faire un tour chez Kevin, dit Ravy.

Sundara hocha la tête avec envie. Il préférait fuir avant que Soka, Naro et Grand-mère ne reviennent du marché.

Elle remit la chaîne de sécurité derrière lui. Bah, elle aussi s'offrirait une courte récréation au retour de Soka, même si ce n'était qu'une visite à la décharge publique. Elle aurait au moins une petite chance de croiser Moni. Ce n'était pas si mal. Ces jours derniers auraient été moins pénibles si elles avaient pu bavarder. Moni aurait su dégager l'humour d'une telle situation. Si tant est qu'il existe. Sundara mourait d'envie d'entendre les récits de sa vie conjugale, mais Moni et Chan Seng étaient très pris par l'emménagement dans leur nouvel appartement. Néanmoins, Sundara se souvint qu'aujourd'hui elle avait promis de les débarrasser d'une chaise cassée.

Elle virevoltait à travers la cuisine, briquant les plans de travail, la cuisinière, se mettant à quatre pattes pour frotter le sol. Soka n'aurait pas la moindre raison de la critiquer.

La cuisine terminée, elle se précipita dans le garage et rangea le linge sec dans un panier. À présent, il faisait froid dans le garage et on avait transporté son divan dans la pièce principale, ce qui n'était guère à son goût. Non que l'odeur de l'essence lui manquât, mais elle avait pris l'habitude, comme les Américains, d'une certaine intimité. Elle avait très peu dormi de la semaine, à cause de sa tante qui s'agitait toute la nuit comme un fantôme, traînant ses remords partout dans la maison, se reprochant son attitude envers ceux qui étaient restés là-bas.

Sundara était dans la chambre, occupée à plier des vêtements quand la sonnette retentit avec insistance. Elle se précipita dans le couloir pour décrocher la chaîne, le panier à linge en plastique vide à la main.

Elle ouvrit la porte. Le silence des arrivants fut aussi glacial que la bise s'engouffrant de dehors. Grand-mère fila vers la chambre de sa démarche fragile, sans un regard pour elle. Les employés du magasin lui avaient-ils encore manqué de respect? Visiblement énervé, Naro posa ses paquets tout en retirant son écharpe du cou, tandis que Soka, fulminant de colère, abandonnait avec fracas ses achats sur le plan de travail.

— Bon! (Elle pointa sur Sundara des yeux furieux qui la transpercèrent comme deux lames rougies à blanc.) Pourquoi te conduis-tu ainsi, Nièce? Tu trouves que nous n'avons pas assez d'ennuis?

Sundara aurait voulu croiser le regard de Naro, mais occupé à ranger les légumes dans le réfrigérateur il lui tournait carrément le dos.
— Qu'ai-je fait? articula-t-elle d'une voix blanche.
— Tu oses le demander? Qu'ai-je fait? Tu nous couvres de honte, voilà ce que tu fais! Nous avons croisé la femme de Pok Sary aux rayons des conserves. Elle n'a pas dissimulé sa joie une seconde en nous racontant que son fils t'avait vue avec cet Américain et que vous quittiez l'école ensemble.

Le panier à linge échappa des mains de Sundara. Elle dut s'appuyer au plan de travail pour ne pas chanceler.
— Je t'en prie, laisse-moi t'expliquer, Jeune Tante.
— Alors, c'est vrai! Quel destin! Pauvre folle que j'étais! J'espérais encore qu'elle avait menti! Qu'est-ce qui te prend, ma fille? Je me demande parfois quelle conduite tu as eu dans ta vie précédente? Tu m'avais donné ta parole!
— Mais Jeune Tante, j'ai tenu ma promesse. Ce n'est pas ce que Pok Simo sug-

gère. J'étais bouleversée. Jonafan a voulu m'aider. C'était le lendemain de ce jour où nous avons reçu des nouvelles de Theary et de mon ami Chamroeun.

Soka s'apaisa un instant. Cette journée-là était un terrible souvenir pour toute la famille. Sundara jouait la bonne carte en plaidant le chagrin.

— Je ne pensais pas clairement, ajouta-t-elle.

Soka parut accepter cette réponse.

— Et c'est la seule et unique fois où tu as adressé la parole à ce garçon depuis que tu m'as fait cette promesse ?

Sundara hésita à peine, se souvenant de sa visite à l'hôpital.

— Aaah ! Ce n'est pas la seule ! s'écria Soka saisissant l'occasion au vol.

— Tu ne comprends pas, Jeune Tante...

— Que si ! (La voix de Soka monta d'un cran.) Je comprends que tu te paies ma tête depuis le début. Que je me crève à nourrir et à élever une fille qui me fait honte devant des gens comme la femme de Pok Sary.

— Voyons, Soka ! dit Naro. Si on oubliait un peu ce que ces gens-là pensent de nous ? Quel besoin avons-nous de les impressionner.

— Veux-tu dire que tu n'as pas ressenti la

moindre honte quand elle a presque traité notre nièce de sale petite...
— Soka! Ça suffit!

Devant ce rappel à l'ordre, Soka adressa à Sundara un regard lourd de haine.
— Je ne veux plus te voir! lâcha-t-elle d'une voix égale. Allez, va-t'en!

Sundara recula comme si on l'avait giflée. Elle fit volte-face et sortit. Soka eut un mouvement pour la suivre et continuer la dispute, mais Naro l'arrêta au passage.
— Petite Sœur, on ne parle pas ainsi!
— Ah, non? Tu la défends? Elle nous a menti!

Dans la salle à manger, Pon fondit en larmes.

Sundara s'était réfugiée dans l'entrée, son cœur cognait à en éclater. Tant de colère à cause d'elle.

La voix de Soka s'éleva.
— Tu t'inquiéterais peut-être davantage si elle était la fille de ta sœur! Et sous ta responsabilité!
— Responsabilité! Depuis quatre ans, tu n'as que ce mot à la bouche dès qu'il s'agit de ta nièce. C'est tout ce que tu ressens pour elle? Un enfant a besoin d'affection aussi. Tu es trop dure envers elle. Tu la fais marcher à la baguette et tu ne lui donnes jamais la moindre tendresse. Je ne

crois pas que ce soit ce que ta sœur avait en tête lorsqu'elle te l'a confiée.
— Elle ne voulait sûrement pas non plus qu'elle devienne une fille de mauvaise vie.
— Ce n'est pas une fille de mauvaise vie.
— C'est ce qu'elle est sur le point de devenir. Tu ne le vois donc pas?

«Assez!» Sundara appuya ses mains sur ses oreilles. «Je vous en prie, assez!»
— Non! Je ne vois qu'une enfant qui fait de son mieux. Une enfant qui a une vie difficile comme chacun de nous, ici. Tu n'es pas la seule à te sentir déracinée, imagine-toi!

Il ripostait en termes durs, accusateurs, qu'il avait dû refouler bien souvent et remâcher en silence. Sundara étouffait.
— Tu oses te plaindre de l'argent dépensé pour la nourrir? poursuivit Naro. Oublierais-tu avec quel acharnement elle a travaillé cet été? Elle a gagné beaucoup d'argent. Et puis ce n'est tout de même pas comme si elle était enceinte! Tu as une façon de lui parler... Tu ne crois pas que les choses sont assez douloureuses sans que tu te tracasses de ce qui risque ou ne risque pas d'arriver à l'avenir?
— Mais c'est toi qui répètes sans arrêt qu'on doit penser à l'avenir, qu'on doit l'encourager à devenir médecin.
— Exact. Et elle nous revient couverte de

mentions à tous les examens. Qu'est-ce que tu veux de plus ?
— Ses mentions ne lui seront d'aucun secours si un garçon américain ruine sa réputation. Tu refuses de regarder le problème en face parce que tu sais que rien de tout cela ne serait arrivé si nous n'étions pas venus dans ce pays !
— Soka ! (Il y eut un silence terrible.) Tu déraisonnes complètement ! Nous serions tous morts si nous n'étions pas venus en Amérique. Et tu le sais aussi bien que moi.

Rien de tout ceci n'est réel. C'est un cauchemar. Les êtres humains ne hurlent pas ainsi, ils ne se crachent pas leur colère en pleine figure.

Naro rejoignit Sundara. Son pouls battait sous la peau fine de sa tempe, la surprise de s'être laissé emporter marquait son visage. Pensif, il posa une main sur son épaule. Puis, il tourna la tête vers la cuisine.
— Va plutôt à la décharge maintenant. Nous devons tous retrouver notre calme.

Sundara acquiesça, hébétée. Où irait-elle si Soka décidait de la flanquer à la porte ? Mendier par les rues d'une grande ville, comme elle l'avait entendu dire de certains refugiés ? Vivre dans un orphelinat d'État avec des inconnus ?...

Naro mit les clés de voiture dans sa main.

— Soka ne sait plus ce qu'elle dit.

«Si elle le sait», pensa Sundara. Soka n'avait rien dit d'autre que Sundara n'ait deviné depuis longtemps, rien qu'elle n'ait maintes fois perçu dans le ton de sa voix.
— Je lui parlerai en ton absence.

Sundara prit ses grosses bottes de caoutchouc dans le placard de l'entrée.
— Ne te donne pas cette peine, je t'en prie, Oncle.

Ne comprenait-il pas? Tout ce que les autres pouvaient dire n'y changerait rien. Soka la détesterait toujours. Elle n'avait pas été capable de sauver son bébé. Cela, Soka ne le lui pardonnerait jamais. Sundara ouvrit la porte sur l'épais brouillard. La haine que Soka lui vouait empoisonnait l'atmosphère de la maison. Sundara supportait à peine d'y respirer une minute de plus.

Elle avait hâte de tout raconter à Moni, mais quand son amie lui ouvrit, les mots restèrent coincés. Sundara dut s'appuyer au chambranle de la porte, encore sous le choc de la colère de Soka.
— Sundara, qu'est-ce que tu as? Tu es malade? Que je suis bête, c'est ton ami Chamroeun? J'ai eu beaucoup de chagrin en apprenant cette nouvelle.

Sundara hocha la tête.

— Alors, c'est ce garçon américain ?
— Oui, non ! Oh, Moni, C'est trop. J'étouffe, j'ai l'impression que ma poitrine va éclater. Cette fois, Soka va me jeter à la rue, j'en suis certaine.
— Mais c'est impossible, voyons. Entre un instant.
— Non, non, je dois aller à la décharge.
— Attends-moi. (Moni s'échappa dire deux mots à son mari.) Je viens avec toi, Petite Sœur. Nous parlerons dans la voiture.

Mais Sundara ne pouvait pas parler. Elle ne pouvait rien expliquer. Elle n'avait même pas la force d'essayer. Chamroeun était mort. Soka la détesterait toujours. Elle ne reverrait jamais personne de sa famille. Elle ne s'adapterait jamais aux mœurs américaines. Et pourtant, depuis sa rencontre avec Jonathan, elle savait que jamais elle n'accepterait un mariage arrangé avec un inconnu. Alors à quoi bon ? À quoi bon lutter à présent ? Plus rien n'avait d'importance.

Dans la décharge déserte, Sundara remonta la route boueuse jusqu'au sommet de la côte, là elle fit reculer la voiture juste au-dessus de la pente. En sortant, la puanteur des ordures en décomposition lui monta au nez et lui retourna l'estomac.

Elle enfila ses gants de travail tandis que Moni descendait de l'autre côté. Elles ouvrirent le hayon arrière et Moni retira sa chaise. Respirant à petites bouffées ce brouillard pestilentiel, Sundara déversa le contenu de chaque poubelle en plastique le long de la pente. Elle replaça ensuite les poubelles dans le coffre, referma le coffre et arracha ses gants.

Alors elle le vit. En contrebas, au milieu des détritus, le petit bras sortait des ordures, il l'appelait. Elle ferma les yeux, le cœur battant.
— Petite Sœur, que se passe-t-il?

Doucement, Sundara rouvrit les yeux. Il était là. Elle le fixa, tremblante.

Moni se tourna dans la même direction.
— Ce n'est qu'une poupée. Elle s'efforça de sourire. Une poupée cassée.

Sundara luttait désespérément pour retrouver son souffle, elle chancela contre la voiture, serrant sa tête entre ses mains.
— Le bébé... Oh, le bébé...
— Sundara, qu'est-ce que tu racontes?

Moni regarda de nouveau vers les ordures. Ce n'est pas un bébé. C'est une poupée. Tu le vois bien, non?
— Non, non...

Sundara savait reconnaître une poupée d'un bébé, et un présage quand elle en

voyait un. Elle se laissa tomber dans la boue.
— Sundara !
Moni chercha à la relever mais elle retomba contre la roue.
— Inutile, Moni ! Inutile.
À présent, elle sanglotait incapable de combattre le désespoir qui l'envahissait... La brève lueur d'espoir lorsque le bébé avait remué, son angoisse lorsqu'elle avait repoussé le krama et — doux Jésus — le dernier souffle de vie, la petite main ouvrant lentement les doigts... Chaque image lui revenait avec netteté. Son cri s'éleva.
— Non !
Moni glissa, portant la main à sa bouche.
— Non ! Elle est avec moi pour toujours ! hurla Sundara.
— Je t'en prie ! supplia Moni. De quoi parles-tu ?
— Le bébé de Soka ! Malheur ! Elle est emmaillotée dans mon krama jusqu'à la fin de mes jours.
— Le bébé de Soka ! Soka avait un bébé ?
Sundara agitait la tête dans tous les sens, les mains sur les tempes, comme si elle voulait écrabouiller son crâne.
— Et je l'ai laissé mourir ! J'étais là pour le protéger, et je l'ai laissé mourir !
— Ô... Ô... Mon Dieu !... (Moni regarda

autour d'elle, se tordant les mains.) Je vais te ramener chez toi.
— Je n'ai pas de chez moi!
— Sundara, lève-toi. Je ne peux pas conduire la voiture de ton oncle. Je n'ai qu'un permis provisoire.

L'absurdité de cette phrase frappa Sundara et elle éclata d'un rire hystérique. Moni, qui savait garder en vie des tas de bébés, qui avait parcouru des centaines de kilomètres seule dans la jungle, Moni avait peur de conduire une voiture!

Sa voix tremblait, au bord des larmes.
— Ne ris pas ainsi, Petite Sœur! Tu me fais peur!

Sundara se remit à sangloter.
— Laisse-moi ici, Moni. Laisse-moi!

Soudain, les bras puissants de la jeune femme se saisirent d'elle, la remorquèrent jusqu'à la voiture et la hissèrent à l'intérieur. Moni s'assit à la place du conducteur, elle posa ses mains sur le volant et respira un grand coup.
— Le ciel nous protège! dit-elle.

Et elle mit le contact.

Sundara pleura durant tout le trajet. Ses cheveux collaient à son visage mouillé, elle était recroquevillée sur le siège avant. Une petite motte de terre. La voiture finit par s'arrêter. La portière s'ouvrit, des mains

l'agrippèrent, des bras l'emportèrent. Moni avait appelé Naro. Soutenant Sundara entre eux deux, ils l'entraînèrent tant bien que mal jusque dans la maison.
— Un coup d'œil à cette poupée a suffi à la mettre dans tous ses états.
— Elle était déjà bouleversée en partant. Soka et elle...
— Oui, je m'en suis aperçue. Elle a parlé d'un bébé que Soka...?
— Elle a parlé de ça?

Soka arriva du salon, suivie de Grand-mère.
— Qu'est-ce qu'elle a encore?
— Elle perd la raison, fit Moni. À cause de ton bébé, Soka.
— Mon bébé? Ma petite fille?
— Nièce, je t'en prie, calme-toi, répétait Naro. Ce n'est pas si grave.
— Pardon! Pardon! sanglotait Sundara. Jeune Tante, je suis si désolée.
— Allons... allons...

Ils la conduisirent dans la chambre. Elle s'effondra sur le divan et ses sanglots redoublèrent.
— Pourquoi est-ce qu'elle ne s'arrête pas? interrogea Naro, d'une voix angoissée.
— Parce que ce n'est pas en son pouvoir, déclara Grand-mère, d'un ton ferme et étonnamment autoritaire.

Sundara comprit vaguement que tous la dévisageaient. Que voyait donc Grand-mère que les autres ne voyaient pas?
— L'esprit du bébé de Soka, annonça Grand-mère, s'est emparé du corps de Sundara.

Suivit un silence inquiet, puis d'autres larmes se mêlèrent à celles de Sundara.
— Pourquoi elle pleure, Maman? couina Pon. Elle est malade, Sundara?
— Mon fils, dit Grand-mère, emmène cet enfant dans le séjour. Il a vécu assez de drames pour aujourd'hui. L'esprit ne fera que l'effrayer. Laisse-nous régler cette affaire entre femmes.

Les tentures furent tirées en hâte et bientôt Sundara sentit une odeur d'encens se répandre. Grand-mère s'installa sur le bord du divan.
— Petit Esprit, implora-t-elle en frottant le dos de Sundara. Ne punis pas notre enfant. Je t'en prie, laisse son corps en paix.

Sundara pleurait toujours. Était-elle réellement devenue folle? L'esprit du bébé de Soka avait-il réellement investi son corps? Elle entendait la mélopée bourdonner à quelques mètres, comme si elle était sous l'eau et les trois femmes interpellant l'esprit, à la surface. Elle nageait, elle se noyait dans ses propres torrents de larmes,

plus rien n'avait d'importance, elle pleurait sur tout — sur toutes les choses tristes qui ne lui avaient jamais tiré une larme auparavant.
— Malheur! Grand-mère! Naro avait raison. Je me suis montrée trop dure avec elle, pauvre petite.

Était-ce possible? Était-ce réellement Soka qui s'asseyait auprès d'elle sur le lit et lui caressait les cheveux? Sundara n'osait pas relever la tête, elle craignait en les regardant de dissiper leur sollicitude, de briser le charme, tandis que chacune à son tour implorait l'esprit du bébé.

Ses draps étaient trempés. Les larmes coulaient toujours. Elle pleurait sur le bébé. Sur Chamroeun. Elle pleurait sur toute sa famille, à cause des phrases désagréables qu'elle avait dites, des mots tendres qu'elle n'avait pas dits. Elle pleurait de s'être si bêtement querellée avec sa mère à propos d'une ombrelle alors que sa dernière chance de lui dire je t'aime s'évanouissait. Et tant qu'à verser ainsi un flot de larmes ininterrompu, elle pleura aussi à cause de Jonathan. Encouragée par le murmure monotone et réconfortant des trois femmes.

Beaucoup plus tard, les sanglots cessèrent enfin, Sundara reposait épuisée, sans dormir ni remuer. Elle entendit l'écho d'un profond soupir.

— Grand-mère, il faut vous reposer, dit Soka. Nous allons veiller auprès d'elle.

— Elle va mieux ? interrogea doucement Naro depuis la porte.

— L'esprit est parti, répondit Grand-mère.

Le divan grinça tandis qu'elle se redressait pour céder sa place à Moni.

Sundara écoutait Moni et Soka bavarder à voix basse. Visiblement, elles la croyaient inconsciente.

— C'est vrai, disait Soka, j'ai été injuste envers elle.

— Elle pense que tu la détestes, dit Moni sans ménagement.

— Non, ne me dis pas ça ! pleura Soka.

— Qu'est-ce que tu ressens, alors ? Est-ce que tu aimes ta nièce ?

Un silence.

— Je... je ne sais pas. C'est affreux, n'est-ce pas ? Naro a raison. J'ai toujours considéré Sundara comme ma responsabilité, c'est tout.

— Pourtant elle est si gentille. Si intelligente.

— Oui. Elle est intelligente. Elle en sait bien plus long que moi dans bien des domaines. Mais est-ce juste ? Je suis plus âgée. Je suis censée la guider et comment le pourrais-je ?

Moni soupira.
— Les vieux schémas sont peut-être devenus inutiles ?
— Chaque fois que je la regarde, je crois voir sa mère. Alors je m'inquiète de ne pas l'élever comme il faut. Tu n'es pas aveugle. Tu vois bien qu'elle est trop jolie pour ne pas courir de danger. Si elle tombe amoureuse d'un garçon et qu'un malheur arrive... Misère ! Je ne me le pardonnerai jamais !
— Pourquoi faut-il que nous trouvions toujours plus difficile de nous pardonner à nous-mêmes ce que nous pardonnons aux autres. Tu ne peux pas la protéger de tout.
— Mais elle est ma responsabilité, même si cela exaspère Naro de me l'entendre rabâcher. Je veux la voir mariée et heureuse comme toi avec un gentil Khmer.
— C'est peut-être ce qui arrivera, comment savoir ? D'ici là, cesse de laisser l'inquiétude et le remords te ronger. Regarde-nous. Tous. Je suis lasse de tes remords.

Un long silence s'installa, puis Soka parla.
— Elle croit vraiment que ce fut sa faute ? Le bébé ?
— Apparemment. Alors, imagine ma surprise. Vous n'aviez jamais parlé de ce bébé, ni l'une ni l'autre.

— Oui... J'ai voulu faire comme si rien de tout cela n'était jamais arrivé. (Elle renifla, refoulant ses larmes.) Représente-toi les choses, Moni. J'étais atrocement malade, j'avais perdu la tête sur ce bateau. Je me souviens que j'ai ouvert les yeux et je l'ai vue, assise un peu plus loin, elle essayait de donner à boire au bébé. J'ai pensé «le bébé va mourir», et je me sentais étrangement calme. Mais à ce moment-là, je pensais que j'allais mourir. Que nous allions tous mourir. Quand j'ai retrouvé mes esprits et que le bébé... que le bébé n'était plus là, j'ai pensé «Oh, mon Dieu! Pourquoi n'ai-je pas lutté contre la maladie? C'était mon enfant! J'aurais dû me lever. C'était à moi de m'en occuper...»

Soka s'effondra. Elle pleura longuement, douloureusement. Et Sundara s'endormit, bercée par ses sanglots.

Plus tard, lorsqu'elle se réveilla, l'odeur d'encens avait disparu, remplacée par celle de l'ail pour le repas du soir. Quelqu'un lui avait retiré ses bottes, mais pas ses vêtements qui étaient tout gluants. Elle se changea, enfila un jean propre et un chemisier, et se brossa les cheveux. Elle avait faim.

Quand elle apparut sur le pas de la porte, tous les regards se tournèrent vers elle. Elle baissa la tête, gênée.

Soka la conduisit à sa chaise et plaça devant elle un bol de bouillon de bœuf.
— Comment te sens-tu ? lui demanda-t-elle avec une gentillesse inaccoutumée. J'imagine que tu ne te rappelles plus rien ?

Sundara baissa le nez, les joues en feu.
— Vous voyez, disait Grand-mère aux autres, je vous l'avais dit. Quand ces choses-là se produisent, ils n'en gardent aucun souvenir.

Mais Sundara se souvenait. Elle avait entendu Soka exprimer ses pensées les plus intimes. À présent, elle se sentait intimidée et elle essayait de prétendre qu'elle ne se rappelait pas l'étreinte des bras de Soka.

Elle parla sans les regarder.
— Tu as raison Grand-mère, je ne me souviens de rien.

18

C'est curieux, dit Naro entrant dans la chambre où Soka et Sundara changeaient les draps. Tu ne devineras jamais qui vient de téléphoner? Le docteur McKinnon. Et tu sais quoi? Il veut que notre nièce lui enseigne le khmer.

Sundara abaissa l'oreiller qu'elle tenait dans les mains, la taie à demi enfilée.
— Pour quelle raison? demanda Soka.
— Il va partir soigner les gens dans les camps en Thaïlande et il veut pouvoir communiquer avec eux. (Naro adressa à Soka un regard de reproche.) Voyons, tu n'as pas honte de prendre cet air soupçonneux?
— Ma foi, dit-elle un peu mortifiée. C'est un homme bien, c'est vrai. (Elle évitait de

regarder Sundara.) Mais pourquoi notre nièce ?

— Eh bien, il estime qu'elle fera un bon professeur parce qu'elle parle très bien l'anglais et qu'elle n'a pas oublié sa langue maternelle.

Soka fronça les sourcils.

— Qu'allons-nous faire ? Allons-nous l'y autoriser ?

— Autoriser ? Mais Soka, naturellement, je lui ai déjà répondu que nous étions très honorés de ce choix.

Sundara secoua la taie d'oreiller.

— Et son fils ? Ce n'est peut-être qu'une ruse afin qu'ils se retrouvent ?

— Drôle de ruse ! Tu crois vraiment qu'un homme partirait à l'autre bout du monde par ruse ? Petite Sœur, si un homme possède la volonté d'aller ainsi aider notre peuple, je ne vais pas l'insulter en interdisant à ma nièce de lui enseigner le khmer juste parce que son fils a assez de goût pour distinguer une jolie fille quand il en voit une !

— Oui, ce serait discourtois, admit Soka d'une petite voix. (Et puis comme si son accord était encore nécessaire, elle se tourna vers Sundara.) Mais attention, tu consacreras chaque visite à lui apprendre le khmer. Tu ne perdras pas ton temps avec son fils.

Il était clair que Soka ne plaisantait pas, pourtant il sembla à Sundara que sa voix avait perdu sa dureté passée.
— Oui, Jeune Tante.
— Tu te rends compte, disait Soka, un homme de sa position sociale, aller dans les camps de réfugiés. J'avoue que les Américains m'étonnent parfois. Cela n'effleurerait jamais un Khmer de la bonne société de s'abaisser ainsi. Je dois avouer que dès la première rencontre, j'ai su que ce docteur McKinnon était quelqu'un de bien, le genre d'homme qui ne se contente pas de regarder avec les yeux. Du reste, je l'ai toujours dit.

Sundara et Naro masquèrent leur envie de sourire.
— Oui, Jeune Tante.

— Autre chose, ajouta Sundara. Vous ne devez pas enjamber quelqu'un allongé sur un matelas. Si vous le faites, c'est comme si vous jetiez de la poussière sur lui.
— Dieu merci, c'est pas mon problème! fit Jonathan depuis la porte à double battant qui séparait le bureau de son père du salon.

Il était installé le dos contre un côté du chambranle et ses pieds chaussés de ses vieilles baskets calés contre le montant

opposé. À chaque cours que Sundara donnait au docteur McKinnon, il prenait là son poste et ses parents devaient l'enjamber pour passer.
— Être assis, c'est autre chose, ironisa Sundara. Tu es le fils. Pour montrer le respect, tu dois rester debout.
— Ah!

Il eut un sourire penaud, laissant retomber ses pieds sur le tapis avant de se relever.
— Tu aurais beaucoup à apprendre dans ce domaine, fit son père. (Puis, revenant à son cahier.) Ne pas enjamber les gens.

Sundara sourit à Jonathan. Quelle importance qu'il soit assis ou debout dans le bureau de son père, dès l'instant où il était là et la regardait, et où elle se sentait entourée et aimée.

Tout en apprenant au docteur McKinnon des phrases indispensables telles que «Vomissez-vous? Saignez-vous? Vos parents sont-ils vivants?», Sundara lui enseignait aussi les coutumes khmères. Elle lui expliqua qu'il ne devait pas toucher la tête des petits enfants. Elle le prévint de ne pas s'étonner si les hommes s'approchaient très près de lui pour lui parler, s'il en voyait s'embrasser ou se tenir par la main.
— Ce n'est pas comme ici, lui dit-elle. Là-bas, personne ne trouve à redire.

Elle lui décrivit la pratique du kaoh — lorsqu'on frotte très fort la tranche d'une pièce de monnaie sur la peau d'un malade afin de le soulager. Certains médecins américains ne comprenaient pas cette méthode. Ils voyaient ces traces et accusaient les Khmers de battre leurs enfants.

Mme McKinnon venait à l'improviste pendant les leçons, en rentrant de ses réunions, elle abreuvait son mari de renseignements glanés pendant qu'il travaillait — vaccins, détails administratifs. Selon Jonathan, dès que son père eut arrêté sa décision, elle cessa de soulever des objections. D'ailleurs, comment aurait-elle pu continuer à repousser une action aussi évidente ? C'était exactement ce qu'ils avaient rêvé de faire étant jeunes. Ils avaient peut-être vécu dans un trop grand confort ces dernières années...

En dépit des efforts de Mme McKinnon pour se montrer gaie et solidaire, Sundara devinait une forme de désespoir dans sa façon d'apporter des plateaux débordants de sandwichs, de biscuits... comme si elle craignait que son mari n'ait plus à manger après son départ. Et une inquiétude sourde couvait dans sa voix au téléphone.

« Ça s'attrape facilement la malaria ? » Un jour, Sundara l'avait entendue poser cette question. Et une autre fois, « Évidemment, je suis inquiète. Qu'est-ce que tu crois ? Ils disent à la radio qu'il y a toujours des bombardements autour de certains camps... »

Le samedi précédant Thanksgiving*, Sundara accompagna Soka qui se rendait auprès d'une famille khmère nouvellement arrivée.

Ce ne fut pas une mince affaire que de transporter les cartons de vêtements donnés par la paroisse jusqu'au second étage, vêtues de leurs sarongs. Soka avait insisté pour qu'elles les mettent, estimant que ce costume traditionnel serait un réconfort pour les nouveaux venus. Sundara soupira d'aise quand elle déposa enfin ses cartons devant le numéro vingt-sept, tandis que Soka appuyait sur la sonnette. La porte s'ouvrit. Sundara et Soka se regardèrent, stupéfaites.

La femme de Pok Sary !
— Qu'est-ce que vous faites ici, vous deux ?

La femme dévisageait Sundara. « Toi, la fille qui sort avec les Américains ! » disait

---

* Thanksgiving : fête d'action de grâce observée chaque année le quatrième jeudi de novembre.

son rictus méprisant. Sundara aurait voulu rentrer sous terre.

Soka ne se laissa pas désarçonner.

— Les gens de la paroisse nous envoient expliquer à la nouvelle dame le fonctionnement de la cuisinière et de la robinetterie.

La femme de Pok Sary entravait le passage.

— Ils ne se rendent pas compte, fit-elle de sa voix de fausset, que cette dame est la veuve d'un officier de très haut rang. Il ne serait guère convenable que des gens comme vous lui expliquiez le fonctionnement de ces choses, ne croyez-vous pas ?

Sundara retenait son souffle.

— Pardonnez-moi, rétorqua Soka, mais il me semble que le haut rang d'un époux dans l'ancienne Kampuchéa est de peu d'utilité comparée à la personne qui peut le mieux l'aider à s'adapter aujourd'hui à la vie américaine.

Sundara fut fière de la réplique de Soka !

En revanche, la femme de Pok Sary n'apprécia pas du tout.

— Je sais parfaitement me servir de tous ces instruments, dit-elle.

— Je n'en doute pas, répondit Soka sans se départir de son sourire glacial. Je trouve très gentil que vous ayez décidé de vous montrer accueillante. Mais puisque nous sommes ici, ma nièce et moi, nous serons heureuses de lui donner ces vêtements et de présenter nos respects. (Elle adressa un signe de tête à Sundara.) Viens, Nièce !

Prise de court, la femme de Pok Sary recula devant Soka qui s'avançait avec autorité à la rencontre de la nouvelle famille. Imitant l'exemple de sa tante, Sundara joignit les paumes et salua la dame, non pas d'un salut profond, mais amical, d'égale à égale.

— Soyez la bienvenue à Willamette Grove, dit Soka avec cérémonie et chaleur. Si nous pouvons vous aider d'une manière ou d'une autre, notre famille sera honorée que vous vous adressiez à elle.

Tête droite, elle adressa un bref signe à la femme de Pok Sary au moment où elles franchirent la porte.

— Je ne supporte plus sa façon de nous traiter ! (À peine furent-elles rentrées, Soka laissa éclater sa fureur devant Naro.) C'est exactement comme si elle nous traitait de sales paysans ! Si elle croit qu'elle va pouvoir s'accrocher à sa splendeur passée encore longtemps ! Nous avons fait notre place ici, nous avons travaillé sans compter. Elle pense sans doute que c'est un grand privilège d'être né dans la haute, moi je trouve un privilège bien plus grand d'avoir travaillé pour s'élever. Malheur! Quand je pense à tous ces horribles soirs où tu revenais à vélo de ton travail sous une pluie glaciale; tu t'effondrais sur le tapis du salon et tu restais là transi de froid. Et chaque soir je me disais, c'est fini, il va se briser, il ne se relèvera jamais plus. Et pourtant, chaque matin tu te relevais, tu reprenais ton vélo et tu repartais laver tes assiettes. Jour après jour.

— Allons, Petite Sœur, c'est le passé. Nous avons survécu.

— Oui. Et ce ne fut pas facile. Alors qu'elle ne s'imagine pas que nous allons oublier ce qu'il en a coûté d'efforts pour avoir notre maison et nos emplois, et que nous allons la saluer bien bas, comme si nous étions des rien-du-tout...

— Voyons, tu ne vas pas te rendre malade!

— Je ne fais que t'obéir, Naro. J'ai réfléchi à ce que tu disais l'autre jour. Tu as raison. Je me moque de ce qu'ils pensent! Après tout, nous, nous sommes ici depuis bientôt cinq ans. (Elle se tourna vers Sundara.) Et sais-tu ce que cela signifie, Nièce? Nous allons devenir citoyens américains et un citoyen américain n'a pas à s'incliner devant qui que ce soit! Imagine-toi, nous pourrions même partir pour Kampuchéa sauver des parents et personne n'oserait nous toucher! Dès l'instant où nous annoncerions que nous sommes citoyens des États-Unis d'Amérique!

Cette sortie stupéfia Sundara. Il semblait que parfois Soka avait du mal à décider si être américain était ce qu'il y avait de meilleur ou de pire au monde.

Sundara se dirigea vers le garage pour quitter son sarong et passer un jean. Au fond, l'erreur n'était-elle pas de croire qu'il fallait choisir, de craindre de ne pouvoir être Américain sans renier le fait d'être Khmer? Ne pouvaient-ils pas être les deux? Car enfin, qu'y a-t-il de plus américain que venir d'un autre pays en apportant avec soi une autre culture?

Elle passait l'angle du mur lorsqu'elle entendit Soka murmurer.
— Et j'en ai surtout assez de sa façon de me provoquer au sujet de notre nièce, disait Soka. Même d'un simple regard. Si son fils est si intelligent, si parfait, pourquoi aucun docteur ne s'est adressé à lui pour apprendre le khmer?

Sundara sortit du four le gâteau de citrouille. Malgré son peu de goût pour ce plat, elle avait appris la recette traditionnelle. Il était important de célébrer ces fêtes américaines dans les règles.

Néanmoins, Thanksgiving la rendait toujours plus triste que reconnaissante. C'était une occasion de se rappeler les fêtes khmères, le Festival des eaux. Toutes les festivités avaient cessé avec la guerre, mais elle se souvenait encore des radeaux illuminés sur le fleuve, elle sentait encore les mains de sa mère sur les siennes tandis qu'elles couraient rejoindre la foule pour regarder la procession colorée depuis les rives.

Les colons américains rendaient grâce pour des dindes sauvages et du maïs indien. Or c'était peu comparé au Mékong! Comment remercier la Mère des Eaux? Ce fleuve qui, chaque année, recouvrait de son flot les rizières pour leur apporter la fertilité. Ce fleuve regorgeant de poissons au lendemain de la mousson, et dès que le Tonle Sap se retirait, les gens n'avaient plus qu'à se pencher pour remplir leurs paniers des poissons qui sautaient dans les mares!

L'Amérique est un pays formidable, c'est vrai. Il mérite qu'on l'admire. Mais à écouter certains Américains en parler, on pourrait croire que c'est le seul pays au monde qui mérite d'être aimé.

Depuis la porte, elle promena son regard dans le salon fourmillant d'amis, déçue de ne pas apercevoir Moni et Chan Seng parmi les gens assis sur les tapis.
— Tu les as invités, n'est-ce pas? dit-elle à Soka qui arrosait la dinde.
— Bien sûr, enfin je crois... elle ne va pas très bien.

Cherchait-elle à éviter d'autres questions? Était-elle simplement préoccupée? Bien que ce fût là sa troisième dinde à l'américaine, sa préparation exigeait encore une grande concentration.

L'assemblée était joyeuse. Chacun voulait en savoir plus sur ce fameux docteur McKinnon qui partait bientôt pour les camps. La nièce de Soka lui donnait-elle vraiment des leçons de khmer? Naro et Soka avaient-ils visité sa maison? Les Cambodgiens se plongeaient dans le magnifique livre qu'il avait offert à Sundara, un livre de photos superbes sur Angkor Vat. Et les lettres! Tous avaient des lettres à remettre au docteur afin qu'il les punaise au tableau de service du camp.

— Regarde! dit Soka à Sundara un peu plus tard. (Elle l'entraîna à l'écart et lui montra une grosse enveloppe avec une satisfaction évidente. C'est une lettre de Pok Sary et sa femme pour les camps.) Ils se sont abaissés à me la faire parvenir par Prom Kéa.

Ce soir-là, la famille de Sundara et leurs amis avaient autre chose à partager que des nouvelles tristes et des rumeurs inquiétantes. Et bien qu'il fût pénible de regarder les horreurs montrées à la télévision, on était en droit de penser que quelque chose de positif en sortirait. Les Américains étaient enfin obligés de s'intéresser à la situation désespérée de Kampuchéa. Ils interviendraient peut-être. Tout le monde voulait s'entretenir de cette possibilité.

Au dessert, tandis que chacun mangeait et complimentait poliment Sundara sur son gâteau de citrouille, le téléphone sonna. Quelques minutes plus tard, un hurlement de joie déchira le murmure des conversations et Soka arriva en courant de la cuisine, ruisselante de larmes.

— C'est ma sœur, Valinn ! pleurait-elle. Elle va venir en Amérique !

— Tu te rappelles ce que Grand-mère répète toujours, que nous devons faire de bonnes actions afin que notre prochaine vie soit meilleure ?
— Oui, Jeune Tante.

Les invités étaient partis. Sundara et Soka étaient toutes les deux dans la cuisine et rangeaient.

— Eh bien, Grand-mère froncerait peut-être les sourcils si elle m'entendait, mais je commence à croire qu'il n'est pas indispensable d'attendre notre prochaine vie pour être récompensé. Ne le suis-je pas déjà dans cette vie-ci puisque Valinn va arriver ?
— Oui, en effet. Et tu le mérites, Jeune Tante. Tu as aidé tant de gens.
— C'est bien vrai, acquiesça-t-elle sans vantardise. Et cependant, je ne crois pas que ce soit la raison qui amène le Seigneur à me récompenser aujourd'hui.

Sundara attendit. Elle aurait souhaité que Soka parle plus clairement. Sa tante avait beaucoup changé depuis l'affreuse journée où les émotions trop longtemps réprimées de Sundara s'étaient exprimées. Mais était-ce la raison ? Ou encore son changement d'attitude vis-à-vis de la famille de Pok Simo ? Ou alors son respect tout neuf pour les McKinnon ?

Mais Soka avait simplement envie de parler de Valinn, de s'enivrer de sa propre joie et de l'espoir que c'était peut-être le signe d'un retour du bonheur dans leur famille.

Sundara répondait d'une voix morne, un peu honteuse de ne pas manifester plus d'enthousiasme.

— Tu aurais préféré que ce soit ta mère, n'est-ce pas ?

Alarmée, Sundara lança un coup d'œil à Soka. Ses coupables pensées étaient-elles si évidentes ? Elle posa une assiette sèche sur la pile dans le placard. Une bonne nouvelle reste une bonne nouvelle. On ne doit pas s'en plaindre. Mais malgré tout, une tante, ce n'est pas comme un père ou une mère, un frère ou une sœur.

— Pardonne-moi, Jeune Tante. Je ne peux pas m'en empêcher.

— C'est normal. Moi aussi je prie pour le jour où ta mère et le reste de ta famille viendront nous rejoindre.

Cette compassion surprit Sundara.

— J'ai toujours aimé ta mère, poursuivit Soka. Si elle revient un jour, je veux pouvoir lui dire «Vois, Sœur Aînée, j'ai bien pris soin de ta fille.» Je ne me le pardonnerais jamais si elle estimait que c'était une erreur de t'avoir envoyée à Réam. Je lui avais fait la promesse que tu serais en sécurité auprès de nous.

— Oh, ce n'était pas son problème.

Soka fronça les sourcils.

— Naturellement, oui.

— Mais Jeune Tante, si elle s'inquiétait tant de ma sécurité, m'aurait-elle laissée monter dans un avion alors que les bombes

pleuvaient sur l'aéroport? Tout ce qui comptait pour elle c'était que je t'apporte toute l'aide dont tu avais besoin.
— Et tu fus une aide précieuse. Mais Petite Fille, tu n'avais que treize ans et j'avais une domestique. Tu ne crois pas sérieusement que ta mère pensait uniquement à l'aide que tu m'apporterais? Voyons, elle était au désespoir de te faire quitter Phnom Penh. Elle aurait aussi expédié Mayoury si elle avait été plus âgée. Si les places d'avion n'avaient pas été si difficiles à obtenir.

Sundara cessa d'essuyer sa casserole.
— Tu n'y a jamais songé? interrogea Soka avec douceur. L'avion était sans doute dangereux, mais tu es vivante. Si tu étais restée à Phnom Penh...

Elle n'acheva pas, hochant la tête.

Sundara dévisagea Soka avec stupeur. Elle s'était toujours sentie punie d'avoir été forcée à partir. Elle n'avait jamais pris le temps de se demander si le but inavoué de ce voyage était sa sécurité.
— Tu es certaine, Jeune Tante? Si tu avais été là, si tu avais entendu comme elle insistait, me faisant promettre de...

Soka attendit.
— Oui... Continue. Te faisant promettre quoi?

Sundara hésita, puis elle plongea ses yeux dans ceux de Soka.

— De prendre bien soin... du bébé.
 Enfin. Elle l'avait dit. Le bébé.
— Ahhh...
— Et, Jeune Tante, j'ai essayé. J'ai... j'ai fait de mon mieux.
— Je sais. (Soka retira la casserole des mains de Sundara et la rangea dans le placard.) Sundara, tu n'étais qu'une petite fille, toi aussi. Voilà ce que je voulais te dire... Avant le jour où son jeune esprit... jamais, je n'aurais imaginé que tu puisses croire... Si quelqu'un est responsable, c'est moi. C'était mon bébé. Sur ce bateau, c'était à moi de me lever. J'aurais dû...
— Non, Jeune Tante, tu ne pouvais rien faire. Tu étais trop malade. Personne n'aurait pu à ta place.
— Tu crois?
— Oui.
 Soka soupira.
— Tu as peut-être raison. Après tout, un mauvais karma* nous guettait puisque nous avions quitté notre maison sans accomplir les cérémonies rituelles.

---

* Le karma : c'est le principe le plus enraciné de la religion bouddhique. Il conditionne le présent et les renaissances futures. Il entraîne à une sorte de fatalisme, tout en conduisant à mener une série d'actes destinés à accumuler des mérites pour obtenir une meilleure renaissance. *(N.d.T.)*

— Peut-être... (Mais ce n'était pas au mauvais sort que songeait Sundara. Elle se débattait toujours avec son remords et sa voix tremblait en posant la question la plus importante.) Alors c'est vrai, tu ne me rends pas responsable de la mort du bébé?
— Non! Mon Dieu, non! Ce n'était pas ta faute. Je ne veux plus jamais t'entendre dire ça! J'ai assez de choses à me reprocher sans y ajouter de t'avoir imposé un remords pareil aussi longtemps!

« Pas ma faute, pensait Sundara. Pas ma faute ». Elle se sentit légère.
— Ainsi, ta mère t'avait fait promettre de prendre soin de mon bébé? dit Soka. (Sundara hocha la tête.) Et à moi, elle fit promettre de prendre soin de toi! (Elle se mit à rire avec une sorte d'impuissance.) Elle a intérêt à revenir, Nièce! Et ce jour-là, je veux la voir apprécier le mal que nous nous sommes donné, toi et moi, pour tenir cette promesse!

Sundara eut à peine la force de hocher la tête. Elles étaient liées l'une à l'autre par cette triste ironie. Sa mère saurait-elle, un jour, quels efforts elles avaient fournis?

« Ma foi, on peut toujours prendre plaisir à broyer du noir », se dit Sundara. À présent, en tout cas, elle pouvait se raccrocher à cette pensée : ce n'était pas sa faute si le bébé était mort. Soka ne la rendait pas responsable. Et, malgré la sévérité de leurs dernières recommandations, ses parents l'avaient poussée dans l'avion pour une raison qu'elle n'avait jamais voulu admettre : l'amour.

Il faisait bon dans la cuisine où Soka et elle s'affairaient de concert. Le silence ne pesait plus.

Quel magnifique Thanksgiving ils auraient eu cette année! Le bruit des assiettes tintait aux oreilles de Sundara sur un rythme lent et harmonieux. Comme les cloches du temple.

19

Mᵐᵉ McKinnon apparut sur le seuil de la porte du bureau de son mari.
— Chéri, lui dit-elle, il faut que tu te reposes un peu. (Elle regarda sa montre.) Tu seras épuisé demain.
Demain.
Le docteur McKinnon eut l'air désorienté.
— Alors, c'est vrai... (Il haussa les épaules à l'intention de Jonathan et de Sundara.) J'ai été si absorbé par les sujets à étudier que la réalité de ce départ n'a pas eu le temps de me frapper.

L'équipe médicale partait le lendemain matin. Les docteurs, les infirmières et le personnel paramédical des différentes villes devaient se retrouver à Portland pour le petit déjeuner. Le vol irait d'abord à Seattle puis à Hong Kong et enfin à Bangkok. Le père de Jonathan serait absent deux mois. Après le départ de Bangkok, il n'aurait plus aucune possibilité de téléphoner chez lui.

Le docteur McKinnon retira ses lunettes de lecture et se frotta l'arcade du nez. Sa table de travail était encombrée de tasses en carton vides et d'articles concernant les maladies tropicales. Une pile de livres de médecine menaçait de s'effondrer par terre.

— En fait, maintenant que l'heure approche, je suis vraiment impatient de partir.

Il repoussa sa chaise et commença à ranger dans une sacoche les cassettes de phrases khmères qu'ils avaient enregistrées.

Mme McKinnon sourit faiblement.

Jonathan et Sundara échangèrent un regard. Sundara ne pouvait reprocher à Mme McKinnon de s'inquiéter pour son mari, elle aussi se faisait du souci pour lui.

— Vous devez prendre soin de vous, lui recommanda-t-elle. Si le camp est dans la jungle, faites attention au tigre.

— Richard? (Mme McKinnon avait pâli.) Elle plaisante, n'est-ce pas?

Il partit d'un rire bref.

— Les tigres seront les cadets de nos soucis. Avec quarante, voire cinquante mille personnes entassées à Sakeo... Les tigres nous sentiront de loin et ils n'oseront pas s'approcher.
— C'est juste. (Elle ne semblait guère rassurée. Elle adressa à Jonathan un pauvre sourire.) Ce sera un drôle de Noël, n'est-ce pas ?
— On le reportera, Maman. On fêtera Noël à son retour.

À son retour. Les mots dansèrent dans l'air.

Mme McKinnon rouvrit les yeux, au bord des larmes.

Le docteur McKinnon s'en aperçut.
— Voyons, Gwen...

Elle lui fit signe de ne pas insister, secoua la tête et se ressaisit.
— Tout ira bien... (Elle baissa le visage, puis respira profondément.) Bon ! dit-elle, plaquant les mains sur ses hanches et contemplant le désordre. Je vais enfin pouvoir ranger cette pièce !

Jonathan et son père se regardèrent.

Un long moment personne n'osa parler.

Sundara ramassa sa veste sur le dossier de sa chaise. C'était la fin. Elle avait apporté toute l'aide possible au docteur.

Elle n'avait plus aucune raison de s'attarder ici, ce soir. Elle n'aurait plus aucune raison de revenir dans le futur.

Elle ouvrit son cartable.

— Docteur McKinnon, c'est pour vous. (Elle lui tendit un petit cadre de bois gravé en khmer, de ses mains.) Vous me ferez honneur en l'accrochant là où vous travaillerez au camp. Je pense que des gens peuvent craindre votre visage blanc et votre grande taille, alors j'ai gravé ceci pour les aider à comprendre que vous êtes un homme bon qui ne voit pas seulement avec ses yeux.

Il se racla la gorge.

— Ah... Merci. Merci beaucoup. C'est toi qui m'honores.

— Qu'est-ce que ça veut dire ? demanda Mme McKinnon.

— J'ai essayé de traduire ce qu'a dit cet homme, Albert Schweitzer, le texte au-dessus de la porte d'hôpital « *Ici, quelle que soit l'heure où vous arriverez, vous trouverez la lumière, l'aide et l'amour des hommes.* » (Elle hésita.) Un jour, docteur McKinnon. Je veux suivre vos traces.

Le docteur joignit ses deux larges paumes, inclina le front à la façon khmère en hommage.

— Ahhh... souffla-t-elle radieuse. Vous apprenez bien.

Quand les adieux furent dits, Jonathan raccompagna Sundara à sa voiture. Un fin brouillard flottait sous le porche éclairé.
— Je me sens stupide, dit-il. Quand je pense que je les ai accusés de ne jamais s'engager! Je me sentais à l'abri derrière mes beaux discours. J'étais tellement sûr qu'il ne partirait pas.

Elle ouvrit la portière.
— Ça t'ennuie parce qu'il part ou parce que tu lui as manqué de respect?
— Les deux, sans doute. Je me sens si... responsable. Sans moi, il ne partirait pas. Il me l'a dit. Il m'a dit que je l'avais obligé à se remettre en question. Je croyais que c'était ce que je voulais... et maintenant qu'il s'en va... Oh, je sais, il faut que quelqu'un y aille mais... (Il s'interrompit, scrutant le visage de Sundara.) Tu dois me trouver terriblement égoïste. Il y a des milliers de gens là-bas, ta famille, peut-être, et moi, je suis inquiet pour un seul type, uniquement parce que c'est mon père.
— Une seule personne a beaucoup d'importance, dit-elle sans le regarder, quand elle est la personne qu'on aime.

Un long silence suivit.
— Ta mère aussi s'inquiète.
— Ouais... (Il s'appuya sur la portière

ouverte.) Tu vois, j'imaginais que les gens qui faisaient ces trucs-là partaient pleins de courage et de foi. Il ne m'avait jamais effleuré que leurs sentiments puissent être confus. Aujourd'hui, je me rends compte que ce n'est pas si simple. Mon père n'est pas courageux. Je ne suis pas loin de penser qu'il a la trouille. Mais il part. C'est ce qui me fascine. Il a la trouille, mais il y croit et il part...
— Ton père est quelqu'un de très spécial. J'essaie de te le faire comprendre depuis longtemps.
— Ouais... Je comprends vite, mais il faut m'expliquer longtemps... (Jonathan soupira.) Je pense qu'aucun de nous ne dormira beaucoup cette nuit.

Sundara tenait les clés de la voiture dans une main. Il n'y avait pas grand-chose à ajouter.
— Bon, dit-il, ça sent la fin, n'est-ce pas ?
Elle hocha la tête.
— J'ai été trop gâté de te voir ici chaque soir. (Il flanqua un coup de pied dans le gravier. Et comme si cette idée géniale jaillissait du sol mouillé, il lança :) Si on disait à ta famille que moi aussi je dois apprendre le khmer ?
Ils éclatèrent de rire. Brièvement.
— Oh, Sundara ! Il avait l'air de souffrir, de vouloir cogner sur quelque chose.

Et, soudain, il la prit dans ses bras.

Son corps se raidit un instant sous la surprise, puis elle s'effondra contre lui, laissant échapper un long soupir tremblant. Elle n'avait jamais rien connu de si bon. Il fleurait la pluie, elle entendait battre son cœur sous la chemise de coton humide.

Il l'écarta légèrement. Ses mains glissèrent le long de ses joues, dans ses cheveux. Il attira ses lèvres vers les siennes.

Un baiser. Un vrai baiser. Ainsi, c'est comme...

Ce fut trop vite passé.

— Oh, Jonafan...

Il relâcha son étreinte.

— Je sais. Je sais. (Il recula et se mit à tournoyer comme un derviche.) Ne dis rien. Je n'aurais pas dû. Je suis désolé, d'accord? Réellement désolé. (Il s'arrêta face à elle.) Mais je n'ai pas pu m'en empêcher.

Sundara se mordit les lèvres. Elle sentait encore le goût des siennes. Elle fixait son torse.

— Il faudra que je réfléchisse longtemps. (Elle leva les yeux vers lui.) Peut-être pourras-tu recommencer?

20

Sundara guida Pon vers l'escalator de l'aéroport international de Portland; en montant à sa suite, elle heurta son gros paquet contre la main courante. Arrivée en haut, elle redressa le paquet et consultat l'écran vidéo des arrivées. À quelques mètres devant, Soka et Naro essayaient de faire presser Grand-mère.
— Jeune Tante! Ce n'est pas la peine de se bousculer, l'avion a quarante-cinq minutes de retard.

Soka s'arrêta.
— Oh, non! C'est trop, j'en ai assez d'attendre. Nous attendons depuis si longtemps déjà!

Sundara les rattrapa et ils parcoururent

ensemble le couloir en vérifiant le numéro des portes éclairé bleu sur blanc.
— Porte quarante-six, déclara Ravy lisant son bout de papier. (Naturellement, il savait déjà où elle se trouvait.) C'est tout au bout.

Sundara persuada Pon de franchir le détecteur de métal, puis elle attendit que le paquet contenant une veste pour Valinn passe l'épreuve des rayons X et réapparaisse sur le tapis roulant. Ils n'avaient pas oublié à quel point le climat de l'Oregon leur avait paru froid, à leur arrivée — et pourtant, l'été battait son plein. Ce serait plus dur pour Valinn qui arrivait à une époque particulièrement rude, le 22 décembre était un des jours les plus courts de l'année. Cela semblait de mauvais augure, mais, au fond, elle serait peut-être réconfortée de savoir que ça pouvait être pire. À partir d'aujourd'hui les jours ralongeaient et le soleil se levait plus tôt.

Deux familles khmères et des amis de Portland étaient déjà là, assis sur les sièges plastiques, vêtus de leurs plus beaux costumes à l'américaine et de robes colorées. Une des deux familles avait connu Valinn et feu son mari, lorsque tous habitaient Takeo. D'autres familles les rejoignirent bientôt et les enfants se mirent à courir dans tous les coins, ne s'arrêtant que pour regarder les avions décoller ou atterrir.

Sundara observait les flaques d'eau fouettées par le vent ondoyer à travers la piste d'atterrissage. Elle se réjouissait que sa famille soit venue attendre Valinn. Elle gardait un tel souvenir de la fin de son long voyage à elle, dans la nuit, depuis les Philippines...

La violente lumière l'avait presque aveuglée lorsque la porte de l'avion s'était ouverte ce matin-là. Elle se souvint qu'elle avait fermé les yeux de désespoir devant cette première vision de l'Amérique – une immensité de béton gris. Serrant Pon dans ses bras, elle s'était laissé guider par le flot des passagers fatigués jusqu'au bas de la passerelle. Puis ils avaient pénétré dans l'aérogare. Elle ne voyait rien. Elle se dressait sur la pointe des pieds. « Attendez ! Naro ? Soka ? » Où étaient-ils ? Pon s'était remis à pleurer. Oh, non ! Pas la diarrhée. Affolée, elle s'était faufilée dans la foule. « Oncle ! Jeune Tante ! » Perdus. Les sanglots l'étouffaient. Et la honte... De se savoir si sale. De savoir qu'elle sentait mauvais.

Alors, elle l'avait aperçue. Une de ces femmes noires, plus noires que les Khmers. Sur son col, un petit badge, une croix rouge. Synonyme du verbe aider ? Elle avait cherché son regard et lui avait adressé une prière muette, espérant que le message passerait. Je vous en prie, aidez-moi. À sa plus grande stupéfaction, au premier regard, la grosse dame lui avait immédiatement ouvert les bras. Sans se soucier des hurlements de Pon ni de sa diarrhée à elle. Elle avait pris Pon des bras de Sundara et elle avait bien vite réunis enfants et parents. Dieu seul était capable d'envoyer un être pareil. Sundara avait souvent pensé à elle depuis, une femme prête à ouvrir ses bras à un inconnu...

Sundara se détourna de la baie vitrée et promena son regard autour de la salle d'attente. Pour Valinn, ce serait sans doute moins effrayant car sa famille était là pour la rassurer et lui rappeler aussi souvent qu'il lui serait nécessaire qu'elle était enfin saine et sauve, qu'elle était en Amérique.
— Moni ! s'écria Sundara, apercevant son amie. Je suis si heureuse de te voir. Tu nous a manqué à Thanksgiving.
— Je suis désolée, je n'ai pas pu venir. Et toi, que deviens-tu ma Brebis ? Nous nous sommes fait beaucoup de souci pour toi.
— Je vais bien, Moni. Ça se passe mieux. (Sundara rougit au souvenir du jour où elle avait craqué. Elle s'éclaircit la voix.) Je

ne m'attendais pas à voir tant de monde. Je suis sûre que certains ne connaissent même pas ma tante.
— Mais elle est khmère et, il y a peu de temps encore, elle était dans notre pays. Quand Prom Kéa et sa femme m'ont offert de venir l'accueillir, j'ai été très touchée. J'ai tant de questions à lui poser... Si elle a vu des gens que je connais...
— Oui. Il y aura des questions sur toutes les lèvres. Pourvu que cet avion se dépêche! Il a du retard, tu le sais? (Elle tourna les yeux vers la grande horloge suspendue au plafond.) Il reste encore une heure.
— C'est vrai? Tant mieux. Je voulais acheter une rose mais j'ai craint de manquer de temps. Viens avec moi jusqu'à la boutique de fleurs.

Sundara alla prévenir Soka. Sa tante était dans une agitation fébrile. C'était une fête dont elle était le centre étant la plus proche parente de l'invitée d'honneur.
— Oui, oui, va! Mais ne t'attarde pas. Il faut que tout le monde soit là à sa descente d'avion!

Sundara rejoignit Moni.
— Soka est dans une agitation presque excessive.
— Comment le lui reprocher? Au bout de tant d'années, elle va enfin revoir sa sœur...

Le souvenir de Mayoury lui serra le cœur. Sa propre mère avait-elle aimé Soka, la petite cadette chérie, comme elle-même aimait Mayoury ?

Moni choisit une rose thé avec une branche d'asparagus et de fougère.

— Rien ne t'oblige à faire ça, dit Sundara.
— Ça me fait plaisir. Je suis si honorée de partager avec vous cet heureux jour. Je ne veux pas me présenter les mains vides.

Sundara sourit.

— Et maintenant, je veux tout savoir sur ta vie d'épouse.

Moni lui lança un bref coup d'œil.

— Soka ne t'a pas dit ?
— Dit quoi ?
— Pourquoi je ne suis pas venue à Thanksgiving.

Sundara inclina la tête.

— Elle m'a dit que tu étais malade.
— Ah... C'est juste, j'étais malade, en quelque sorte. Malade dans ma tête.
— Moni, que se passe-t-il ?

Tout bien réfléchi, Moni ne semblait pas dans son état de gaieté habituel.

— Tu te rappelles la lettre que tu m'as aidée à écrire ? Eh bien, j'ai reçu une réponse. (Elle s'attarda un instant sur un petit tigre en peluche dans une vitrine.) Sundara, mon mari a une femme et deux enfants toujours en vie et réfugiés dans un camp.

Sundara la dévisagea avec stupeur.

— Une autre femme ? Comment est-ce possible ?

Moni soupira.

— Je ne t'en avais pas parlé car je ne voulais pas t'inquiéter. Et puis, il était tellement certain qu'ils étaient morts. Seulement, ils sont bien vivants et ils veulent venir ici.

— Oh, Moni. (Sundara tentait de démêler le sens profond de tout cela. Elle était déchirée entre la joie d'apprendre que des vies étaient épargnées et son chagrin pour Moni.) Que dit Chan Seng ?

Moni haussa les épaules.

— Il veut les faire venir. (Elle regarda la rose.) Il veut divorcer.

— Je n'arrive pas à le croire. Il a l'air si amoureux.

— Mais elle est la première épouse. Je ne suis que la seconde. Naturellement, d'après Soka, je dois refuser le divorce. « En Amérique, tu es la première épouse », m'a-t-elle dit. Ici, un homme ne peut pas avoir deux femmes. Et si je refuse de divorcer, le service d'immigration ne l'aidera pas.

— Tu ne vas pas céder, tout de même ?

C'est trop injuste après tout ce que tu as enduré.
— Il ne peut pas se voiler la face, faire comme si elle n'existait pas. Elle lui a écrit qu'elle attendrait toute sa vie qu'il la sauve.

Sundara songea à ce qu'elle ressentirait, enfermée dans un camp avec ses deux enfants après une fuite éperdue, si elle apprenait que son époux avait recommencé une nouvelle vie en Amérique sans elle, une nouvelle vie avec une nouvelle épouse. Elle songea à la chanson qui les faisait toujours pleurer.
— Je vais accepter le divorce, reprit Moni. Je ne veux pas d'un mari dont le corps est ici et le cœur ailleurs.
— Oh, Moni. Pourquoi est-ce que Soka ne m'a rien dit?
— Ah, elle n'a sûrement pas envie que tu découvres comment les choses se passent à présent au sein de notre peuple. Il lui deviendra trop difficile ensuite de t'obliger à épouser un Khmer.
— Oui, dit Sundara pensive. Sans doute...
— Réfléchis, Sundara. Je me suis efforcée d'obéir à nos coutumes, tu le sais? On m'a dit que je devais épouser un Khmer, mais personne ne s'est occupé de me marier. Alors je me suis trouvé un mari toute

seule. À ce moment-là, on m'a dit qu'il ne fallait pas agir ainsi. Ensuite, j'essaie de me conduire en bonne épouse et voilà le résultat. (Elle hocha la tête.) Je souhaite seulement que nous n'ayons pas mis de bébé en route...
— Oui, tout serait plus difficile. En baissant les yeux Sundara remarqua des crevasses aux souliers bon marché de Moni. Voici des pieds, pensa-t-elle avec tristesse, qui ont traversé tout le pays de Kampuchéa. Et pour en arriver là.
— À présent, il me faut apprendre à mener toute seule ma barque le long du fleuve, Petite Sœur. Je dois penser à moi. Je n'ai plus le temps de m'inquiéter de l'opinion des autres.

Elle avait peut-être raison. Elles firent quelques pas en silence. Sundara avait la tête lourde sans doute à cause de la tension nerveuse, de l'atmosphère enfumée ou des motifs orange et bleus de la moquette qui donnaient le vertige.

Un pâle sourire éclaira le visage de Moni.
— Et ce jeune Américain ?
Sundara soupira.
— Même si je promets de ne pas le voir, mon esprit s'évade vers lui.

Soka estimait encore qu'il était mal de

s'intéresser à Jonathan. Mais désormais, dans ce nouveau pays, tout le monde devait s'adapter. Certains changements se produisaient plus vite que d'autres, mais finalement tout serait entraîné par la vague. Nul ne peut empêcher le fleuve de rejoindre la mer.

De retour à la porte, Moni alla parler à une autre dame, et Sundara resta auprès de Soka. Toutes les conversations s'épuisaient. Les gens ne tenaient plus en place.

« C'est lui ? » demandaient les petits enfants se collant à la vitre dès qu'un avion se posait. Une fois ou deux, même les adultes s'étaient rués jusqu'à la porte rouge à double battant. C'était son avion... Ils s'étaient agglutinés les uns aux autres, les yeux rivés à la porte. Non... C'était l'avion de Denver ! Chacun s'était éloigné en soupirant.

— Je n'en peux plus, dit Soka à la seconde fausse alerte.

Grand-mère aussi semblait tendue comme un arc, prête à craquer. Elle tenait à peine sur ses jambes, mais refusait de s'asseoir.

Sundara posa une main sur l'épaule de Soka.

— Elle sera bientôt là, Jeune Tante.

Son regard scruta les visages alentour,

tous exprimaient un mélange de joie et de chagrin. Les Khmers avaient envahi une section entière de l'aérogare et les Blancs qui erraient dans les parages les dévisageaient avec curiosité.

— Comme j'aimerais que ta mère soit aussi dans cet avion, dit Soka, émue. (Elle fondit en larmes, à bout de nerf à force d'attendre.) C'était ma sœur préférée. Je pense qu'elle ne l'a jamais su.

« Mayoury... » Sundara ravala une larme. « Mon petit Ouistiti... » Elle la voyait toujours, une fleur d'hibiscus rouge derrière l'oreille, ses yeux noirs pétillants de malice. Avait-elle déjà dit à sa petite sœur à quel point elle lui était précieuse ? Oh, pourquoi fallait-il que les gens soient séparés avant d'avoir une chance de comprendre ce qu'ils représentaient les uns pour les autres. Elle regarda Soka, sa tante semblait soudain si petite, si vulnérable, elle n'avait plus rien d'une personne redoutable. Sundara et elle découvriraient-elles qu'elles tenaient l'une à l'autre, si un jour la vie les séparait ?

Elle observa les enfants devant la baie vitrée. Pour leurs esprits innocents, il s'agissait d'une fête, mais les adultes ne pouvaient s'empêcher de songer à tous ceux qui ne monteraient jamais dans un avion à destination de ce nouveau pays. Chamroeun, jamais. Plus jamais Chamroeun.

Étrange sentiment que celui de perdre un être mort bien longtemps avant qu'on l'apprenne. Comme la cordelette rouge unissant le poignet des jeunes mariés, l'espoir de le revoir avait été le fil la rattachant à sa vie passée à Kampuchéa.
— Un jour, disait Soka, quand j'aurai mis assez d'argent de côté, je demanderai à un bonze de célébrer une cérémonie pour tous nos parents morts. Un jour, lorsque nous serons sûrs qui... (Elle frissonna.) Pourquoi est-ce que je songe à tout cela ? C'est un jour de fête, aujourd'hui. Et cependant... (Brusquement, elle porta sur Sundara un regard douloureux.) Sundara, qu'est-ce que tu en as fait ? Je veux parler du bébé...

Sous le choc, Sundara ferma les yeux.
— Je ne voulais pas te le demander, mais maintenant j'ai besoin de savoir.

Sundara respira profondément.
— Jeune Tante, c'est assez difficile à dire. (Elle baissa la voix comme pour atténuer la violence de ce qui allait suivre.) On m'a forcée à la jeter à la mer.
— Malheur ! gémit Soka. Je m'en doutais, mais... Ô, mon bébé. Sans cérémonie.

Comme c'est injuste... Ton petit esprit erre depuis ce temps-là...

Pas de cérémonie. Juste un léger ballot de toile fendant les eaux au son des cris de mouettes.

— Jeune Tante, j'ai longuement prié pour elle.

Soka ne répondit pas tout de suite.

— J'en suis heureuse, finit-elle par articuler, la voix étouffée par les larmes. C'est mieux que rien. (Elle renifla et regarda Sundara.) Tu es vraiment une gentille fille...

Le visage de Soka se brouilla devant les yeux de Sundara.

— Le voilà! hurla Ravy. Western Airlines!

Comme un seul homme, l'assistance se précipita vers la porte. Sundara s'y mêla à l'aveuglette. Soka venait de lui dire qu'elle était une gentille fille. Vite! Elle frotta ses joues avec les paumes des mains. Ce ne serait pas convenable de pleurer pour l'arrivée de Valinn.

Les Khmers formaient un barrage humain que chaque voyageur était obligé de franchir. Littéralement collés à la porte, à genoux sur le tapis bleu, les enfants surveillaient tout à travers l'ouverture. Naro s'agitait, à la fois efficace et fébrile, il faisait avancer des gens ici, ou reculer là-bas. Dès les premiers passagers qui affrontèrent ce rideau de visages sombres, les Khmers se regroupèrent.

Deux hommes de haute taille, coiffés de chapeaux texans, passèrent la porte.
– On attend quelqu'un! s'exclama l'un d'eux d'un accent chantant. Et c'est sûrement pas nous!

Ils éclatèrent de rire. Quelqu'un les salua «Bonjour!»

Dans son dos, Sundara entendit une dame, une blanche, murmurer «Ces Orientaux doivent attendre beaucoup de gens.»

«Non», pensa Sundara, juste une personne. Quarante Khmers réunis pour accueillir une seule personne, une survivante. À présent, elle pleurait sans honte. Personne ne s'intéressait à elle. Submergée par ses propres émotions. Si seulement ses parents, Samet, petite Mayoury...

À travers les larmes, elle lisait la même envie sur tous les visages. Chacun d'eux aurait pu remplir l'avion de parents chers qu'il avait dû abandonner derrière lui.

À chaque nouveau passager, les Khmers s'écartaient distraitement. Une grand-mère, un couple fatigué et son enfant pleurnicheur, un soldat avec une étoile épinglée à son uniforme...

Et si c'était une erreur... Si Valinn avait raté l'avion?

À cet instant précis, Naro fit volte-face et se mit à applaudir. Se hissant sur la pointe des pieds, Sundara aperçut un flot de cheveux sombres qui s'effondrait entre les bras de Soka. En même temps, elle fut projetée en avant par la masse des gens qui bloqua complètement la sortie.
– J'avais si peur! hoquetait Valinn, en khmer. Si peur que personne ne soit là pour m'accueillir.

Elle sanglotait, elle riait, s'inclinant avec frénésie, les mains jointes sur le front.

Son tour venu, Sundara l'embrassa et fut surprise de sentir contre sa joue le tissu rêche d'une veste en jean. Où, durant ce long périple, avait-elle récupéré cette tenue!
– Oh, Soka! pleura Valinn, j'ai vraiment cru que je ne te reverrais jamais dans cette vie-ci!

Une fois de plus, elle étreignit sa sœur et les sanglots la submergèrent un long moment.
– Tu es sauvée. Tu es sauvée, maintenant, répétait Soka.

Elle finit par s'apaiser, elle sécha ses pleurs puis dévisagea attentivement les enfants qui l'entouraient.
– Qui est la petite Sundara? Je ne la reconnais pas.

Sundara souriait tandis que Soka passant du rire aux larmes la poussait en avant.
– Dieu que tu as grandi! Que tu es jolie! Dire que je t'ai embrassée sans même savoir qui tu étais. Comme on change en quatre ou cinq ans... (Elle hocha la tête.) Bref! Ce n'est pas la question. Elle joignit les mains devant elle, ses yeux brillaient.
– Petite Nièce, dit-elle, j'ai des nouvelles pour toi.

21

D'un pas rapide, Sundara dépassa le sapin de Noël brillamment éclairé pour se diriger vers l'esplanade en bordure du fleuve, les mains au fond des poches de sa veste prune, son haleine dessinait des petits ronds de fumée dans l'air brumeux. En voyant que Jonathan l'attendait près de la fontaine, elle se mit à courir, sa capuche tomba en arrière, libérant ses cheveux qui s'envolèrent au vent tandis qu'elle se faufilait parmi les passants qui déambulaient le long de l'avenue pavée de briques.

En relevant la tête, Jonathan l'aperçut et la dévisagea attentivement tandis qu'elle couvrait rapidement les derniers mètres qui les séparaient.

— Sundara, dit-il au moment où elle s'arrêtait en titubant devant lui et s'emparait de sa main, qu'est-ce qui se passe ?
— Ma sœur ! (Elle était haletante, incapable de tenir en place.) Ma petite sœur Mayoury. Elle est vivante, elle est dans un camp en Thaïlande !
— Elle est vivante ? C'est incroyable !
— C'est un miracle !

Des passants les regardaient, ils se lâchèrent la main, souriants, gênés.
— Viens ! (Il l'entraîna au bout de l'avenue, au-delà de la fontaine, dévalant les marches de la plate-forme en bois qui dominait le fleuve.) Quand l'as-tu appris ? Comment ? Raconte-moi tout.
— Hier, nous sommes allés chercher mon autre tante à l'aéroport de Portland. Juste avant de quitter le camp en Thaïlande, elle a trouvé Mayoury, mais elle ne pouvait pas l'emmener avec elle car Mayoury n'avait pas de papiers. Mais un missionnaire a promis de s'occuper d'elle. Regarde ! (Elle tira un instantané de sa poche.) Tu vois ? Ils ont pris cette photo pour me prouver qu'elle était là. Tu connais ces appareils où la photo sort tout suite ? (Le cliché montrait une petite fille d'une dizaine d'années vêtue d'un T-shirt et d'un sarong tout déchiré.) Regarde ses pauvres bras, ses

jambes toutes maigres. Elle a la peau sur les os. (Sundara la regarda encore une fois.) On voit tellement de photos d'enfants, maigres comme un clou, on n'y fait même plus attention. Mais elle, c'est ma sœur.
— Elle est seule, là-bas ? demanda-t-il. Et tes parents ?

Sundara hésita.
— Je ne sais pas. Peut-être on les trouvera, peut-être non. (Un nuage de tristesse passa, mais la joie fut la plus forte.) Pour ce moment, je ne veux penser qu'à cette bonne nouvelle. Mayoury est vivante ! Elle a eu cent occasions de mourir, mais elle vit ! Tu le crois, toi ? Quelqu'un l'assoit sur le porte-bagages et traverse tout le Cambodge à vélo, elle derrière. Quelqu'un même pas de la famille. Mayoury raconte qu'un homme l'a vue toute perdue, si petite, et il a voulu l'aider.

Les yeux de Sundara se remplirent de larmes.

Le soir tombait sur ce jour de décembre. Les épaules voûtées, les mains au fond des poches, Jonathan et Sundara regardaient les petites lumières qui dansaient aux branches nues des arbres de l'esplanade, en songeant à un homme venu en aide à une petite fille, comme ça, tout

simplement. Sans promesse d'argent, sans savoir s'il serait récompensé de son effort. Tout simplement pour aider, faire ce qu'il croyait juste.
— J'ai déjà écrit une lettre, poursuivit Sundara. Il faut que je la fasse venir. Et jusqu'à ce que je réussisse, je veux envoyer de l'argent pour des vêtements et de la nourriture par la Croix-Rouge. Soka sait comment. Je dois trouver un job au Burger King, au Mc Donald ou ailleurs. Je dois tout préparer pour elle. Elle dépend de moi.
— Mon père, proposa Jonathan. On va lui écrire. Il pourra peut-être la retrouver.
— Oui, ce serait super!
— On a reçu sa première lettre aujourd'hui justement. Il dit que les cassettes sont très utiles.
— Ah, je suis contente. Et il dit quoi d'autre? C'est aussi affreux que ce qu'on voit à la télé?
— Ça va mal, mais le nombre de décès diminue. Il dit que ça fait du bien d'exercer une médecine de base pour changer, sans tous les examens, de se sentir capable de sauver des vies.

Elle hocha la tête.
— Souvent, je pense à ton père et à ce qu'il a fait. Quitter sa belle maison où il ne

risquait rien, partir loin. Tous ces malades, ces affamés prient Dieu de les aider, mais l'aide ne tombe pas du ciel, elle vient de gens qui disent « Je crois que Dieu veut que je les aide. » Des gens comme ton père, comme cet homme qui a aidé Mayoury, ils sont la réponse à la prière.
— Hum... Possible. (Au bout d'un moment, il s'éclaircit la voix, jetant un œil sur sa montre.) Bon... tu devrais rentrer chez toi avant que quelqu'un ne s'interroge. Je ne voudrais pas qu'il t'arrive des ennuis. (Il se détourna, posa les mains sur le bois humide de la rambarde et cala un pied sur la barre du bas.) C'est... gentil de m'avoir confié cette nouvelle.
— Jonafan! (Elle contemplait le col de sa veste en jean. Il n'avait pas compris.) Tu ne comprends pas tu es la première personne à qui je veux annoncer cette nouvelle? Pourquoi tu crois que je t'appelle? Je te demande de me rencontrer ici? Pourquoi tu crois je cours comme une folle? (Il ne la regardait toujours pas.) Tu es celui qui s'est ému de ma triste histoire, tu es celui qui va être heureux quand une bonne nouvelle m'arrive! Tu comprends?

Il hocha la tête, mais lorsqu'il se tourna vers elle, son sourire était encore triste.
— Je suis vraiment content pour toi, Sundara.

— Alors, pourquoi tu boudes?
— Je n'y peux rien. D'un côté, c'est bon d'être de nouveau avec toi, de l'autre c'est terrible, parce que je sais que les choses doivent reprendre leur cours passé. J'aimerais tant que tout ne soit pas sans espoir. Pour nous deux, je veux dire.

Elle sourit en inclinant le visage.

— Sans espoir? Tu me dis cela à moi? Jonafan, on ne dit pas à quelqu'un qui vient de vivre un miracle qu'il n'y a pas d'espoir. Impossible! C'est pour cette raison que je veux partager mon sentiment avec toi. Il me fait croire, tu vois, que tout peut arriver.

L'espoir éclaira faiblement son visage, puis disparut.

— Ta tante sait que tu es là?

Sundara respira à pleins poumons.

— Oui, elle sait.

Il se redressa.

— Et elle est d'accord?

Sundara contemplait les remous du fleuve.

— Elle ne peut m'arrêter. Je suis ici. (Elle se tourna vers lui.) Jonafan, je dois venir, parce que j'ai appris une chose enfin. Pas de ma famille, pas des Américains. De la vie simplement. (Elle fixa les eaux brunâtres qui bouillonnaient sous leurs pieds,

essayant de trouver le courage de parler clairement.) J'ai appris, murmura-telle, que si on aime quelqu'un... (Lentement, elle releva le visage et regarda Jonathan droit dans les yeux, à la manière américaine.) Si on aime quelqu'un, il faut le lui faire savoir tant qu'on a le temps.
— Sundara.

Il prit sa main, mais cette fois elle ne la retira pas, elle croisa ses doigts avec les siens.

— Il y a cinq ans, poursuivit-elle timidement, je ne pouvais pas imaginer qu'un jour je serais au bord d'un fleuve si éloigné du Mékong, main dans la main avec un garçon américain. Alors qui peut dire de quoi est fait l'avenir ?

L'avenir, pensa-t-elle, est un long voyage jusqu'à l'autre bout du fleuve.

Bien souvent, le fleuve offrait des remous inquiétants et des hauts-fonds pleins de dangers — elle avait parcouru un chemin assez long pour ne plus l'ignorer. Mais à présent, elle comprenait qu'il pouvait aussi être différent — un fleuve serpentant devant eux vers un horizon de lumière, un fleuve généreux et accueillant, aux couleurs chatoyantes de l'espoir.

l'Atelier du Père Castor présente

la collection Castor Poche

La collection Castor Poche vous propose :
- des textes écrits avec passion par des auteurs du monde entier,
  par des écrivains qui aiment la vie,
  qui défendent et respectent les différences ;
- des textes où la complicité et la connivence entre l'auteur et vous se nouent et se développent au fil des pages ;
- des récits qui vous concernent parce qu'ils mettent en scène des enfants et des adultes dans leurs rapports avec le monde qui les entoure ;
- des histoires sincères où, comme dans la réalité, les moments dramatiques côtoient les moments de joie ;
- une variété de ton et de style où l'humour, la gravité, la fantaisie, l'émotion, la poésie se passent le relais ;
- des illustrations soignées, dessinées par des artistes d'aujourd'hui ;
- des livres qui touchent les lecteurs à différents âges et aussi les adultes.

Un texte au dos de chaque couverture vous présente les héros, leur âge, les thèmes abordés dans le récit. Vous pourrez ainsi choisir votre livre selon vos interrogations et vos curiosités du moment.

Au début de chaque ouvrage, l'auteur, le traducteur, l'illustrateur sont présentés. Ils vous invitent à communiquer, à correspondre avec eux.

CASTOR POCHE
Atelier du Père Castor
4, rue Casimir-Delavigne
75006 PARIS

405 **J'ai tant de choses à te dire (Senior)**
par John Marsden
Lorsque Marina arrive à l'internat, elle n'a plus prononcé un mot depuis des mois, depuis qu'un drame a bouleversé sa vie. À l'hôpital, personne ne peut plus rien pour elle, sa mère a donc décidé de l'inscrire dans un collège. En compagnie de filles de son âge, Marina reparlera, c'est ce qu'espèrent les médecins.

406 **La promesse sacrée**
par Concha Lopez Narvaez
Juan a quinze ans en 1492, il vit à Vitoria en Espagne. Un soir, son père lui avoue qu'il n'est pas catholique mais juif. Juan est effondré, pourquoi ses parents lui ont-ils menti, et comment peuvent-ils vivre dans ce que Juan considère comme un mensonge, car toute la famille vit officiellement au rythme des sacrements catholiques ?

407 **Le feu aux poudres (Senior)**
par Jacqueline Cervon
Sur la toile de fond de deux pays soudain sur le pied de guerre, Stavros le Grec, seul en face de Turhan le Turc et d'une équipe de pêcheurs d'éponges, devra subir, la haine que le vent de l'actualité attise. Stavros et Turhan, qui se ressemblent tant, ne sont-ils pas des cousins que l'histoire de leur pays a séparés ?

408 **Premier de cordée (Senior)**
par Frison-Roche
Pierre Servettaz se destinait à l'hôtellerie. Mais son père, célèbre guide de haute montagne, meurt foudroyé lors d'une course. L'appel de la montagne est le plus fort. En allant récupérer le corps de son père, Pierre découvre sa vocation, il sera premier de cordée. C'est lui qui évaluera les difficultés du parcours, qui prendra le plus de risques.

409 **Aura dans l'arène**
par Pilar Molina Llorente

Aura est romaine, son père est un riche joaillier. Elle vit dans un palais auprès d'une grand-mère autoritaire, entourée d'esclaves. Cette existence bien réglée va basculer le jour où elle suit un jeune garçon dans la rue. Il la mènera dans un quartier inconnu, auprès des premiers chrétiens.

410 **La grande crevasse (Senior)**
par Frison-Roche

Zian, guide émérite de haute montagne, fait partager à Brigitte, jeune et jolie Parisienne en vacances, son amour de l'alpinisme. Ils se marient, mais être femme de guide est bien différent de ce qu'imaginait Brigitte. La montagne qui les avait réunis les séparera bientôt, à jamais.

411 **Une devinette pour Gom (Senior)**
par Grace Chetwin

Gom a hérité des pouvoirs de sa mère magicienne. À la mort de son père, il décide de partir retrouver cette mère mystérieusement disparue. En chemin, un moineau lui pose une devinette dont la solution lui dira où aller. Gom affrontera des ennemis farouches mais rencontrera aussi des amis bienveillants.

412 **Le requin fantôme**
par Colin Thiele

Joe, quatorze ans, n'a jamais entendu parler de l'île Wayward avant de venir vivre à Cokle ni du Balafré non plus. L'île Wayward est un lieu fascinant, perdu en pleine mer aux collines battues par les vents. Le Balafré est un énorme requin, dangereux, et qui rôde, tel un fantôme, dans la baie.

413 **Retour à la montagne (Senior)**
par Frison-Roche

Tous les amis de Zian sont persuadés que Brigitte est responsable de sa mort. Aussi, lorsqu'elle décide de vivre au village, d'y élever son fils, leur hostilité est vive. Pour se faire pleinement acceptée, Brigitte réalisera un exploit, prouvant ainsi qu'elle est digne du nom qu'elle porte. Ce roman est la suite de *La grande crevasse*.

414 **Les manguiers d'Antigone (Senior)**
par Béatrice Tanaka

Dana, par l'intermédiaire d'un cahier, raconte sa vie à Sandra, sa fille, dont elle a été séparée. Cinquante années de notre siècle défilent ainsi, ses aventures tant politiques que culturelles. La difficulté pour une femme à cette époque de concilier ses choix de vie et la pression sociale...

415 **La longue marche de Cooky**
par Mary Small

Cooky, dont les maîtres viennent de déménager, s'enfuit de la voiture, et rentre directement à la maison. Oui mais la maison qu'il connaît est très très loin maintenant ! Des mois durant, Cooky traversera une région désolée d'Australie, peuplée de dingos agressifs et sauvages, mais aussi, heureusement pour lui, d'amis qui l'aideront... De son côté, Sam, son maître, ne désespère jamais de revoir son chien.

416 **Trois chiens pour courir**
par Elizabeth Van Steenwyk

Scott partageait avec son père la passion des courses de chiens de traîneau. À la mort de son père, et après le remariage de sa mère, Scott consacrera toute son énergie à reconstituer un attelage de champions...

417 **Tout pour une guitare (Senior)**
par Gary Soto
Alfonso veut impressionner Sandra par ses talents sportifs ; Fausto ne vit que pour la guitare, mais ne peut s'en offrir... Yollie aimerait si fort une belle robe... Les héros de ces dix nouvelles sont les adolescents d'origine mexicaine, les chicanos, pour la plupart sans le sou, mais dignes et âpres à la besogne.

418 **Le dernier sultan de Grenade (Senior)**
par Vicente Escriva
Pendant sept cents ans, l'Espagne islamique rivalise avec la Grèce, l'Egypte et Rome dans tous les domaines. Mais la splendeur du royaume de Grenade est fauchée par les armées d'Isabel la Catholique, en 1492. Boabdil est le dernier sultan de Grenade. Il voulait faire de son royaume un oasis de paix et de beauté. L'histoire en a décidé autrement.

419 **L'élixir de tante Ermolina**
par Liliane Korb et Laurence Lefèvre
Jordi vit avec son grand-père, redoutable professeur en retraite. La cohabitation est difficile. Jules-Norbert, pour soigner une douleur tenace, absorbe imprudemment le contenu d'une vieille bouteille. Le résultat dépasse toutes ses espérances, le voilà avec le corps d'un enfant de dix ans ! Jordi tient une bonne vengeance, mais Jules-Norbert ne trouve pas ça drôle du tout...

420 **Glace à la frite**
par Evelyne Stein-Fisher
À dix ans, Doris est ronde, beaucoup trop ronde. Oui mais elle adore les nounours en gomme et les frites ! Dès qu'un souci surgit, elle se rue sur ses stocks secrets de bonbons préférés... et, résultat, ne rentre plus dans son maillot de bain rose... or elle doit aller à la piscine avec l'école...

421 **Le mouton noir et le loup blanc**
par Bernard Clavel
Trois histoires amusantes mettant en scène des animaux qui ont des préoccupations bien humaines. *Au cochon qui danse*, où un cochon veut être célèbre. *L'oie qui avait perdu le Nord*, Sidonie tente d'entraîner les oiseaux dans son sillage. *Le mouton noir et le loup blanc*, l'amitié d'un loup et d'un mouton, ligués contre les hommes.

422 **La neige en deuil (Senior)**
par Henri Troyat
Isaïe Vaudagne et son frère Marcellin vivent au hameau des Vieux-Garçons. À la suite d'un accident de montagne, Isaïe a dû abandonner le métier de guide. Marcellin ne supporte plus leur vie misérable. Un avion s'écrase sur un sommet proche, Marcellin veut piller l'épave, mais pour cela il a besoin de son frère...

423 **La route de l'or**
par Scott O'Dell
Le capitaine Mendoza est animé par la fièvre de l'or ; le père Francisco veut sauver des âmes ; seule la géographie passionne Esteban... Une grande expédition réunit ces hommes que tout sépare. L'or déclenche bien des passions, même chez le plus pacifique des hommes.

424 **Cher Moi-Même**
par Galila Ron-Feder
Yoav, enfant d'un milieu défavorisé est placé dans une famille d'accueil à Haïfa. Il doit rédiger son journal et se prend vite au jeu. Récits cocasses et serments de vengeance, petits triomphes et gros chagrins, le journal reçoit tout en vrac. Un jour, Yoav a une bien meilleure idée de confident.

425 **Sur la piste du léopard**
par Cecil Bødker
Une nouvelle fois le léopard emporte un veau de Tibeso, le gardien du troupeau. Il part alors au village voisin chez le grand sorcier chercher conseil. Mais le léopard n'est pas le seul responsable des vols, Tibeso le sait, et les brigands savent aussi qu'ils ont été découverts par un enfant. C'est le début d'une course poursuite haletante...

426 **Un véritable courage**
par Irene Morck
Depuis toute petite, Kéri lutte contre la peur. Peur des vaches, peur des autres enfants, et surtout peur de galoper sur la jument que ses parents viennent de lui offrir. Une excursion à la montagne avec sa classe lui donnera l'occasion de prouver à tous que, confrontée à l'épreuve, elle ne se dérobe pas...

427 **Prisonniers des Vikings**
par Torill T. Hauger
Lors d'un raid viking en Irlande, Patric et Sunniva sont capturés et emmenés en Norvège comme esclaves. La société viking obéit à des lois biens étranges et biens rudes pour deux enfants catholiques. Bientôt, ils profitent d'une attaque pour fuir vers l'Islande, reverront-ils un jour leur terre natale ?

428 **Au nom du roi**
par Rosemary Sutcliff
Damaris a grandi au pays de la contrebande, elle en connaît tous les signes. Cette nuit-là, un homme blessé fait partie du chargement, il fuit la gendarmerie. Qui est-il ? Damaris a-t-elle raison de lui porter secours en secret ?

429 Étrangère en Chine (Senior)
par Allan Baillie

Peu après la mort de son père, Leah, adolescente australienne, effectue sa première visite en Chine avec sa mère dont c'est le pays d'origine. Leur voyage est un retour aux sources, mais Leah supporte mal le choc culturel, rien de la Chine ne lui plaît. Sa rencontre avec Ke, qui participe activement à la révolte étudiante de la place Tienanmen, pourrait tout changer...

430 Le Mugigruff la bête du Mont Grommelon
par Natalie Babbitt

Par temps de pluie, des pleurs lancinants s'élèvent du Mont Grommelon. Depuis plus de mille ans, une bête abominable vit là-haut dans la brume à donner des frissons aux habitants du bourg niché au pied du mont. Un garçon de onze ans, en visite chez son oncle, décide d'aller là-haut voir de quoi il retourne...

431 Entorse à la patinoire (Senior)
par Nicholas Walker

Benjamin et Belinda sont partenaires en danse sur glace. Ils ont des dons certains, et le savent. Mais les dons sont loin de suffire et, à trois semaines d'un championnat, rien ne va plus. Chutes, difficultés, déconvenues, blessures, tout se ligue pour fissurer une entente toujours précaire. Entre les adolescents, la tension monte, inexorable...

432 La vie aventureuse de Laura Ingalls Wilder
par William Anderson

Laura Ingalls Wilder a charmé des générations de lecteurs avec sa chronique de *La petite maison dans la prairie*. Dans cette biographie détaillée, ses admirateurs vont enfin trouver les réponses à toutes leurs questions. Des photos de l'époque, le plus souvent extraites de l'album de famille, accompagnent ce récit.

433 **Pour dix dollars (Senior)**
par Mel Ellis

Ham a volé dix dollars pour s'acheter un vélo. Sitôt acheté, le vélo a été volé..., et toute l'horreur de son forfait apparaît au garçon. Impossible d'avouer sa faute. Une seule solution : rendre les dix dollars. Mais chaque tentative pour gagner cet argent se solde par une catastrophe. Ham se souviendra longtemps de cet été-là...

434 **Le livre de la jungle**
par Rudyard Kipling

Mowgli, l'enfant loup, Baloo, l'ours débonnaire, Bagheera, la panthère noire, peuplent la jungle de Kipling. Mais dans *Le livre de la jungle,* nous découvrons aussi Kotick, le phoque blanc, qui veut soustraire ses frères au massacre de l'homme ; Rikki-tikki-tavi, la mangouste qui tue les cobras pour sauver son maître...

435 **Deux filles pour un cheval**
par Nancy Springer

Jenny partage une passion pour les chevaux avec sa nouvelle voisine Shan. Tout semble simple ! C'est compter sans l'hostilité de la classe entière coalisée contre Shan, seule Noire de l'école. Même le paysan voisin qui permettait à Jenny de monter son cheval interdit formellement la venue de Shan sur le pâturage. Les deux amies devront faire face...

436 **Le Roi du Carnaval**
par Bertrand Solet

Le carnaval est une fête folle, c'est le jour où tout peut se dire, presque tout se faire. Protégés par des masques, les jeunes fustigent les méchants, déclarent leur amour aux belles, rêvent de ripailles, inventent l'avenir. Le Roi du Canarval est élu parmi les plus pauvres. Il régnera, le temps d'une nuit étrange...

437 **Les visiteurs du futur (Senior)**
par John Rowe Townsend
À Cambridge, en été, les touristes sont légion, mais la famille que rencontrent John et son ami Allan est vraiment bizarre. Les parents se disent professeurs d'université. Ils avouent ne jamais être venus à Cambridge et semblent pourtant connaître la ville, la circulation automobile les fascine, de même que les bars que le père paraît découvrir avec ravissement. Qui sont donc David, Katherine et Margaret ? D'où viennent-ils ?

438 **Les aventures de La Ficelle**
par Michel Grimaud
Au village, tout le monde connaît le vieux La Ficelle, on aime ses histoires car il en a vu du pays ! Il en a vécu des aventures quand il était chercheur d'or en Guyane, ou seringueiro dans la forêt amazonienne. Il s'est même retrouvé chef d'une tribu d'Indiens... De retour en France, il aime à se souvenir...

439 **La Petite Fadette (Senior)**
par George Sand
Landry et Sylvain sont jumeaux, bessons, comme on dit dans le Berry. Ils sont inséparables quoique très différents. La petite Fadette est une voisine, bien mal considérée, mais n'est-ce pas injustement ? Lequel des deux bessons se fera-t-il aimer d'elle ?

440 **Le monde des Pieuvres géantes**
par France Vachey
Lucile a un grand frère, Grégoire, passionné de jeux vidéo qui passe des heures entières devant sa console. Un jour, Lucile se rend compte que Grégoire est complètement fasciné par son écran, hypnotisé, son regard devient fixe, ses yeux se ternissent... Il faut sauver Grégoire, le délivrer de l'emprise du monde des Pieuvres géantes !

441 **L'ombre du Vétéran (Senior)**
par Jean Failler

1806, à Concarneau les rumeurs de la guerre contre les Anglais se font plus insistantes. Le Vétéran, vaisseau amiral français, est coincé dans le port. Trois longues années passeront ainsi, et, dans la ville close, aux sept cents habitants se mêleront huit cents marins désœuvrés.

442 **Julia, apprentie comédienne (Senior)**
par Jutta Treiber

À seize ans, Julia rêve d'entrer dans une école d'art dramatique très réputée et de devenir actrice. Le concours d'entrée est très sélectif aussi Julia suit-elle des cours de manière intensive, négligeant complètement son travail scolaire. Le jour de l'audition arrive, pour réussir Julia devra être brillante dans toutes les épreuves...

443 **Notre-Dame de Buze**
par Lucette Graas

Dans la presqu'île d'Arvert, la communauté protestante est en proie aux dragonnades. Le bon roi Louis XIV va révoquer l'édit de Nantes. Pour l'heure, Adeline, son frère Jehan et tout le village se réfugient dans des grottes pour échapper aux soldats. Par hasard, elle tombe dans une chapelle enfouie dans la dune qui est très recherchée par les historiens catholiques...

444 **Pandora, cochon de compagnie**
par Joan Carris

Pandora, adorable truie pygmée, entre dans la famille Dean un beau matin d'été. Adorable ? Certes, intelligente aussi, Pandora adore se promener en voiture, fouiller dans les placards, boire du cocktail et prendre un bon bain dans la baignoire ! De quoi changer, les préjugés qui courent sur la gente porcine...

445 **Salut bahut ! (Senior)**
par Jacques Delval

Jed's entre en dernière année de C.A.P., il voudrait tant changer de vie, de pays, d'amour. Changer de vie ? Impossible, ou si difficile ! Même dilemme pour Brancourt, son prof de français. Lui désirait écrire des scénarios, réaliser des films. Jed's et Brancourt auront-ils quelque chose à partager ?

446 **Sauvez Willy**
par Jordan Horowitz

Jesse se fait prendre pour avoir tagué un bassin du parc de loisirs. L'éducateur lui impose une peine de substitution, il devra effacer les traces des dégâts. Dans le bassin, un orque supporte mal la captivité. Et le directeur du parc veut se débarrasser de lui. Mais Jesse aime Willy, il veut sauver Willy !

447 **La mémoire en miettes**
par Thierry Alquier

L'inspecteur Lemarchand, à la veille d'un long week-end, découvre au poste de police un jeune garçon amnésique. Il ne sait qui il est, d'où il vient, il a même oublié son nom. On l'appellera Mémory ; en attendant que la mémoire lui revienne, il sera recueilli par les Lemarchand. L'inspecteur et son fils Étienne mèneront l'enquête pour retrouver le passé de Mémory. C'est le début d'un long voyage...

448 **Duel dans l'enfert vert (Senior)**
par Jean Coué

Depuis de longs mois, Diégo est sans nouvelles de son frère, Manuel, parti faire fortune en Amazonie. Diégo part à sa recherche, bien décidé à percer le mystère de sa disparition.
Mais la forêt tait bien des secrets. Et là, au cœur de l'enfer vert, le jaguar guette sans relâche son pire ennemi...

449 Le voleur (Senior)
par Jan Needle
Kevin n'a pas de chance, son père est en prison, sa mère est malade. C'est Tracey, sa sœur, qui fait bouillir la marmite. Kevin a volé, naguère, des bonbons et sa réputation est faite : Kevin est un voleur ! Pourtant il ne chaparde plus rien. Lorsqu'un billet disparaît du sac de son professeur, tout le monde l'accuse...

450 Bout d'ficelle
par Liliane Korb et Laurence Lefèvre
À douze ans, Adèle est très grande, un mètre soixante-neuf ! À la maison, il y a de l'ambiance, avec les jumeaux de neuf ans, pleins de vie et l'appartement n'est pas bien grand ! Au lycée, Adèle a le sentiment d'appartenir à un groupe, sa bande, réunie autour d'un projet généreux et top secret

451 L'œil du témoin (Senior)
par John Rowe Townsend
Sam, étudiant en photo, veut décrocher le premier prix d'un concours. Il emprunte donc à son école un appareil hors de prix et part en reportage en stop. En quittant la voiture, il oublie le matériel. Alors qu'il erre désemparé dans Brighton, il remarque le superbe appareil photo que porte une jeune fille. Sam l'emprunte le temps de son reportage...

452 Le signe de l'albatros (Senior)
par Pierre-Marie Beaude
Chico Salinas fait du cabotage, seul à bord de son schooner. Une tempête drosse le bateau sur la côte près du village de Tamoun. Chico, blessé, reconstitue lentement ses forces. Tamoun renfloue le bateau. Une sourde rivalité oppose bientôt le vieux marin et Tamoun qui rêvent tous deux de naviguer seul sur le schooner.

Cet
ouvrage,
le trois cent
cinquante-quatrième
de la collection
CASTOR POCHE,
a été achevé d'imprimer
sur les presses de l'imprimerie
Maury Eurolivres SA
45300 Manchecourt
en août
1994

Dépôt légal : février 1992.
N° d'Édition : 17848. Imprimé en France.
ISBN : 2-08-162196-7
ISSN : 0763-4544
Loi n° 49-956 du 16 juillet 1949
sur les publications destinées à la jeunesse